EX-LIBRIS

神曲

（全三卷）

地狱篇

〔意〕但丁　著

肖天佑　译

商务印书馆
The Commercial Press

Dante Alighieri: *LA DIVINA COMMEDIA, Inferno,* La Nuova Italia Editrice, Scandicci, 1985.

Questo libro è stato tradotto grazie ad un contributo alla traduzione assegnato dal Ministero degli Affari Esteri e della Cooperazione Internazionale Italiano.

感谢意大利外交与国际合作部对翻译本书中文版提供的资助。

涵芬楼文化 出品

神曲·地狱篇

目　录

译者序
地　狱　篇

　　早在清末民初，我国文人和作家就已提到但丁的《神曲》，就是说那时《神曲》就已进入我国读者的眼界。最早明确提到但丁及其《神曲》的要算钱单士厘女士，她的丈夫曾是清朝政府派驻意大利的公使，与夫携子逗留罗马期间留意那里的政治、文化和艺术等方面的情况，归国后便写了《归潜记》一书（1910年），介绍她在那里的见闻，其中有关但丁《神曲》的记述如下："义儒檀戴《神剧》（即但丁《神曲》）书中，清净山（即炼狱山）凡九重，最下一级，遇婆尼法爵（即卜尼法斯）……"（见田德望版《神曲》译本序）这些记述虽不尽准确，但对我国读者初识但丁已是难能可贵。

　　清末民初的文艺评论家王国维在其著作《红楼梦评论》第五章余论中，也明确提到了但丁的《神曲》："唐旦（即但丁）之《天国喜剧》（即《神曲》）。"另外，胡适在其著作《文学刍议》中写道："欧洲中古时，各国皆有俚语，而以拉丁文为文言，凡著作书籍皆用之，如吾国之以文言著书也。其后意大利有但丁诸文豪，始以其国俚语著作。诸国踵兴，国语亦代起。"他号召大家以但丁为榜样，用白话文写作。至于《神曲》对我国作家写作方面的影响，莫过于老舍的《四世同堂》：但丁的《神曲》分三部100曲，

1

而老舍的《四世同堂》也是三部100段。

然而，真正向我国读者介绍但丁《神曲》的第一人，要算钱稻孙先生（前面提到的钱单士厘女士之子）：1921年他以骚体翻译了《神曲·地狱篇》第一、二、三曲，以《神曲一脔》为标题在《小说月刊》上发表。可惜他仅仅翻译发表了三曲，就再也没有下文了。1949年前后，有一些译者从英语、法语或日语版翻译出版过《神曲》的片段或单部，直到1949年王维克先生从法语版翻译出版了《神曲》全译本，由商务印书馆出版。1962年朱维基先生又从英语版翻译出版了《神曲》全译本，由人民文学出版社出版。这两个译本算是我国最早的《神曲》全译本了，但都不是从意大利语直接翻译过来的。

1990年，北大教授田德望翻译的《神曲·地狱篇》由人民文学出版社出版，开创了我国由意大利语直接翻译出版《神曲》的先河。1997年人民文学出版社又出版了田先生的《神曲·炼狱篇》；2000年田先生抱病终于完成了《神曲·天堂篇》的翻译，于2001年由人民文学出版社出版；至此我们才得以读到完整的、由意大利语直接翻译的但丁巨著《神曲》。不过田译放弃诗歌体而采用散文体，对于那些强烈爱好诗歌的读者来说，可能稍欠快意。2000年，黄文捷先生采用自由体诗翻译的《神曲》全译本由广州花城出版社出版。这个版本影响较大，后来其他出版社也多次再版。2009年，外语教学与研究出版社又出版了香港译者黄国彬先生的《神曲》全译本，也是从意大利语直接翻译的，而且采用格律诗的形式，当属一绝，销量也不错。

纵观这些译本，我个人觉得它们有个共同点：过于关注但丁《神曲》的评注，客观上把读者的注意力吸引到这些评注上去了，分散甚至伤害了读者对《神曲》本身的阅读与欣赏。黄国彬在其《译者序》中明确写道：

> 注释《神曲》，至少有两个目标：第一，给初涉《神曲》的汉语读者必要的方便，让他们经翻译之门，走进一个前所未见的世界。第二，给学者（尤其是翻译学者、比较文学学者）提供各方面的资料。要达

到第一个目标，困难不大；要达到第二个目标，就得像赫拉克勒斯（Hercules）决意接受12件苦差了。[1]

外语教学与研究出版社，2009年，第5—6页）

黄文捷在译完全部《神曲》后也感慨地写道：

读者在读过伟大诗人但丁的这部浩瀚巨著《神曲》之后，必会感到其中的注释何其繁多，有时甚至会繁多到令人生厌的地步，但与此同时，恐怕也会有相反的感觉，即感到这些注释的必要性；感到这些注释对于理解或加深理解诗句，是颇有裨益的，尽管有时，对某一诗句的解释，或对某一典故的考证，有几种诠释同时出现，令人无所适从。

（但丁：《神曲·天堂篇》，黄文捷译，

花城出版社，2000年，第489页）

他们对《神曲》原文版本都照译无误，有时甚至还会参照别的版本的注释加以发挥。这样做的结果是：《神曲》译本中的注释远远超过正文的字数与篇幅。这一方面与译者依据的原版《神曲》有关，另一方面与译者的主观认识也有关系，像前面援引的黄国彬与黄文捷先生的表白。至于意大利文原版《神曲》，如最新版的Dante Alighieri, *La Divina Commedia* a cura di Natalino Sapegno（但丁：《神曲》，N. 萨本尼奥编著）中，编者在篇首就声明："Accogliendo ... l'invito dell'editore di compilare un nuovo commento alla

---

1　赫拉克勒斯，古希腊和古罗马神话故事中的英雄人物，亦称大力神，但丁在《神曲》中多次提到他。关于赫拉克勒斯的12件苦差，神话故事称：他杀死自己的妻子和孩子后，成了欧律斯图斯的奴仆，应完成12件苦差，其中就有一件但丁在《神曲·地狱篇》中提及，参见本书第二十五曲"肯陶罗斯卡库斯"一节。

Commedia, avevo in mente alcuni criteri metodici generali ..."（"接受出版商邀请为《神曲》编写一本新的评注的时候，我脑子里就有了一些有关写作方法的通用标准……"）就是说，他这本但丁《神曲》和其他版本一样，也是一本"评注"，一本新的评注（这有点像我国的金圣叹点评《水浒传》，或脂砚斋点评《红楼梦》），其中评注的数量远远超过但丁《神曲》的原文。译者拿这样的《神曲》来翻译，便不自觉地把大量评注都翻译了过来，造成评注远多于正文的结果。

我粗略做了个统计：原文版但丁《神曲》，如萨本尼奥这本，有时注释能占到页面的八分之七。而我们那三个从意大利语直接翻译过来的译本，注释也不少：但丁《神曲·地狱篇》第一曲有136个诗句，田译有41个注释，从版面来说，译文近3页，注释就有6页；黄文捷的译本，有38个注释，译文近5页，注释近5页；黄国彬的译本，有47个注释，译文近5页，注释近10页。这些注释对译者理解原文的意思非常重要，但在读者阅读的过程中却可能起到相反的作用。总之，这些译本注释的数量与诗句的比例平均为一比三，从理论上讲，这就意味着读者每读三句诗就要停顿下来去看一个注释。这势必会打断读者的阅读节奏，打断他理解《神曲》的节奏，从而有可能破坏他的阅读兴趣，破坏他在阅读中的快感和享受。顺便说一句：原文中的那些注释对我们准确理解原文的意思非常重要；但是作为译者，我们在准确理解了原文的意思后，还有必要把这些帮助我们理解的注释翻译过来，让读者再重复经历一番我们的理解过程吗？至于那些带考证性质的注释，它们除对研究者和学者有一定参考价值外，对普通读者有什么益处呢？

所以，我个人觉得，翻译《神曲》有两种思路：1.主要从读者的角度考虑，紧紧把握但丁《神曲》的内容，译成一本简练易读的版本，让普通读者，包括高中和大学在读的学生、不懂外语的作家和一切想涉猎意大利文艺复兴时期文学作品却不懂意大利语的人读懂这部难解的巨著，并从阅读中享受到他应该得到的乐趣。具体做法就是，除使用现代汉语通用的字词和句子结构外，尽量减少注释的数量，尽量让读者在阅读时少停下来看注释，不破坏读者阅读的兴致。2.为学者和研究者考虑，言辞不避古今，注释力求详尽。而我的这个译本要追求的却是第一种。

我的目的达到了吗？现在我只能说：谢谢作为读者的你选择了这个译本，诚恳欢迎你读过之后提出你的评论、批评与建议。

一、但丁生平及著作简介

但丁·阿利吉耶里（Dante Alighieri），1265年出生于意大利佛罗伦萨（Firenze），1321年在拉文纳（Ravenna）逝世。由于父母早逝，但丁少年时代生活异常清苦，但他勤奋好学，在学校里学到了拉丁语、逻辑和修辞学的初步知识，后又师从大学者布鲁内托·拉蒂尼（Brunetto Latini）学过诗学和修辞学，另外他还通过自学对古典文学、哲学、神学、历史、天文、地理等进行潜心研究，在中世纪和古代文化的各个领域都获得了全面而精深的造诣。

1277年，由父母做主，但丁与多纳蒂家族的女儿杰玛订婚（Gemma di Manetto Donati），婚后生有二子一女：彼埃特罗（Pietro）、雅科波（Jacopo）和安东尼娅（Antonia）。但是，但丁的挚爱却是他九岁时遇见的、比他小一岁的女子贝阿特丽切·波尔蒂纳里（Beatrice Portinari）。但丁对她爱慕有加，曾写过许多赞美她的文章和诗歌，把她说成是天使和道德的化身。1290年贝阿特丽切病逝后，但丁把1283—1292年间写的与她有关的诗歌与散文连缀成集，这就是但丁的第一个文学作品《新生》（Vita nuova）。

但丁生活的时代，是佛罗伦萨经济发展迅速、政治和社会矛盾异常尖锐的时期。马克思在《资本论》中写道："资本主义生产的最初萌芽，在13、14世纪，已经稀疏地可以在地中海沿岸的若干城市看到。"（马克思：《资本论》第一卷，第904页）佛罗伦萨是当时意大利中部地区经济最发达的城市共和国之一，在呢绒工业和金融业方面非常突出："佛罗伦萨的羊毛商不但从国外输入羊毛原料，而且还从英国、佛兰德尔、莱茵河一带，购进粗制本色呢绒，进行加工和染色，转口运销，赚取巨利。"（周一良:《世界通史·中古部分》，人民出版社，1962年，第195页）"14世纪时，佛罗伦萨的银钱业约在一百家以上，其中以巴尔第家族最为有名。梅迪奇家族在15世纪进行更为广泛的金融活动，借贷利息一般在25%左右。佛罗伦萨的银行家为教皇征收各地捐税，许多国家的统治者和贵族，也和他们发生借贷关系。"（同上，第196页）这使佛罗伦萨成为意大利乃至整个欧洲的金融中心，佛罗伦萨金币弗罗林（fiorino）也成为当时欧洲的通用货币。

14世纪末，梅迪奇家族渐渐取得了佛罗伦萨金融界的支配地位，进而控制了佛罗伦萨的统治权。他们与商业资本不同，对领土扩张不感兴趣，因为他们的银行资本无须控制别人的领土就可以渗透到他们的国家。梅迪奇家族掌握佛罗伦萨政权之后，一方面对内采取笼络手段，减轻人民赋税，巩固自己地位；另一方面又大肆修建宫殿、教堂和公共建筑，奖掖艺术家，招募了许多建筑师、雕塑家、画家和诗人，使佛罗伦萨成为当时意大利名副其实的文化中心。

经济文化繁荣的佛罗伦萨充满了各种社会矛盾。首先是大商行的专横，及其对雇工和小手工业者的残酷剥削，激起了人民大众的多次反抗，如1345年梳毛工人的罢工、1378年梳毛工人联合小手工业者和流入城市的农民发动的"褴褛汉"起义。

生长在这样一个城市和这样的时代，但丁在前半生积极参与了佛罗伦萨的政治活动。1286年6月，他作为佛罗伦萨骑兵先锋队成员，参加了与阿雷佐皇帝党军队在堪帕尔迪诺（Campaldino）的战斗，同年8月又参加了攻占比萨卡普罗纳（Caprona）城堡的战斗。更重要的是，他曾担任过佛罗伦萨多种公职，1300年还曾当选为佛罗伦萨六名行政长官之一。他主张政教分离，反对教皇干预世俗政务，希望神圣罗马帝国皇帝（即当时的德国皇帝亨利七世），拯救陷入分裂的意大利。为此，他于1302年代表佛罗伦萨出使罗马，亲自参与了与教皇的谈判。正是由于这种亲皇帝党的立场，但丁得罪了罗马教廷。所以，罗马教皇派遣法国国王的弟弟瓦洛瓦伯爵去佛罗伦萨调停当地教皇党内部争端时，教皇党内黑党趁机夺取政权，并缺席审判但丁，判处但丁永远不得担任公职，并将他流放到托斯卡纳地区之外。从此，但丁开始了漂泊异乡的流放生活，先后投奔过维罗纳、拉文纳等地的封建主。1321年9月客死拉文纳。

但丁的文艺创造主要是在流放期间完成的，按时间顺序来说，主要作品有：

1.《论俗语》（*De vulgari eloquentia*）。创作于1303—1304年间，用拉丁语写成，因为当时文人们之间的交流需借用拉丁语进行。该书的创作目的在于引起文人们给"俗语"即各地的方言以足够的重视，希望广大文人都能使用"俗语"写作。但丁在该书中首先定义了他所谓的"俗语"："我指的是'母语'，亦即我们从孩提时期便开始学习的那种语言。"（《论俗语》第一卷第一篇）然后他又对意大利各地流行的十几种方言进行了分析对比，认为在当时意大利半岛上流行的各种方言中没有任何一种方言，包括托斯卡纳地区（如佛罗伦萨、锡耶纳和比萨）的方言，能够满足意大利诗人和哲学家的需要，成为他认为的那种"光辉的俗语"。历史事实是：5世纪罗马帝国崩溃以后，原罗马帝国版图上各地的方言渐渐兴起，逐步取代了拉丁语的统治地位，形成了相对独立却有一定渊源的普罗旺斯语、法语等隶属于罗曼语系的语言，而且文人们使用这些言语创作出了一些颇有文学价值的作品，如法国的《特里斯丹和绮瑟》（12世纪，参见本书第五曲注12）和《湖上的朗斯洛》（参见本书第五曲注23）；在意大利半岛上，情形也大致相似：现存最早的意大利语文献——一份民事诉讼证词——出现在960年；这说明意大利俗语当时已在民间广泛使用，但保存完好的意大利语文学作品却出现在12、13世纪，例如西西里国王腓特烈二世时期的宫廷诗歌、以方济各为首的修士留下的宗教诗、托斯卡纳诗派的爱情诗歌等等，但这些文学作品与法国和普罗旺斯当时用当地"俗语"写成的文学作品，还有相当的差距。总之，在但丁之前，意大利已有一些作家和诗人开始使用意大利语创作，但使用拉丁语进行创作——尤其是写作哲学、法律、科技等论文——的传统仍然很盛行。所以，但丁写这部著作，不仅是对前人用俗语创作的经验总结，同时也是表示自己坚持要用俗语创作的决心，向那些反对使用俗语、坚持使用拉丁语的文人们宣战。值得一提的是，当时博洛尼亚有个名叫乔万尼·德尔·维尔吉利奥（Giovanni del Virgilio）的文人建议但丁放弃俗语，使用拉丁语创作《神曲》，被但丁断然拒绝。正是由于但丁及其同时期的彼特拉克、薄伽丘，加上他们以后的阿里奥斯托、塔索等知名作家的努力，以佛罗伦萨方言为基础的意大利语便迅速发展成为与法语、西班牙语齐名的罗曼语。这本书但丁原计划写四卷，但写到第二卷第十四章时就终止了。

2.《飨宴》（Convivio）。用俗语写成，创作于1304—1307年间，其目的是想借评介诗歌的名义，向最广大读者介绍古今文化科技知识，包括"诸王、男爵、骑士和贵族、男性和女性"（《飨宴》第一篇第九章），他们中的"许多人只懂这个语言的俗语，而不识字"（即不识拉丁语），以给这些读者提供精神食粮，故名《飨宴》；同时也是为了挽回他被流放和被贫困折磨而受到伤害的名誉，并向佛罗伦萨当局证明，驱逐他这位博学多才的诗人是错误的。《飨宴》在但丁的创作生涯中之所以重要，还因为它标志着但丁的思想认识发展到了一个崭新的阶段——从颂扬爱情的温柔新诗体向颂扬理性的散文过渡。但丁原计划这本书一共写十五篇，但最后只完成了四篇。这四篇文章的大致内容如下：第一篇与其他三篇不同，也可以看成是这本书的序言，是作者为自己受到的不公正流放判决进行的辩护，以及对那些鄙视俗语、认为俗语不能满足他们需求的作家和哲学家的回应，但丁称他们是"赞扬别人家的俗语、贬低自己家的俗语的坏意大利人"（《飨宴》第一篇第十一章）；第二、第三和第四篇，不论在形式上还是在内容上都与第一篇不同，它们都是以介绍某一首诗歌开始，然后对其进行注释与评论，借以介绍有关诗歌、修辞、语言、政治、哲学、伦理学、神学和各种科学技术方面的知识。但丁在这四篇文章中阐述的观点，都在后来创作的《神曲》中重现，可见创作《飨宴》也是为创作《神曲》做准备。事实上，但丁于1307年开始创作《神曲》之后，便终止了《论俗语》和《飨宴》的创作。

3.《神曲》（*La divina commedia*）。共分为三部：第一部《地狱篇》（*L'Inferno*），创作于1307—1310年间；第二部《炼狱篇》（*Il Purgatorio*），创作于1310—1313年间；第三部《天国篇》（*Il Paradiso*）的创作始于1313年，直至1321年去世前完成。三部作品每部都有33曲，加上第一部的序曲，共100曲，14233行。"三"象征着"三位一体的神"，"一百"象征着"完美"。这在当时都是吉祥的数字。但丁以此作为《神曲》的构思和布局，正是他作为中世纪最后一个诗人的特点。全书用俗语（佛罗伦萨方言）写成，采用十一音节三韵句的格律（*endecasillabi terzini*）。《神曲》的原名是*Commedia*，即《喜剧》，因为按照中世纪对喜剧的分类，剧情以欢喜结束的为喜剧，《神曲》的第三部有福之人的灵魂都升入天国，即以欢喜结束，所以但丁给它取名为《喜剧》。另外，按照但丁在《论俗语》一书中的分类，喜剧使用的语言和描述的情景与普通人和现实生活有关，而《神曲》用俗语写成，描述了大量人间故事，所以也应该算是喜剧。然而薄伽丘在评论但丁的《喜剧》时，在"Commedia"前面加了个"Divina"，成为"La divina commedia"（神曲）。这个书名为读者接受，一直流传至今。有关《神曲》的内容，我会在后面详细介绍。

4.《帝制论》（*Monarchia*）。用拉丁语写的论文，创作于1310—1312年间。该书分为三部：第一部说明帝制是保障人类充分享有和平与自由必不可少的条件；第二部以罗马帝国的史实说明，罗马帝国是上帝为让古罗马人享受和平与自由而设立的；第三部则驳斥了教皇卜尼法斯及其御用文人关于皇帝应该顺从教皇的观点，说明皇帝与教皇是上帝设置的两个相互独立的权力，而且被赋予了不同的任务——皇帝的任务是保障人类享受尘世生活的幸福，而教皇的任务是引导人类的灵魂死后进入天国享受永福。

前面说过，但丁为了创作《神曲》，终止了《论俗语》和《飨宴》的写作。1310—1313年间，但丁正忙于创作《炼狱篇》，为什么又花费那么多时间来写作《帝制论》呢？这是因为1308年德国皇储亨利七世当选为神圣罗马帝国皇帝，1310年1月率军跨过阿尔卑斯山，企图把德意志和意大利再度联合起来，并且声称要伸张正义，消除意大利各城市、各党派的纷争，重新建立神圣罗马帝国和罗马教会之间的良好关系，实现持久和平。但丁对他及其使命抱有极大希望，以为能借机返回佛罗伦萨。然而，佛罗伦萨教皇党的势力及其武装反对亨利七世，但丁为此写了《致穷凶极恶的佛罗伦萨人的信》，声讨他们的罪行，并上书亨利七世皇帝敦促他从速进军讨伐。不过亨利七世并未立即进军佛罗伦萨，而是直接去了罗马加冕。加冕之后便试图进攻以佛罗伦萨为首的教皇党联军，不幸于1313年8月在军中染病暴亡于锡耶纳附近的布翁孔文托（Buonconvento）。至此，但丁希望由他建立世俗与宗教和谐相处的乌托邦国家的幻想随之破灭。尽管亨利七世未能完成"拯救意大利"的使命，但丁对他仍然十分怀念，写《天国篇》时还在净火天给他预留了席位，希望他在天国享受永福（参见本书《天国篇》第三十曲"亨利七世的座位"一节）。但丁给我们留下的这部著作，对我们理解《神曲》有很大帮助。

除这几部著作外，还有一部作品《书信集》，是但丁逝世后由后人编纂的，但业内对这本书的真实性多有质疑。

但丁的《神曲》面世之后，在意大利不胫而走，迅速传播，几乎是家喻户晓。"比但丁出生晚七十余年、和薄伽丘同时代的作家萨凯蒂（Franco Sacchetti，约1332—1400年）写过一部饶有兴味的《故事三百篇》

（*Trecentonovelle*），内中一则故事写道：某日，主人公走进一家铁匠铺，但见一名铁匠一面抡锤叮叮当当地打铁，一面嘴里抑扬顿挫地吟诗，侧耳细听，铁匠背诵的竟是但丁《神曲》的诗句！"（吕同六：《神曲·地狱篇序》，黄文捷译，译林出版社，2005年，第1页）因为但丁的《神曲》是用俗语写成的，满足了那些不懂拉丁语的下层人民的需求，所以受到他们的广泛欢迎，但也受到一些习惯用拉丁语进行交流的文人们的抵制。还有一些大家族，因为他们的某些成员被但丁打入了地狱而反对这部作品。此外就是一些狂热的神学家和教会上层人士，他们也反对《神曲》，甚至指责它是"异端邪说"，因为他们在《神曲》中看到但丁的一些议论有悖正统教义，譬如几位教皇被他指责买卖圣职而下地狱。15世纪以后，但丁《神曲》的文学价值及政治意义逐步被文人们认识，直到19世纪意大利统一运动时期，但丁及其作品才彻底翻身，被翻译成多种文字。但是他与天主教的关系，直到近现代才彻底翻转：1921年，本笃十五世教皇（Benedict XV，1914年5月3日—1922年1月22日在位）在但丁去世600周年的通谕中（*In Praeclara Summarum*，1921年）公开宣称，但丁·阿利吉耶里"属于教会，教会是诗人的母亲，有权呼唤她的阿利吉耶里"（拉·坎巴内拉：《但丁与〈神曲〉》，李丙奎等译，商务印书馆，2016年，第82页）；1963年保罗六世教皇（Paul VI，1963年6月21日—1978年8月6日在位）在纪念但丁诞辰700周年时指出："但丁·阿利吉耶里属于我们，也就是说，属于天主教，这对于我们是一项殊荣。"（同上）

《神曲》问世之后，注释与评论工作也随之兴起。首先是但丁的长子彼埃特罗以拉丁语评注了整部《神曲》；其后，但丁次子雅科波以意大利语评注了《地狱篇》；除此之外，薄伽丘还专门举办讲座评读《神曲》。

总之，但丁生活的时代，是西欧早期资本主义制度萌发的时代，是资产阶级文化孕育于封建制度开始向资本主义制度过渡的时代，具有跨时代的特征，这一特征在但丁身上表现得特别明显。所以恩格斯说："封建的中世纪的终结和现代资本主义纪元的开端，是以一位大人物为标志的。这位人物就是意大利人但丁，他是中世纪的最后一位诗人，同时又是新时代的最初一位诗人。"（恩格斯：《1893年意大利文版序》，见《共产党宣言》，人民出版社，1964年，第22页）

二、《神曲》内容简介

《神曲》是以作者但丁自己为主人公，在古罗马诗人维吉尔陪同下游览地狱与炼狱，然后又在贝阿特丽切的陪同下游历天国的故事，采用中世纪流行的幻游形式。

关于地狱、炼狱和天国的构思，但丁虽然可以从古希腊神话、古罗马诗人维吉尔的著作《埃涅阿斯纪》和《圣经》中得到一些启发，但《神曲》的创作仍然是匠心独运，尤其是关于炼狱的构思根本不见经传，完全是他凭借自己丰富的想象力、精深的神学、哲学和文学素养以及丰富的生活经验，独立创作出来的。

但丁幻想的地狱位于耶路撒冷地下，形状像个漏斗，共分为九层，外加进入地狱大门前的昏暗地带，谓地狱前厅。地狱可分为两个区域：第六层之前为外城，收纳罪恶较轻的罪人；第六层之后为内城，收纳罪大恶极的罪人。但丁列举的罪行名目繁多，包括淫乱、贪食、贪财、易怒、信奉邪教等，还有各色各样的暴力行为和欺诈行为，如诱奸、淫媒、买卖圣职、占卜、偷盗、制造分裂、背叛等等。但丁按罪犯犯罪的性质和危害程度，将他们的灵魂分别置于各层地狱接受惩罚。但丁区分这些罪恶灵魂罪行轻重的标准是什么呢？主要是亚里士多德的《伦理学》，当然也有罗马法和基督教教义。按照亚里士多德《伦理学》的说法，人有三种劣根性：放纵、恶意和疯狂的兽性（即施暴）。其中"放纵"的罪行较轻，因为这类罪行不以伤害他人为目的，都被置于外城服刑，如邪淫者、吝啬者、挥霍者、愤怒者等，都归纳在"放纵"范畴之内，被置于地狱外城的二、三、四、五等层受刑。恶意和施暴则属于重罪，被置于地狱六、七、八、九即内城的四层受刑。虽说内城只有四层，但它们内部又分成许多环：第七层分了三环，第八层分成十个"囊"（环），第九层也分了四环，加起来就是十七环，是前五层的三倍多。

游完地狱，维吉尔抱着但丁顺着魔王的身躯爬过地心，穿过一个石洞来到炼狱门外的沙滩上。按照但丁的构思，炼狱位于正对着耶路撒冷的南半球上，是一座雄奇巍峨的高山。如果说地狱是个深渊，罪恶的灵魂在深渊中越陷越深，炼狱这座高山则象征犯有过错的灵魂，通过悔过自新，逐步向上，最后进入天国。

炼狱分为三个部分：1.从海滨到山门为外围，阴魂们要在这里逗留一段时间后才能进入炼狱；2.从山门到山顶这中间部分为炼狱本身，由环绕山腰的七层平台构成，是犯有过错的灵魂经受磨炼、洗涤过错的场所。按照基督教教规，人有七大过错，即骄傲、嫉妒、愤怒、怠惰、贪财、贪食、贪色；生前犯有这些过错的人的灵魂，分别在这七层平台上一边接受惩罚，一边进行反省。例如，犯骄傲罪者，他们生前昂首挺胸，不可一世，在这里则背负重荷、躬身在陡峭的山路上行走，一边还要对照刻在石壁上的、表现谦卑美德的浮雕进行反省。3.山顶部分为地上乐园，这里繁花似锦，处处是芳草绿茵；洗涤干净后的灵魂来到这里，等待进入天国。这样，炼狱也是九层：本身的七层，外加外围和地上乐园两层。

但丁构思的天国，以古希腊天文学家托勒密的理论为依据，也分为九层，或曰九重天：月亮天、水星天、金星天、太阳天、火星天、木星天、土星天、恒星天和水晶天。这九重天都围绕着地球旋转。它们的上面是净火天，是上帝所在的、永恒的天堂。升入天国的灵魂，也会按照他们生前功德的大小，分别待在距上帝远近不等的地方享受天福。但是在但丁拜访天国时，他们会出现在不同的天体层里。但丁在贝阿特丽切的陪伴下，由第一重天月亮天，一直游到第七重天土星天，陶醉在无比幸福之中。到了第八重天恒星天，但丁领受了圣彼得、圣雅各和圣约翰有关信、望、爱三圣德的询问与考察，证明他的灵魂已经超升，可以去净火天觐见上帝。最后他在圣伯尔纳的带领下来到净火天，瞻仰了圣母马利亚和三位一体的神——上帝。但丁幻游阴界到此结束，但丁的《神曲》三部曲到此结束。

三、《神曲·地狱篇》内容提要

前面我们说过，但丁幻想的地狱位于耶路撒冷地下，入口在一片荒林之中，形状像个漏斗，共分为九层。

但丁在35岁的时候，即1300年，开始地狱之旅，具体路线参见右图。

一天但丁误入一片密林，发现自己已经迷失了正道，在林中又遇三头猛兽（豹、狮、狼）的威吓，

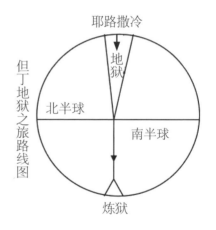

进退维谷、不知所措之时，遇到了古罗马诗人维吉尔的灵魂。他是应圣母马利亚、圣卢齐亚和贝阿特丽切之请，前来帮助但丁，要带领他前去游览地狱和炼狱的。于是，但丁在维吉尔的带领下开始了他的地狱之旅。

但丁他们来到地狱，进入地狱大门之前，看到有一片昏暗的地带，谓地狱前厅，生前怯懦无为者的灵魂赤身裸体待在这里，受黄蜂和蚊虫的叮咬；虽然他们没有做过恶，但也不能进入天堂，只能待在这里受罪。然后但丁他们渡过冥河进入地狱逐层游览。

第一层地狱收纳的是未受过洗礼的婴儿和耶稣降临之前不信奉基督教的古代伟人，如荷马、亚里士多德，他们虽然没有犯罪，不用受任何苦刑的惩罚，但也不能升入天堂。第二层才是真正意义上的地狱的开始，地狱判官弥诺斯根据每个幽灵的招供，宣判他们应该到哪层地狱去服刑；犯邪淫罪的罪人留在第二层，被地狱狂飙卷带着不停地飞舞，如同他们生前受性欲驱使那样，永远不得安宁，这里有埃及艳后克莱奥帕特拉，以及保罗和弗兰切斯卡·达·里米尼叔嫂（他们的爱情故事非常著名）；第三层收纳的罪人是饕餮之辈的灵魂，他们在这里受寒冷的阴雨浇淋、浸泡；第四层地狱收纳的是吝啬者和挥霍者的亡灵。但丁将这两种看似不同的人放在一起，是因为他们有个共同点：不能正确对待自己的财富。他们受到的惩罚是：分成两队，推着巨石，来回冲撞，永不休止；第五层地狱是片污秽的沼泽，收纳着易怒者和隐忍者的亡灵。易怒者的阴魂漂浮在水面上相互击打，隐忍者则因为他们生前没有勇气反抗，死后只能埋在污泥下面，暗恨无声。穿过那片沼泽，但丁他们来到第六层地狱。这里是地狱的内城，是魔王狄斯（即撒旦、卢齐菲罗）统治的领域。众恶魔不让但丁他们进入，而上帝派使者前来为他们打开城门，放他们进入。

但丁他们进入狄斯城后，映入眼帘的是一片坟地，坟墓都大开着，里面冒着熊熊烈火，烧烤着伊壁鸠鲁等邪教的教主及其信徒们的阴魂；但丁在这里遇到了两个佛罗伦萨同乡的灵魂：法里纳塔和卡瓦尔坎特。他们之所以被收纳在这里，是因为他们生前都信奉伊壁鸠鲁学说，从某种意义上说这也是藐视上帝、亵渎神灵的行为。但丁和前者辩论了佛罗伦萨的一些政务，和后者则谈到了圭多·卡瓦尔坎蒂（卡瓦尔坎特的儿子、但丁的挚友）。

第七层地狱分为三个环：第一环收纳的是对他人施暴者的阴魂，如西西里暴君狄奥尼修斯、帕多瓦的统治者阿佐利诺和谋财害命、杀人越货的强盗，他们被浸泡在沸腾的血河中熬煮；第二环收纳的是对自己施暴者的阴魂，包括自杀者（对自己性命施暴）和倾家荡产者（对自己的财物施暴），前者变成形状怪异的荆棘，后者则在荆棘林中奔跑，被荆棘剐蹭得浑身伤痕；第三环收纳的是亵渎上帝、违背自然规律者的阴魂，如鸡奸罪人和高利贷者，他们身陷火雨与热沙之间，受着双重的烧烤。

第八层地狱又名恶囊，是个环形的平川，分成十个同心圆即囊。每个囊都由石壁隔开，囊的上面都有一座拱桥；拱桥是由最外层的悬崖伸出来的岩石形成的。这些小桥又互相连接，形成一条狭窄的通道，从外层悬崖边直通位于圆环中心的深井旁边。形形色色的欺诈者（如淫媒者、诱奸者、阿谀奉承者、买卖圣职者、贪官污吏、占卜家、盗贼、出谋划策者、制造分裂者、造假者等）的阴魂，分别在这十个囊中接受不同刑罚。

第九层地狱是一个冰湖，称科奇土斯，分成四个环：第一环称该隐环，收纳杀害亲属者的灵魂。第二环称安迪诺尔环，收纳叛国、叛党者的灵魂。第三环称托勒密环，收纳杀害宾客者的灵魂。这三个环的罪人被冻在冰里，或头露在外面，或整个身子都冻在冰里，皮肤冻得青紫，牙齿冻得咯咯打战。第四环称犹大环，位于冰湖中心。那是魔王待的地方。魔王身躯巨大无比，头上左、中、右各长有一张面孔：正面的那张面孔上的嘴巴中咬着出卖耶稣的犹大；两边两张面孔上的嘴巴里分别咬着出卖恺撒的布鲁图和卡修斯。

冰湖就是地狱的尽头。但丁和维吉尔游完地狱后，维吉尔抱着但丁顺着魔王的身躯爬过地心，穿过一个石洞，来到炼狱门外的沙滩上。《地狱篇》到此结束。

肖天佑

2017 年 8 月于北京

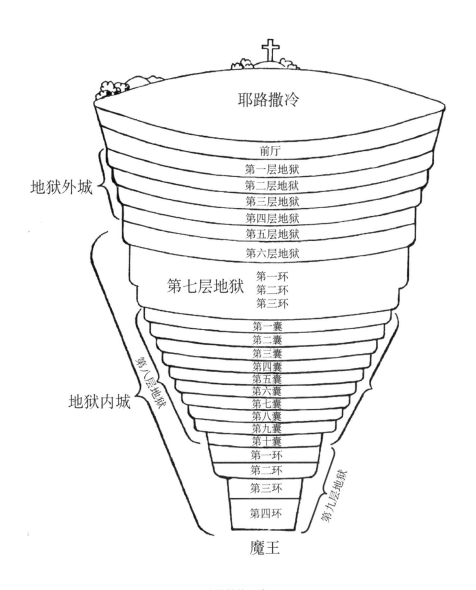

耶路撒冷

前厅
第一层地狱
第二层地狱
第三层地狱
第四层地狱
第五层地狱
第六层地狱

地狱外城

第七层地狱
第一环
第二环
第三环

第一囊
第二囊
第三囊
第四囊
第五囊
第六囊
第七囊
第八囊
第九囊
第十囊
第一环
第二环
第三环
第四环

第八层地狱

地狱内城

第九层地狱

魔王

地狱结构示意图

第一曲

导师随即动身，
我便随后紧跟。

　　但丁设想的地狱位于耶路撒冷附近，入口则开在一片森林之中。1300年但丁偶然迷途陷入这处密林。密林景象恐怖、阴森，让但丁觉得身陷绝境；加之又有三只猛兽拦路（它们是一只花豹，象征肉欲；一只雄狮，象征骄傲；一只母狼，象征贪婪。简而言之，它们代表了基督教教义列举的人类的主要罪行），更让但丁丧失了前行寻求正路的勇气。正当但丁面对一座山丘进退维谷之时，维吉尔[1]的灵魂显现。维吉尔是但丁最崇拜的古罗马诗人；但丁曾怀着爱与敬，反复读维吉尔的诗，研习维吉尔的诗韵，所以对维吉尔说："你是我权威，/ 你是我老师，/ 荣誉与技艺，/ 全都归于你。"

维吉尔答应帮但丁另辟路径，翻越面前那座阳光笼罩的山丘，前去游历地狱与炼狱，然后再把他交给贝阿特丽切[2]的灵魂，由她带领但丁游历天国。有维吉尔的承诺与帮助，但丁满怀信心地接受维吉尔的建议，跟随着他开始了那艰难而光荣的冥界之旅。据注释家们推算，但丁构思的冥界之旅始于1300年4月8日清晨。

恐怖、阴森的密林在这里有着三重象征意义：一是象征但丁失去贝阿特丽切这个精神上的向导之后，陷入迷惘和错误之中不能自拔；二是象征基督教世界，尤其是意大利，由于教皇同时掌握世俗和宗教双重权力，主教僧侣贪婪成风，买卖圣职，教会日益腐败；三是神圣罗马皇帝放弃自己职责，封建割据势力纷争不已，国家陷入混乱状态。但丁作为个人，迷途知返，愿意悔过自新；作为人类代表则揭露现实生活的黑暗，唤醒人心进行改革，让自己和社会都能得救。这就是但丁创作《神曲》的宗旨。

1　维吉尔（Publio Virgilio Marone，公元前70—前19年），古罗马诗人。他的主要作品为长篇史诗《埃涅阿斯纪》，讲述特洛亚英雄埃涅阿斯（现代意大利文为Enea，译为埃涅阿）在特洛亚城被希腊人攻陷后，逃亡到意大利建立新的邦国的故事。古罗马传说称，建立罗马城的英雄罗穆洛和雷莫兄弟，就是埃涅阿斯的后裔，所以古罗马人以自己源于特洛亚这一古老而文明的民族而自豪，古罗马皇帝也乐意把自己与埃涅阿斯家族联系起来。可见《埃涅阿斯纪》深受罗马人热爱。但丁非常崇拜维吉尔，认为他是与古希腊亚里士多德齐名的哲人，不仅尊称其为自己的老师，还选择他（的灵魂）作为自己幻游地狱与炼狱的向导。

2　贝阿特丽切（Beatrice Portinari，1266—1290年），是但丁童年时的偶像，24岁就英年早逝，但丁始终未能向她表达爱慕之情。在但丁的观念中，贝阿特丽切象征信仰和神学，维吉尔象征理性和哲学，而在中世纪信仰和神学高于理性和哲学，人要靠信仰和神学洗涤罪恶，求得灵魂重生进入天堂。所以但丁要把贝阿特丽切安排为他游历天国的向导。

密林

人生半征程，

迷路陷密林。

歧路已远离，

正道难寻觅。

密林暗且阴，

浓密又荒僻，

言语难表述，

内心存余悸。

犹如面对临终，

悲痛难以说清。

先表三只猛禽，

再说维氏[3]福星。

阳光照耀下的山丘

何以入密林，

我也说不清，

只觉昏沉沉，

误入歧路行；

3　维氏指古罗马诗人维吉尔。因诗句节奏需要，这里简化为"维氏"，我觉得符合中国人的思
维习惯。

战战穿谷走，
小丘拦去路，
仰面向上看，
阳光满山巅。

太阳啊上帝，
教人善行积，
驱尽邪与魔，
澄清我心湖。

黑暗已远离，
恐惧稍平息，
回首看密林，
犹如落海人：

登岸望波涛，
喘息伴余悸。
我心亦如此，
恐惧仍难避，

不禁想提问：
恶林啊幽谷，
有无活灵魂
你可曾放过？

稍事休息后，
沿坡向上攀：
一足踏在地，
一足半空悬。

三只猛兽

山路渐陡峭，
卧伏一花豹：[4]
灵便且轻巧，
斑斑花皮毛，

不左也不右，
拦住我去路；
前行既不能，
几度思回头。

此时天刚亮，
太阳居白羊；
上帝造物时，
令其白羊始。[5]

4　豹象征肉欲。
5　按照基督教的说法，上帝造物始于春季，造出太阳后就将其放在白羊座中，并让它从那里开
　　始一年的运行。白羊即白羊座。

旭日壮我胆，
春风暖心田，
上帝同我在，
何惧豹作怪。

另有雄狮[6]一头，
昂首迎面走来；
饿狮若一声吼，
空气也会战抖。

还有一只母狼，[7]
消瘦而且贪婪
（众多罪犯获刑
首因就是贪婪），

母狼凶残相，
令我心惶惶；
登顶的信心
因它而尽丧。

犹如一赌徒，
欢喜下赌注，
轮到输钱时，
悲哀满心思。

6　狮子象征骄傲。
7　母狼象征贪婪，包括贪财、贪色、贪做官。

母狼缓缓行，

步步逼我近；

我心已慌乱，

欲退回幽林。

维吉尔

上山或返回，

踌躇难确定；

突闻沙哑声，[8]

又见一身影。

荒野现人影，

急呼其救命；

不管他是谁，

是人还是鬼。

只听他答道：

"从前我是人，

现在我是鬼；

我父母双亲，

---

8 有关沙哑声，原著有详细注释，大意是：维吉尔象征理性，理性的声音在迷失正路的人心里
   早已沉寂。当他刚刚醒悟过来时，还难以听得清楚，就觉得那声音微弱沙哑。

曼托瓦[9]出生，

祖籍伦巴第，[10]

伦巴第的人。

恺撒当政时，

我来到人世；

那时我年幼，

错过了时机，

未得其赏识。

奥古斯都[11]帝，

罗马初登基；

旁门左道兴，

基督未降临。[12]

我移居罗马，

宫廷作诗人，

歌颂埃涅阿，[13]

事迹真感人：

9　意大利北部伦巴第大区南部一城市。

10　伦巴第地区位于意大利北方中部。

11　即罗马帝国第一任皇帝奥古斯都（Augustus，公元前63—公元14年），即屋大维（Caio Giulio Cesare Ottaviano），公元前29年创建罗马帝国，任罗马帝国皇帝。

12　按照基督教的说法，耶稣基督是公元00年出生的，而维吉尔殁于公元前19年，故曰耶稣基督尚未降临。当时罗马人信奉多神教，维吉尔称其神祇为虚妄假冒的神灵，故译为"旁门左道"。

13　即维吉尔的《埃涅阿斯纪》主人公埃涅阿，他的故事是：特洛亚城被焚后，带着其父安喀塞斯（Anchises）和儿子乘船向西逃往意大利，历经各种磨难到达西西里岛建国，后又率众登陆意大利半岛。后面我们还会读到有关其登陆意大利半岛后的事迹，这里不必多说。

特洛亚已焚，
图谋再复兴，
携带父与子，
乘舟向西行。"

导师突然问我：
"为何心生悲愁？
不知翻过此山
就是上天之路？"

"难道你真是
维吉尔老师？
《埃涅阿斯纪》
出自你手笔？"

我含羞回答说，
"众多后来人
羡慕你荣耀，
视你为神人；

我亦是如此，
怀着爱与敬，
反复读你诗，
研习你诗韵。

你是我权威，
你是我老师，
荣誉与技艺，
全都归于你。

你看那母狼，
逼我想回头；
老师啊圣哲，
快把它撵走!"

见我泪流淌，
导师为我想：
"若要保性命，
需另辟路径。

你瞧那只母狼，
把你吓成这样；
它不会让活人，
走过它的身旁。

母狼本性凶残，
贪欲难以填满，
即使饱餐之后，
依旧饥肠辘辘。

预言猎犬降临

贪婪如狼的人，
数目与日俱增；
猎狗[14]即将降临，
会让母狼丧命。

猎狗出身微贱，
犹如劣质毛毡，
具备美德智慧，
不贪土地金币。

衰弱意国需振兴，
卡米拉，厄亚罗，
图尔诺以及尼索，
为此伤残或毙命。[15]

猎狗将把贪婪狼
赶出一切地方，

---

14 但丁认为，母狼代表贪婪，导致人类社会道德败坏，秩序混乱，而训练有素且行动敏捷的猎狗可驱除豺狼，帮助上帝对人类社会进行整治。狗（即使是猎狗）在我们中国人的意识里，形象并不光彩，可在意大利人眼里，它却是人类忠实的朋友。这里沿用"猎狗"，即但丁的用词，希望读者注意这一差别。

15 埃涅阿斯在意大利西西里岛立足后，又率众进军意大利半岛中部的拉齐奥地区，那里住着以拉丁人为主的拉蒂努斯部落，并与拉蒂努斯部落结盟，参与其与周边部落的纷争。拉蒂努斯国王见他作战英勇，将女儿拉维尼娅公主许配给他，所以后来恺撒和奥古斯都等，都认为自己是特洛亚民族的后裔。卡米拉是拉蒂努斯邻邦沃尔斯克国王的女儿，图尔诺是另一邻邦图鲁利斯的王子，而厄亚罗和尼索则是埃涅阿斯从特洛亚带来的兄弟。可见维吉尔在这里列出了交战双方的牺牲者，认为他们参与的那些战争，都是为了意大利的统一和振兴。

把它关进地狱

它本来待的地方。

游历冥界

我想，为你好，

做你的向导：

我在前你随后，

带你游历地狱。

先辈的亡灵们

在那儿受煎熬，

为获二次死亡[16]

在那悲痛呼号；

有的在受火刑，

表情好似安心，

甘愿受那惩罚，

争取能进天庭。

你若去游天堂，

我需把你交给

---

16 "二次死亡"，原著注：但丁的这个概念很不清楚，因为按照基督教教义，灵魂是不死的，最
   后审判之后，下地狱的将在地狱永远受刑，上天堂的将在天国永远享福。有注释家认为，但
   丁是指在地狱服刑的阴魂，等到上帝最后审判后的灵魂死亡；而第一次死亡是肉体死亡。

她，贝阿特丽切，
她更配把向导当：

天堂的主宰
是耶稣基督，
我非他信徒，[17]
难入其城府；

基督的权威
遍及全宇宙，
天堂是他首都
那里有他宝座。

被他选入天堂，
该有多么荣光！"
我以上帝名义，
急忙吁请老师：

"帮我避开罪孽，[18]
领我走出绝境，[19]
领我去看你说的
地狱里的罪人

17　维吉尔殁于公元前19年，当时耶稣尚未诞生，故未信其教。
18　指上面猛兽代表的罪孽，尤其是母狼代表的贪婪。
19　"绝境"指上面的密林和幽谷。

和圣彼得之门。"[20]

导师随即动身，

我便随后紧跟。

---

20 "圣彼得之门"指炼狱之门，即但丁敦促维吉尔快领他去游历地狱与炼狱。圣彼得，耶稣基督的十二弟子之一，负责在罗马和意大利传教，后成为罗马教廷第一任教皇。按照基督教神学，圣彼得把守炼狱之门，凡被打入地狱之徒，不得从他那里经过，防止其混入炼狱。

第二曲

我，贝阿特丽切，
天堂尊享永福……
我是出于爱怜，
下来求助于你……

但丁跟随维吉尔的灵魂攀爬山丘。天色渐晚，满怀希望的但丁，又开始怀疑起来：生前到过冥界的人，此前只有埃涅阿和圣保罗二人。前者是因为上帝选定他作为罗马的奠基人，而罗马将成为罗马帝国的首都和未来教皇的府邸；后者则将通过传教让人们信仰基督，如不信仰基督是不可能得到救赎的。他们生前就有能够游历冥界这样的恩赐，现在怎么会降临到但丁他这样一个既无特殊功绩、也未肩负任何天命的人身上呢？但丁怀疑了，动摇了。为了帮助但丁战胜胆怯心理并对游历冥界这一光荣的使命充满信心，维吉尔告诉他说，天堂里有三位女性十分关怀他的灵魂救赎问题，她们是：圣母马利亚、圣卢齐亚[1]和贝阿特丽切。贝阿特丽切还毫不犹豫地从天堂下来，请求维吉尔赶快去帮助她这位感到绝望而无助的朋友但丁，并且带领但丁游历地狱与炼狱。

第二曲讲述但丁犹豫不决以及维吉尔对他的鼓励，一方面要说明但丁对这次幻游冥界抱着极其认真的态度，另一方面也想向读者证明但丁冥界之旅是上帝的安排，如同上帝以前安排埃涅阿和圣保罗游历冥界一样。

但丁听了维吉尔的解释之后，再次信心满怀，跟随老师维吉尔开始游历地狱之旅。

《神曲·地狱篇》第一曲、第二曲实际上是《神曲》的序言，从两个方面写但丁为什么要进行冥界之旅：不仅是为了但丁个人的救赎，而且是执行上帝赋予的使命——拯救整个人类。

1　圣卢齐亚（Santa Lucia，218—304年）曾是西西里锡拉库萨人，生前多行善事，为传播基督教而受刑并殉道，后被封为圣人。中世纪以来奉她为患眼疾病人的守护神，她的塑像与画像手心中总持有一只眼球。但丁因酷爱读书，视力较弱，所以特别敬奉她这位眼疾患者的守护神。

但丁犹豫不决感到胆怯

日落天渐暗，
众生息劳作，
唯独我还要
受累把山攀。

进入地狱之门，
遇到受罚灵魂，
需把怜悯收起，
捋顺混乱记忆。

啊，诗神缪斯，
还有我的才智，
快来给我帮助，
录下我的目睹，

记住其中真谛。
我便请求老师：
"诗人啊导师，
进入冥界之前，

审视我的品行，
看我是否能够
胜任你的委托——
阴阳跨界之游。

我读你的长诗，
你在那里说过，
埃涅阿血肉之躯
就去冥界游过。[2]

那是因为上帝
认为所有后裔，
无人能够具有
他那样的品质；

无人能够起到
他能起的作用。
上帝这种看法
后人无不认同。

上帝早已确立，
让他作为罗马
和罗马帝国的
奠基者、创始人。

其实圣城罗马
注定是圣彼得，
基督的大弟子，
及其继任的府邸。

2　指埃涅阿曾由神巫带路，肉身前往地狱。参见《埃涅阿斯纪》卷六。

埃涅阿在地狱

见到他的生父，

听到许多教诲，

帮他战胜仇敌，

确立教皇权威；[3]

后来圣徒保罗

自称也曾去过。[4]

上帝选择他去

为信仰索取证据：

唯有信奉基督

才能获得救赎，

而我为了什么？

又是谁的允许？

我不是埃涅阿，

也不是圣保罗，

我配游历地狱？

我则自认不行，

别人也不相信；

3　埃涅阿在地狱曾遇到其父安喀塞斯，听到父亲许多教诲，受益匪浅，对他后来战胜仇敌以及
　　确立教皇在罗马的权威，帮助很大。

4　参见《新约·哥林多后书》第12章第2句："我认得一个在基督里的人（即保罗），他前十四
　　年被提到第三层天上去。或在身内，我不知道，或在身外，我也不知道，只有神知道。"

如我贸然前往，
必是冒险疯狂。

老师你明智，
明白我意思。"
我像那种人士：
有了新的想法，

就放弃旧主意；
事情刚刚开始
就不想再继续。
昏暗降临山脊，

我瞻前又顾后，
把贸然决定的
游历冥界之举，
立即置于脑后。

维吉尔的劝说和贝阿特丽切的帮助

"我当然明白，"
老师回答道，
"你的思维啊，
已被胆怯笼罩；

胆怯让人迷惑，
放弃光荣之举。
犹如一头牲畜
会被假象吓退。

为消除你疑虑，
我这就告诉你，
为什么怜悯你
以及我的心意：

我是一个幽灵，
忽听圣女[5]招呼
（圣女至美至福，
闪闪发光双眸，

声音平和温柔），
我急上前伺候。
从天而降的天使，[6]
便对我这样解释：

'啊，曼托瓦人[7]哪，
你的美名尚存

5　指贝阿特丽切。
6　指贝阿特丽切。
7　指维吉尔，他出生曼托瓦，参见本书第一曲注9。

（虽然你已死亡），

并将与世长存。

不幸我那朋友[8]

受困山坡小路，

既瞻前又顾后，

犹豫似想退后。

得到这个消息，

急忙下来找你，

害怕姗姗来迟，

担心他再迷失。

现在请你动身，

以你美妙言辞

设法帮他获救；

我也得到慰藉。

我，贝阿特丽切，

天堂尊享永福，

我还要回到那里

享受天堂至福。

8　指但丁。

我是出于爱怜，
下来求助于你；
我将在上帝面前，
多多赞美于你。'

她说罢我接续：
　'啊，圣德之女
（正是这些美德
让人超越牲畜），

你的上述命令，
我会立即执行；
不必再说别的
为我加油打气。

但愿你告诉我，
你从天上贸然
下到我这地狱，
就没担心重返

辉煌天庭可能?'
她回答我说道：
　'既然你想知晓，
那就让你知道：

　　　　　　　　　　　　　　　第二曲

你只需担心的是

能伤害你的事物；

其他任何东西

你都不必顾忌。

上帝造我成这样，

你们的灾难，包括

那地狱中的烈火，

都不能伤害于我。

我那朋友受阻，

感动天庭圣母，

背着严厉天条 9

呼唤卢齐亚说道：

"你的那位信徒

需要你的帮助，

我就把他托付你。"

卢齐亚疾恶如仇，

急忙前来找我；

当时拉结 10 在座。

9　指但丁受阻于密林，那是上帝的安排，或者说是上帝对他的惩罚。圣母要帮助他，是不顾上帝对他的惩罚，或者说违背上帝对他的惩罚。

10　据《旧约·创世记》第29章第16—30句说，拉结是拉班次女，与其姐姐利亚同嫁雅各。按基督教神学家们的说法，拉班代表"冥想生活"，利亚代表"行动生活"，这句话的意思是：当时贝阿特丽切正与拉结一起在天堂闲坐。

卢齐亚对我说：
"你至善至美，

是上帝的杰作，
为何不去救助
才华出众且爱
你呀至深的朋友？

你没听见他哀号？
你没看见他身处
险恶的密林幽谷，
与邪恶猛兽搏斗？"

听完她这席话后，
我立即赶到这里；
就算世人避害趋利
也没我来得迅疾。

因为我对你信任，
也信任你的作品：
它给你带来荣誉，
也让读者感到荣幸。'

说完这席话后，
圣女眼含泪珠，

第二曲

让我感动至深，
急忙赶来施救。

我是奉她之命，
救你摆脱猛兽，
领你选择捷径，
攀上光明山坡。

现在你怎么了？
为何踌躇不前？
为何复生胆怯，
依旧不能坦然？

天堂三位圣女
如此关怀着你；
我的这些话语
也是对你应许。"

但丁恢复坦然心情

犹如盛开小花，
夜间收拢低垂，
晨曦刚一露头，
立即重现生机。

此时我的心绪，
恰似小花这般，
内心充满勇气，
行动更加坦然：

"啊，拯救我的圣女，
你真是慈悲为怀！
还有你，尊敬的诗人，
立即奉命赶来

转述圣女诤言，
打动我的心灵，
让我心甘情愿
恢复原来打算。

现在我们走吧，
你是向导、主人，
但是我们二人，
如今一个心意。"

我对老师说罢，
老师立即动身，
我们重新走上
艰难而荒僻的路程。

27　　　　　　　　　　　　第二曲

第三曲

这时一位老人
满头白须白发，
驾着一艘大船，
冲着我们驶来……

　　但丁跟随维吉尔来到地狱门口。这里是一片昏暗的空间，没有光线，天空中连星星都没有。首先映入但丁眼帘的是地狱门楣上题写的诗，让但丁看了为之一震。然后他听到各种叹息、悲泣和哭号之声响成一片，更让但丁心惊胆战。

这里是地狱的外围，收纳着那些生前既未作恶也未留下骂名的人们的灵魂，例如魔王卢齐菲罗背叛上帝时那些既不站在魔王一边，也不站在上帝一边的天使们，还有那些生前无所作为者的灵魂，例如主动辞去大位的罗马教皇切莱斯廷五世。这些灵魂虽未受到严厉惩罚，也无须进入地狱深层，像地狱里的罪犯那样，在上帝最后审判之日获得二次死亡（即灵魂死亡），但他们只能待在地狱门外，悔恨生前碌碌无为的一生，捶胸顿足，痛哭流涕，泪水和着鲜血从脸上流到地面，供蛆虫吮吸。

但丁身为人文主义者，不仅强调人的能力，而且强调人生一世要有所作为。无所作为的人，哪怕是在关键时刻无所作为的人，如罗马教皇切莱斯廷五世：当选教皇之前不能说无所作为，但当选教皇之后放弃皇位，也属无所作为。这种人也应受到惩罚，也要下地狱。

再向前走，但丁看到众多阴魂。他们一群一群地待在冥河岸边等待过河，前往各层地狱去接受惩罚。他们拥挤着、一拨接着一拨地争抢登船过河。此时大地突然发生地震，但丁吓得昏迷过去。《地狱篇》第三曲到此结束。

地狱之门

我是城门　　地狱之门　　由此进入

地狱领域　　你将遭受　　赎罪痛苦

永无休止　　你将加入　　罪犯队伍

我是地狱　　上帝造物　　圣父权威

圣子智慧　　圣灵仁德　　三位一体[1]

将我铸就　　在我之前　　上帝造就

仅有几物[2]　我与它们　　永垂不朽

其他造物　　都非永生　　均在我后

奉劝诸位　　进入此门　　休想复出

赶快丢掉　　任何幻想

1　基督教的上帝为"三位一体"的神，即圣父、圣子、圣灵，或者像诗中所说："圣父的权威、圣子的智慧和圣灵的仁德。"

2　按照基督教的说法，上帝创造地狱之前，先创造了天堂、天使，以及水、火、土和气四要素，仅这几样东西是"不朽之物"。后来，以卢齐菲罗为首的一批天使背叛上帝，被上帝赶出天堂，打入地狱。地狱才因此被创造出来。至于地球上的山川、生物和人类，那是以后才创造出来的，都不是"不朽之物"。

城门上这首诗，
颜色异常昏暗，
工整地书写在
地狱门楣上边。

于是我对老师说道：
"这诗让我毛骨悚然。"
老师异常老练，
忙回答我说道：

"这里不容任何迟疑，
胆怯情绪都要抛弃。
现在我们已经进入
我对你讲过的区域。

这里你将看到
一些凄惨场面：
被遗弃的灵魂
在此经受磨难。"

老师和善地
牵起我的手，
给我以宽慰，
领我进入地狱。

无所作为者

叹息、悲泣、哭号
响彻昏暗天空，
初见此情此景
让我无限悲恸。

语言腔调不同，[3]
抑扬顿挫不一，
加上顿足捶胸，
还有相互碰撞，

构成一片喧嚣，
震撼这片空气。
犹如狂风大作，
砂石屏息呼吸，

让我痛苦难忍，
掩耳抱头询问：
"这是谁的声音？
为何如此伤心？"

老师回答我曰：
"这些可怜灵魂，

---

3 指来自世界各地的鬼魂，他们操着各国语言和各地方言。

属于这样的人，

他们既未作孽，

也未留下骂名。"[4]

其中有群天使，

不忠不叛上帝，

仅为他们自己。

天堂为自身纯洁，

拒绝接受他们；

地狱深层亦然，[5]

反而蔑视他们。

"老师，"我问道，

"他们有何痛苦，

发出这般哭号?"

老师简洁答道：

"这些可怜魂灵，

无望二次死亡，[6]

4　但丁认为，人生在世应该有所作为。醉生梦死、无所作为之人，因为他们没有为善，灵魂不
　　能进入天堂；但他们也没有作恶，也不应该进入地狱深层。所以但丁将他们放在这里——地
　　狱大门的外边。

5　这些在卢齐菲罗背叛上帝时保持"中立"的天使，他们没支持上帝，所以被天堂拒绝。地狱
　　也拒绝他们，因为那些被打入地狱变成恶鬼的天使，认为自己还有点"反叛精神"，他们则
　　连这点反叛精神都没有，因此对他们抱着蔑视的态度。

6　即这些因一生庸碌、无所作为的灵魂，他们既不能进天堂，也不能进入地狱深层，待在地狱
　　门前哭号，悲哀自己连地狱里的阴魂都不如。地狱里的阴魂在最后审判之日，灵魂还可以获
　　得第二次死亡（参见本书第一曲注16），而他们则不能。

庸庸碌碌一生，
不如地狱罪人。

他们名声不佳，
上帝不愿怜悯，
正义亦将鄙弃。
还是别说他们，

你快向前游历。"
当我定睛一看，
发现一面旗帜，
飞速奔驰旋转，

似乎永不停息；
跟在旗帜后面
一队漫长鬼魂。
若非亲眼所见，

我真不敢相信：
死神已经夺去
这么多人性命。
后来我才认出

一位熟悉面孔，
那位出于怯懦

放弃大位之人，

切莱斯蒂诺

五世罗马教皇。[7]

因此我能确认：

这是一帮罪人

不讨上帝欢心，

还被仇敌鄙弃；

他们枉活一生，

现在赤身裸体

遭牛虻黄蜂蜇袭。

鲜血泪水相掺，

缓缓流向地面，

供那些可恶的

蛆虫随意吮吸。

冥河与卡隆 [8]

然后我舒目远望，

7　即皮埃尔·达·马隆内（Pier da Marrone，约1210—1296年），1294年当选罗马教皇，封号切莱斯廷五世（Celestin V），加冕仅四个月就自感不能胜任教皇职位，宣布退位。但丁认为他退位是由于怯懦，因此将他作为无所作为者的典型放在这里。

8　据古希腊神话，卡隆（Charon）是冥神和夜的儿子，在冥界担负运载亡灵渡过冥河的职务。

看见一队人群
云集冥河岸上，
便向老师问询：

"老师，请告诉我，
他们是什么人？
什么迫使他们
急于在此过河？

那里光线昏暗，
让我无法分辨。"
老师说："等我们
到达冥河岸边，

这一切你会明白。"
我含羞垂下双眼，
担心问得不妥；
直至冥河岸边，

我都闭口无言。
这时一位老人
满头白须白发，
驾着一艘大船，

冲着我们驶来，
一边厉声喝道：

“罪恶的死灵魂，
你们劫数已到！

我要把你们渡到彼岸，
投进黑暗、烈火与冰寒，[9]
让你们永远不见蓝天。
喂，你，你是一个活人，

赶快离开他们，
他们都是死人。”
见我站立不动，
随后他又补充：

“另有一条轻舟
带你别处过渡，
不与他们同船
在此渡往彼岸。”[10]

我的向导对他说：
“卡隆，你别发火，
这是上帝决定，
你就别问原因。”

9　指地狱中的各种酷刑。
10　指可以通过赎罪得救的人们，不必过此冥河，他们的亡灵应该在位于罗马的台伯河河口集
　　合，由天使驾船渡他们越洋过海，到炼狱山下聚集（详见《炼狱篇》第二曲注4）。

卡隆目光里的
怒火慢慢平静，
铅灰色脸上的
愠色渐渐收起。

但是一旁那些阴魂，
赤身裸体神色凄惨，
听到卡隆的狠话
顷刻面色大变：

个个咬牙切齿，
开始诅咒上帝，
诅咒他们双亲，
诅咒他们出生的

时间以及地点，
诅咒他们祖先。
这些都是生前
不惧上帝的鬼魂，

他们哭着号着
聚到冥河岸边，
等待渡到彼岸。
卡隆依旧愤懑，

第三曲

手势命令他们
赶快弃岸登船；
谁若稍有迟缓，
立即船桨伺候。

亚当后裔魂灵，
听到卡隆命令，
——弃岸登船，
破浪奔向对岸。

犹如秋天落叶，
一片接着一片，
直至树叶落尽，
裸露树枝树干；

亦似受训小鸟，
听到哨声召唤，
返回主人身边。
他们尚未到岸，

又有新的鬼魂，
一群接着一群
聚集此处等候。
老师语气温柔

对我说："孩子，

但凡惹怒上帝

而死亡的灵魂，

要从世界各地

来到这里汇聚；

他们急于过河

奔赴各层地狱，

接受上帝惩处；

仿佛上帝判罚

成了他们意愿：

既然无法避免

不如早日兑现。

善良人的阴魂，

不该由此过河。

卡隆那些抱怨

并非他的意愿。"

突然地震、但丁昏迷

老师话语刚完，

大地开始震颤，

震得如此厉害，
想起来我现在

还觉大汗淋漓。
泪水浸透大地，[11]
一阵狂风刮起，
一道红色电闪，

吓我陷入昏迷，
就像睡意来袭，
扑通一声倒地。

11　原著这句的意思是：泪水浸透大地产生的蒸汽和狂风导致地震发生。这是当时自然科学对地
　　震产生原因的错误看法，现代人当然无法理解了。为了减少我国读者理解困难，译者改成这
　　样，即在泪水浸透的地面上刮起一阵狂风。

第四曲

快看为首那位，
手持宝剑那位，
他就是著名的荷马，
素有诗歌之王称谓。
其后跟着讽刺
诗人贺拉斯，
第三是奥维德，
最后卢卡努斯。

但丁从昏迷中惊醒，直接来到地狱第一层。从第三曲末尾被地震、闪电吓昏，到这第四曲开头被响雷惊醒，已经身处地狱第一层，但丁没有交代他和维吉尔是如何渡过冥河进入地狱的。但丁从昏迷到惊醒这一转换过程，委实有些神秘。在现实生活中，从阳界转入阴界，是绝对不可能的，所以，我们只好委屈点，不去深究这种神秘的转换，权且跟随但丁接着往下阅读。

但丁的地狱第一层，收纳那些没有来得及犯罪的婴幼儿的灵魂和基督降生之前死去且未曾犯罪的人的灵魂，包括那些做出重大贡献的伟人。他们因为没有罪过，不能将他们打入地狱深层，但他们未接受洗礼、没有成为基督徒，也不能进入天堂。他们在地狱第一层所受之"苦"仅仅是"叹息"，叹息自己不能进入天国。其中有些人不仅没有罪过，而且在历史上还做出过重大贡献，但他们因出生在基督降临之前，未曾信奉上帝，虽不必接受地狱之苦，也不能进入天堂：他们的问题尚悬而未决，要等上帝的"最后审判"，因此他们还有进入天堂的一线希望。但丁的这种安排，充分反映了他那人文主义者的立场，与基督教教义相违背。

这些人在地狱第一层里构成了一个特殊的群体，但丁将他们安排在一座城堡之中。他们又分为三种人群：1.人类始祖和犹太人的祖先，被但丁点名的有亚当、亚伯、挪亚、摩西等。这些人的灵魂已被基督赦免并带入天堂。2.古代伟大的诗人，被点名的有荷马、贺拉斯、奥维德和卢卡努斯，他们尚和历史上的一些伟人待在古堡里，等候上帝救助。3.罗马人祖先中的名人，上至特洛亚人的始祖，到拉丁人的祖先，再到古希腊、古罗马，乃至中世纪的一些名人。被但丁点名的人数众多，如特洛亚人的始祖厄列克特拉、赫克托尔、埃涅阿，拉丁人的祖先拉蒂努斯及其后裔布鲁图、恺撒等。

但丁特别推崇哲学家，把亚里士多德、苏格拉底、柏拉图等捧为上座，然后又列举了许多在哲学和其他科学中做出重大贡献的人物，如天文学家托勒密，几何学家欧几里得，医学家希波克拉底等几十位伟人。由于这些人名较长，只能音译，给诗歌翻译带来巨大困难。好在最后这一部分在这首诗歌中所占篇幅不算太大，读者只要耐心忍耐一下，坚持读下去，后面的诗歌会更加精彩。

地狱第一层——林勃 [1]

一声响雷传来，

将我睡梦惊醒，

恰似熟睡之人

被人用力推醒。

睡眼尚且惺忪，

我便挣扎起身，

转睛四处张望，

欲知身处何方。

其实我已来到

痛苦深渊边沿：[2]

渊底深不可测，

哭号之声一片；

凝目向下观看，

深邃浓雾昏暗，

1　地狱第一层又称林勃层。但丁构思的地狱共九层，一般都以序号标称，如第一层、第二层，
　　但第一层有个别称，即林勃层；第九层分成四个环，每个环也有别称，详见本书第三十三、
　　三十四曲。

2　即来到地狱边缘。但丁没有交代他和维吉尔是如何渡过冥河来到地狱边缘的。从上一曲结尾
　　但丁因闪电突然昏迷，到这曲开头但丁被响雷惊醒，这一大段都被省略了，让人感到非常神
　　秘。这大概是因为从阳界过渡到阴界是根本不可能的，但丁无法向读者交代，只能以这种神
　　秘的方式摆脱这一困境。

阻挡我的视线，
什么也难看见。

"我们由此下去，"
老师随即开口，
"我在前你随后，
进入昏暗地狱。"

见他面色骤变，
我问："我恐惧时
是你为我壮胆，
现在我该咋办？"

他回答我说道：
"下面鬼魂哭号，
让我怜悯心起，
并非我也恐惧。

我们快快赶路！
前行路程漫长，
催促我们上路。"
于是他前我后

进入地狱一层：[3]

那里没有哭泣，

仅有叹息声声

扰乱宁静空气；

这里众多男女，

还有无数幼婴，

个个都在叹息，

打破空气宁静。

仁慈老师问道：

"你难道不想知道

他们是谁的魂灵？

你且脚步缓行，

让我讲给你听：

他们未曾犯罪；

如若有过功绩，

就因未受洗礼，

未加入信众群体；

若生于基督之前，

3　但丁幻想的地狱，是个巨大无比的深渊。从地面到地心呈圆锥状，像个上宽下窄的漏斗。环绕深渊的第一圈，即地狱第一层，名曰"林勃"，未来得及接受洗礼就死亡的婴儿的灵魂，在基督降临之前就已死亡者的灵魂，包括那些因立德、立言、立功而名垂后世的伟人的灵魂，都收纳在这一层。他们受到的"惩罚"，是精神上的惩罚，而非肉体上的惩罚，所以他们仅仅发出叹息之声，表示他们希望看到上帝、进入天堂，却不能如愿以偿。

就因未信奉上帝。
这里也有我自己。

虽无罪过却有缺陷，
不能获得上帝赦免，
只能心怀期盼，
暂未获得报偿。"

老师这样讲，
令我很悲伤；
但我在此幸遇
许多杰出人物，

他们虽处地狱一层，
命运尚未最后确定。
"告诉我，我的向导，"
为证实我的想法问道，

"是否有人靠功德，
靠自己或他人功德，
从这里出去并进入
天国，享受永福?"

老师明白我的意思，
回答道："来此不久时，

我就看见基督降临，
带走了亚当的魂灵，

以及他的子孙
亚伯、挪亚的灵魂，
还有听命上帝的
立法者——摩西、[4]

酋长亚伯拉罕、
国王大卫以及
以色列及其父亲
和他的子孙后裔，

包括其妻拉结[5]
和许多其他伟人。
基督把这些人
都带进天国享福；

我还想告诉你，
他们获救之前，
没有任何灵魂
得到上帝赦免。"

4　亚伯是亚当的第二个儿子，挪亚算是亚当的孙子，而摩西则是带领以色列人出埃及的首领，他们的功绩参见《旧约》有关章节。

5　亚伯拉罕是以色列人的始祖，大卫是犹太部落的首领；以色列的意思是上帝的战士，即亚伯拉罕的孙子雅各，雅各和天使摔跤，战胜天使后，上帝赐给他这一名字。关于拉结，参见本书第二曲注10，她是拉班的女儿，雅各为娶拉结为妻，在拉班魔下服务了14年。（参见《旧约·创世记》第29章第16—30句）

古代伟大诗人

导师讲述之时，
我们脚步不止，
穿过那密集的
死魂灵的群体。

离我苏醒之地
我们未走多远，
就见有片火光
照亮地狱半边。[6]

我们走向光源，
尚有一点距离，
但已不算太远；
我已能够分辨，

一群尊贵人物
都在那里集聚。
"啊，老师啊向导，
你是诗坛先驱，

请问，他们为何
与其他鬼魂分离。

---

6   即地狱第一层的半边，就像投射的光源，仅仅照亮了前方，而光源后方依旧昏暗。

独自待在这里?"
老师回答我说:

"因为世人崇敬
赢得上天特批,
远离其他魂灵
单独待在这里。"

此时我耳朵里
传来一个声音:
"快向诗人致意
祝他重返这里!"[7]

这个声音过后,
一切恢复平静;
只见四个灵魂
朝我们缓缓走近。

他们面部表情
不悲伤、不高兴。
我那温情向导
于是开口说道:

7　指维吉尔重返地狱林勃层。维吉尔应贝阿特丽切之邀,前去帮助但丁,现在陪同但丁回到这里,其他诗人向他致意。

"快看为首那位，

手持宝剑那位，

他就是著名的荷马，[8]

素有诗歌之王称谓。

其后跟着讽刺

诗人贺拉斯，

第三是奥维德，

最后卢卡努斯。[9]

那声音称呼我诗人，

其实他们都是诗人，

出于尊重这一称谓，

也称呼我为诗人。"

这样我才有幸

见到荷马及其同人，

他的诗歌就像雄鹰

翱翔在其他人之上。

8　荷马（Homer，公元前9—前8世纪），古希腊诗人。相传他是史诗《伊利昂纪》和《奥德修纪》的作者；他手持宝剑，表示他是写战争的诗人。

9　贺拉斯（Quintus Horatius Flaccus，公元前65—前8年），古罗马诗人。他的作品之一是《讽刺诗集》，故这里称其为讽刺诗人；奥维德（Publius Ovidius Naso，公元前43—公元18年），古罗马诗人，但丁从他的《变形记》中获得许多古代文化和神话方面的知识；卢卡努斯（Marcus Annaeus Lucanus，39—65年），古罗马诗人，但丁曾研究过他的史诗《法尔萨利亚》（或称《内战记》）。但丁在自己的著作《飨宴》和《论俗语》中多次提到过这些诗人。因此，可以认为，他们都是但丁最喜爱的诗人。

他们交谈过后，

转身向我问候；

我的老师维吉尔

笑意满脸流露。

他们对我大加称赞，

让我加入他们中间；

这支显赫队伍，

我就变成第六。

我们攀谈向前，

走到火光跟前。

那时我们谈的东西

现在最好别去提及。

伟人灵魂的城堡

此时我们到达

高贵城堡脚下：

外有七层高墙环绕，

另加美丽小溪一条。[10]

10　对于城堡、高墙和小溪，注释家们有多种解释。有人认为城堡象征人的高贵性，七层高墙象
征四种道德方面的美德（即谨慎、公正、坚韧、节制）和三种心智方面的美德（即聪明、学
问、智慧）；也有人认为，七层高墙象征三艺和四技，三艺指拉丁文、逻辑和修辞，四技则
指音乐、算术、几何、天文，小溪则象征到达心灵高贵性必须克服的障碍。

我和五位诗人[11]一起
如履平地跨过小溪，
顺利穿过七道城门，
来到一片绿茵草地。

那里有一群人，
面容肃穆庄严，
目光严厉呆滞，
讲话柔和简练。

我们退到一隅，
选择敞亮高地，
能把那些人的
容面尽收眼底。

站在这片绿茵，
观看这群伟人，
这让我的心情
顿时感到振奋。

那是厄列克特拉[12]
和她几代晚辈，

11　但丁和维吉尔、荷马、贺拉斯、奥维德、卢卡努斯五位诗人，见前注8、注9。
12　厄列克特拉（Electra）是传说中特洛亚城的奠基者达达努斯的母亲。

其中我已认出

赫克托尔 [13] 、埃涅阿、 [14]

戎装鹰眼的恺撒、 [15]

卡米拉 [16] 、彭特希列阿; [17]

他们的另外一侧是,

拉丁国王拉蒂努斯

和他的女儿拉维尼娅、 [18]

还有赶走暴君塔奎纽斯 [19]

并建立王政的布鲁图斯、 [20]

卢克雷齐娅 [21] 、朱丽雅、 [22]

马尔齐娅 [23] 和科奈丽雅; [24]

另外我还看见,

唯有萨拉丁 [25] 一人

13　赫克托尔(Hector),特洛亚城保卫战的英雄,率领特洛亚士兵火烧希腊战船,战功显赫。

14　埃涅阿,即埃涅阿斯,参见本书第一曲注13。

15　形容恺撒的眼睛像鹰眼似的闪射着炯炯光芒。

16　卡米拉,参见本书第一曲注15。

17　彭特希列阿(Pentesilea),传说中的小亚细亚女人国女王,特洛亚保卫战中曾率军援助特洛
　　亚人,被希腊将领杀死。

18　拉蒂努斯国王及其女儿拉维尼娅,参见本书第一曲注15。

19　塔奎纽斯(Tarquinius Superbus)是古罗马王政时期最后一任国王,性情暴戾,绰号暴君。

20　布鲁图斯(Brutus),古罗马历史传说中的人物,是他领导罗马人赶走暴君塔奎纽斯,废除
　　王政,于公元前510年创立了古罗马历史上的贵族共和国。

21　卢克雷齐娅(Lucrezia),古罗马历史上著名烈女,被暴君塔奎纽斯的儿子奸污后愤然自杀。

22　朱丽雅(Julia),恺撒的女儿、庞培的妻子。

23　马尔齐娅(Marzia),古罗马政治家、演说家和作家卡托的妻子。

24　科奈丽雅(Cornelia),古罗马将领西庇阿的女儿,改革家格拉古的母亲。

25　萨拉丁(Saladin)是中世纪埃及苏丹国的君主(1174—1194年在位)。他为人慷慨大方,但
　　他是伊斯兰教教徒,属于另一文化传统,故"孤独坐在一边"。

孤独坐在一边。

我稍微抬起眉头，
见大师[26]坐在上头，
两侧一群哲人
都在向他致敬；

苏格拉底、柏拉图[27]
距离大师最近；
还有德谟克利特[28]
（主张偶然乃宇宙成因）、

恩培多克勒[29]、第欧根尼、[30]
安那克萨哥拉[31]、泰勒斯、[32]

---

26 这里指的是希腊哲学家亚里士多德（Aristotle，公元前384—前322年）。但丁认为哲学（思辨学科）高于政治（行为学科），故把哲学家的座位安排在政治家的座位之上，但丁抬头才能看见。

27 苏格拉底（Socrates，公元前470—前399年）和柏拉图（Plato，公元前427—前347年），均为古希腊哲学家，柏拉图是苏格拉底的弟子，亚里士多德的老师。

28 德谟克利特（Democritus，公元前460—前370年），古希腊哲学家，原子论者，认为宇宙是由原子偶然遇合而形成的。

29 恩培多克勒（Empedocles，公元前490—前430年），古希腊哲学家，认为宇宙间水、火、土、气是四大要素，是一切物质的基础，它们在"爱"与"恨"两大力量推动下，不停地相互组合或相互分离。

30 第欧根尼（Diogenes，约公元前413—前323年），古希腊犬儒学派哲学家，他们不承认任何行政机关，拒绝任何安逸生活。

31 安那克萨哥拉（Anaxagoras，公元前499—前428年），古希腊哲学家，认为自然界的一切物体均由物质的"种子"构成。

32 泰勒斯（Thales，公元前624—前545年），古希腊哲学家、物理学家，主张万物起源于水。

芝诺[33]和赫拉克利图斯。[34]

我还看见狄奥斯科利德[35]

（医生和药用植物收藏家）、

奥尔甫斯[36]、里努斯、[37]

演说家图利乌斯、[38]

包括哲学家塞内加、[39]

几何学家欧几里得、

天文学家托勒密、

医学之父希波克拉底、[40]

著名注释家阿威罗伊、[41]

---

33 原文注：史上有两个芝诺（Zeno），哲学家芝诺和埃利亚学派哲学家芝诺。但丁通过亚里士多德的著作对此二人的了解甚少，在他此前的著作中也很少提及。这里很难判断他指的是哪个芝诺。

34 赫拉克利图斯（Heraclitus，公元前540—前470年），古希腊哲学家，他遗留下来的著作片段，具有朴素的辩证法思想，对黑格尔颇有影响。

35 狄奥斯科利德（Pedanius Dioscorides，1世纪），希腊名医，他有关医药学的论著对14世纪前的欧洲影响很大。

36 奥尔甫斯（Orpheus），古希腊神话传说中的音乐家和诗人。他的音乐能使顽石起舞，猛兽驯服。

37 里努斯（Linus），古希腊神话故事中的音乐家，据说他发明了音乐中的旋律。原文注：但丁将这三人并列在一起，猜不出有什么道理。

38 即马尔库斯·图利乌斯·西塞罗（Marcus Tulius Cicero，公元前106—前43年），古罗马政客、演说家、哲学家。

39 塞内加（Lucius Annaeus Seneca，公元前4—公元65年），古罗马悲剧作家、哲学家，斯多葛学派追随者。

40 几何学家欧几里得（Euclid，约公元前330—前275年）、天文学家托勒密（Ptolemy，约90—168年）、医学之父希波克拉底（Hippocrates，约公元前460—前377年），这三个人对中国读者来说，并不陌生，无须多说。

41 阿威罗伊（Averroís，1126—1198年），阿拉伯哲学家，他给亚里士多德哲学著作所做的评注，对中世纪欧洲思想文化影响很大。

传世名医阿维森纳和加伦，[42]

还有许多人我不能细述：

漫长的行程催促着我，

我的叙述难免会有遗漏。

我们六人群体

现在一分为二，

只有我和老师

走上另一条路：

那里怨声嘈杂，

空气震颤；

我们重新迈入

一片黑暗。

---

42 阿维森纳（Avicenna，980—1037年），阿拉伯著名医生；加伦（Galen，130—200年），古希腊医学家。

第五曲

有天我们阅读
朗斯洛爱情故事，
只有我俩在一起，
彼此毫无猜忌。

　　但丁来到地狱第二层，怎么到来的也未交代。第二层地狱，实际上是
但丁设计的地狱的开端，由古希腊神话传说中的克里特岛国王弥诺斯把
门，并担任判官。由于基督教把异教的神祇都看作魔鬼，所以弥诺斯在这
里的形象是个长着长长尾巴的怪物。被打入地狱的所有罪人，进门时首先
要向这位判官弥诺斯供述自己的罪行，并等候他的判决。弥诺斯听取他们

的招供后，按他们犯罪的性质及罪过的严重程度，判处他们到哪层地狱服刑。他表达判决的方式是，将尾巴在自己身上绕圈，绕儿圈就表示该罪犯应该到第几层地狱去服刑。

第二层地狱收纳的是犯邪淫罪罪人的灵魂。邪淫罪人生前受情欲支使，犯下罪行；死后他们的灵魂则被地狱狂飙卷带、翻滚、冲撞，发出哀号，永不停息。这就是他们在地狱受到的惩罚。维吉尔首先向但丁指出了古代那些犯邪淫罪的贵妇和骑士，他们因"情欲战胜理智"，不仅导致自己丧生，而且有的还导致许多无辜的人丧失性命。这群人中描述得最为精彩的要算弗兰切斯卡和她的情人保罗，他们由相爱甚笃到双双被杀，最后坠入地狱受罚、赎罪的爱情故事，非常感人。但丁作为人文主义诗人，深受他们爱情故事的感动，其感动程度之深，导致他昏厥过去，并以此结束《地狱篇》第五曲。

但丁认为，爱情既能让人产生高贵的情操，也能让人犯下不可饶恕的罪行。对于前者，但丁深为感动，为之歌唱；对于后者，但丁则不留情面，将他们打入地狱受罚。

地狱第二层、弥诺斯

于是我们来到
地狱的第二层，
这层直径较小，[1]
惩罚较前更甚。

狰狞恐怖弥诺斯，[2]
把守二层大门；
罪恶灵魂到此，
向他供述罪行；

他便视其罪行
判定该入何层，
后将自己尾巴，
身上绕上几层；

尾巴绕身圈数
就是他的判罚，
罪人就被发落
就到那层受罚。

1　在但丁的构想中，地狱有九层，形状像个漏斗，所以第二层的直径比第一层的直径要小些。

2　弥诺斯（Minos），古希腊神话中克里特岛国的国王，宙斯与欧罗巴的儿子。在位时他公正严明，死后成为冥界判官。但丁根据基督教关于异教神祇均为魔鬼的说法，把弥诺斯塑造成狰狞、恐怖、长着长长尾巴的怪物。

他面前的魂灵

从来都数不清，

依次到他面前

供述自己罪行，

听候他的判决，

然后前往那里。

　　"喂，地狱这里

你是怎么来的?"

弥诺斯上前见我，

暂停审判职守，

向我发问说道：

　　"谁是你的向导?

别见此门宽阔，

你就放心进入!"³

老师回驳他说：

　　"干吗这样吼叫?

快别挡他前行!

他的这次旅行，

上天旨意确定，

无须你来过问。"

3　意思是：地狱之门宽阔，别误入! 别根据门的宽窄来决定自己进哪道门。参见《新约·马太福音》第7章第13句："你们要进窄门。因为引到灭亡，那门是宽的，路是大的，进去的人也多。"

邪淫之辈

各种悲惨声音
渐入我耳朵里，
现在我已来到
罪人哭泣之地。

此处一片昏暗，
犹如风暴海面，
狂风阵阵袭来，
巨浪拍打堤岸；

地狱风暴不停，
席卷罪恶阴魂，
带着他们翻滚、
碰撞、不得安宁。

每当刮到绝壁，[4]
哭号之声更烈。
他们是在那里
诅咒上帝神力。

---

4 原文有注称，耶稣死在十字架上时，大地发生地震，致使地狱塌方，形成悬崖绝壁；这些悬
崖绝壁就成了阴魂们通往地狱各层的通道。邪淫罪人的灵魂，正是从这悬崖绝壁之处滚入地
狱第二层的。故每当他们被刮到这里时，他们对上帝就倍加仇恨，疯狂诅咒。

于是我便想清：

这些邪淫罪人，

情欲战胜理智，

被罚受此酷刑。

地狱狂飙之于这些阴魂，

就像寒风之于欧椋鸟群，[5]

刮着他们忽东忽西，

忽上忽下，永不停息；

既无希望减罪，

也无希望小憩；

又像队队飞雁，

发出阵阵哀怨。

我见这些魂灵，

被狂风裹带着

来到我们附近。

"老师，"我便问，

"这些都是什么人，

受地狱狂风折腾？"

5　但丁在《神曲》中经常以现实生活中的情景，描述地狱里的情景，这就是一例：以生活中常
　　见的、大风刮得欧椋鸟群忽东忽西、忽上忽下飞行的情景，形容这里的阴魂们被地狱狂飙刮
　　带着上下翻腾的情形。

"你询问的，"老师说，

"这群人中的第一人，

曾是几个民族的女王

（沉溺淫乱、与子乱伦，

为开脱自己的秽行

修订法律应对舆论），

她名叫塞米拉密斯，[6]

曾是国王尼诺之妻，

弑夫篡位执掌权柄，

统治当前苏丹领地；

你问的第二个魂灵

是狄多，为新欢殉情，

而失信于她的亡夫；[7]

接踵而至的是淫妇

6　塞米拉密斯（Semiramis，公元前14—前13世纪），亚述王国国王尼诺斯（Ninus，意大利文 Nino，故诗中译为尼诺）之妻。他们曾一起征服过许多亚细亚民族。塞米拉密斯后来杀夫篡位，做了亚述国的女王。但她荒淫无度，嗜杀成性，甚至与其子乱伦通奸，后被其子杀死。

7　狄多（Dido），古希腊神话中迦太基著名的建国者，推罗国王穆顿的女儿、叙凯欧斯的妻子。她丈夫被她的兄弟杀死后，她逃往非洲海岸，从当地酋长雅尔巴斯手中买到一块土地，在那里建立了迦太基城。迦太基迅速繁荣起来，雅尔巴斯开始向她求婚。为了逃避这桩婚事，她便堆起一很高的柴堆，当众用匕首自尽。维吉尔在《埃涅阿斯纪》中，把她说成是埃涅阿斯的同时代人，并说埃涅阿斯在非洲登陆后，狄多爱上了他，并与其结婚。后来埃涅阿斯顺应神意前往意大利重建邦国，抛弃了她。她殉情自杀。

克莱奥帕特拉[8]和海伦，[9]

后者导致特洛亚不幸。

你看，那是阿喀琉斯，[10]

他为爱最终付出性命，

还有帕里斯[11]和特里斯丹。"[12]

老师还指给我无数死魂灵，

并一一告诉我他们的姓名，

都是些为情而被杀害的人。[13]

听老师说出古代这些

贵妇和骑士的名字，

8　克莱奥帕特拉（Cleopatra，公元前69—前30年），埃及托勒密王朝女王，聪明颖慧，姿色非
　　凡，深受罗马大将恺撒爱恋，并与其生有一子；恺撒被害后，又受到新任执政官安东尼宠
　　幸。安东尼被屋大维击败后，她和安东尼一起逃到埃及亚历山大港，当罗马军队围困攻城时
　　自杀。

9　海伦（Helena），古希腊神话故事中的绝代佳人，斯巴达国王墨涅劳斯之妻。特洛亚王子帕
　　里斯（Paris）爱慕其姿色，将其掳往特洛亚，直接导致了特洛亚战争。

10　阿喀琉斯（Achilles）是古希腊神话故事中的英雄人物，在特洛亚战争中杀死特洛亚主将赫
　　克托尔，为希腊人战胜特洛亚人立下赫赫战功。但他爱上了特洛亚公主波利克塞娜，欲与其
　　结婚；特洛亚人假装同意他们的婚事，将他们的婚礼设在神庙中，待阿喀琉斯进入神庙，帕
　　里斯就将其杀死。所以诗中说"他为爱最终付出性命"。

11　即抢占海伦的帕里斯，见前注9。他骗到海伦后就抛弃了原配妻子。特洛亚被攻破后，他被
　　菲洛克特特用毒箭射死。

12　特里斯丹（Tristan）是法国骑士传奇故事《特里斯丹和绮瑟》（12世纪）中的人物。他奉命
　　去邻国为叔父马克国王迎娶新娘绮瑟公主，归途中误服了为新人配制的一种神秘饮料，对绮
　　瑟产生了永生不忘的爱情。马克国王发现后，将他二人驱逐出宫。最后国王赦免了绮瑟，却
　　将特里斯丹用毒箭射死。薄伽丘在《神曲》注释中说，特里斯丹垂死之际，王后绮瑟前来探
　　视。特里斯丹便将王后紧紧搂在怀里，因用力过猛，二人的心脏顿时爆裂，双双毙命，死在
　　一起。

13　原著注：以上阴魂，除克莱奥帕特拉和狄多是自杀而死外，阿喀琉斯被帕里斯所害，特里斯
　　丹被国王马克所害，塞米拉密斯被其子杀害，海伦被一希腊妇女为夫报仇杀害，而帕里斯则
　　被菲洛克特特杀害。所以这句说他们是"为情而被杀害的人"。

我为他们感到惋惜，

甚至觉得神志惘迷。

弗兰切斯卡·达·里米尼[14]

我开口说："啊，向导，

我想和那两位聊聊，

你看他们驾驭风暴，

显得那般轻盈缥缈。"

老师："你盯紧他们!

等狂飙把他们

带到我们附近，

你就以爱之名邀请，

他们自会应允。"

时机很快来临

我便开口问询：

"受折磨的灵魂，

14　弗兰切斯卡·达·里米尼（Francesca da Rimini），是拉文纳（Ravenna）僭主老圭多·达·波伦塔（Guido da Polenta il Vecchio）之女，许配给里米尼（Rimini）僭主马拉特斯塔·达·维鲁基奥（Malatesta da Verruchio）之子詹乔托·马拉特斯塔（Gianciotto Malatesta）。后者相貌丑陋且是个跛子。其实这是一桩政治婚姻，目的在于结束这两个家族之间长期的争夺与战争。完婚时詹乔托之弟保罗（Paolo），长相英俊，顶替其兄去迎亲。弗兰切斯卡误以为保罗是其丈夫，后来发现自己上当受骗后，便与保罗保持着不正当的关系。詹乔托发现他们私通后，将二人一并杀害。此事大概发生在1282—1283年之间，但史料对此没有记载，后来薄伽丘根据民间传说将这一爱情故事记录下来。

能否同我们聊聊，

如果不违反狱规。"

宛如那些鸽子，

受爱与情驱使，

竖起坚挺翅膀，

凌空落入巢里。

两位不幸阴魂，

离开狄多之辈，[15]

穿过昏暗空间，

朝着我们飘来，

因为我的呼唤，

强烈而且温暖。

"啊，仁慈的活人，

你穿越昏暗地狱，

到此来拜访我们

（血溅大地的人们）；[16]

假如上帝怜悯我们，

我就求他赐你安宁，

---

15 即其他邪淫犯人。关于狄多，参见前注7。

16 原著注：这里不仅指弗兰切斯卡和保罗二人，还包括其他邪淫之辈，因为他们都为情流血丧命或导致他人流血丧生。

因为你同情我们

这里受酷刑的人。

只要地狱狂飙

像现在这样平静，

我们就依你所求，

讲你爱听的事情。

我的出生之地，[17]

位于大海之滨，

波河及其支流在那

奔腾入海得到安宁。

爱，一旦在高贵

的心灵里燃起，

就使他[18]爱上我这

被杀害的美丽躯体；

我被残杀的方式

让我至今受害不已。[19]

---

17 "我"即弗兰切斯卡·达·里米尼；"出生之地"指拉文纳，位于亚得里亚海西岸。

18 指保罗。但丁时代的诗人，把爱与高贵心灵联系在一起，认为爱只能在高贵心灵中产生。但爱既可让人产生高贵的情操，也能让人犯罪。例如，保罗和弗兰切斯卡叔嫂相恋，不能以理智克制情欲，反而让情欲压倒理性，结果酿成悲剧。

19 保罗与弗兰切斯卡通奸被抓，未能向上帝忏悔就被杀害，以致死后被打入地狱，永世受苦。

爱，它也不会轻饶

被爱者不予回报，[20]

所以我爱他英俊，

至今还忠于此情；

爱，让我们双双丧命，

正如你现在所见证。

杀害我们的罪人，[21]

必将在那第九层

地狱该隐环里，[22]

为此恶行赎罪。"

听完她的讲述，

理解他们遭遇，

低头沉思不语，

直至老师垂问：

"你怎么看他们？"

"啊，"我开口回应，

"多么甜蜜的思想，

多么强烈的欲望，

---

20 法国作家安·卡佩拉诺（A. Cappellano）的著作《论爱情》一书，在13、14世纪的法国和意
大利非常流行。该书认为爱不允许被爱者不以爱回报爱。

21 指弗兰切斯卡的丈夫詹乔托。

22 该隐环是第九层地狱的一部分，凡出卖和杀害亲属者的灵魂都要在那里经受寒冰封冻之苦，
参见本书第三十二曲注7。弗兰切斯卡说此话时，詹乔托还活在人世，所以这只是弗兰切斯
卡的预言，或者说是她对詹乔托的诅咒。

引导他们迈出

那致命的一步。"

然后我转身

面对着他们：

"弗兰切斯卡啊，

你的痛苦遭遇，

让我泪流如注。

现在请告诉我，

你们初尝爱之甜蜜时，

爱神用什么方法，

又是以什么方式，

教你辨别爱的真伪?"

她回答我说道：

"你的老师知道，

不幸时回忆幸福，

那是最大的痛苦。

既然你想知道

我们爱的根苗，

我就含着眼泪

对你直言相告：

有天我们阅读

朗斯洛爱情故事，[23]

只有我俩在一起，

彼此毫无猜忌。

阅读过程中，

我们几度

面色苍白，

目光相遇；

但书中唯有一处，

让我们无法抵御：

夫人欢喜的嘴唇

被情人热情亲吻。

这个和我

永不分离的人，

便颤抖着

亲吻我的嘴唇。

那本小说及其作者，

就像小说中加勒奥托，[24]

23　指法国骑士传奇小说《湖上的朗斯洛》。主人公朗斯洛是布列塔尼国王之子，幼年被"湖上
　　夫人"窃走抚养成人，送到亚瑟王的宫廷，成了亚瑟王十二个圆桌骑士中的头名骑士。朗斯
　　洛偷偷爱上了王后。一天王后邀他在花园里幽会，他在王后面前显得非常羞怯；管家加勒奥
　　托劝王后采取主动，王后主动和他接吻，而且吻了他很长时间。
24　亚瑟王的管家，见前注23。

点燃了我们高贵
心灵中的爱情烈火；

那天我们没有
再继续读下去。"
他们一人流涕，
一人伤心讲述。

此情此景让我怜惜，
悲痛欲绝生不如死，
我像一具尸体
扑通一声倒地。

第六曲

阴魂全躺在地，
唯有一具尸体
看见我们经过，
突然翻身坐起。

　　但丁再次使用昏迷——苏醒的方式来到地狱第三层。第三层地狱收纳
饕餮之辈的灵魂，他们躺在泥泞之中，经受地狱冰冷的阴雨夹杂着冰雹和
雪花的袭击，慢慢腐烂发臭。

　　克尔贝鲁斯是古希腊神话传说中把守地狱之门的怪兽，有三个头、三
张脸，脸像狗，尾巴像蛇。它冲着罪恶的魂灵狂吠，并用利爪抓挠撕扯他

们，将他们分成碎片。

这些罪恶鬼魂中但丁认出了佛罗伦萨人恰科。史上有无此人，注释家们多有分歧，倒是薄伽丘在《十日谈》第九天第八个故事里描述过此人："从前佛罗伦萨有个名叫恰科的人，贪嘴贪得出奇，可他又没有钱来满足自己口腹的欲望。此人文质彬彬，谈吐风趣，口齿伶俐，虽比不上宫廷里豢养的骚人墨客，这些条件已足以让他出入富裕人家白吃白喝。"但丁正是利用他饕餮贪食这一特性，将其置于地狱第三层之中。更重要的是，但丁借他之口表达了对当时佛罗伦萨政治上乱象的担忧。

但丁不仅是知名诗人，也曾是一个著名的政治活动家：1295—1296年期间，曾担任过佛罗伦萨市各种委员会、咨询委员会委员；1300年6月15日—8月15日还担任了佛罗伦萨六名行政官之一。他反对罗马教皇干预世俗政务，政治上属于白党；但当年6月23日黑、白两党内斗时，他为了表示公允，提议放逐两党首领各七名。当然，但丁的政治生涯并不顺利，1302年1月被黑党把持的市政府放逐。从此离开佛罗伦萨，至死也未能回到故乡。

但丁与恰科的对话，以后者预言的形式简要回顾了佛罗伦萨当时两派斗争的情形，并指出产生两派分歧的原因：掌权者是因为贪权，老百姓则是一味吝啬。

饕餮之辈与克尔贝鲁斯

叔嫂二人的遭遇，

诱使我心生怜悯，

让我昏迷倒地，

此时方才苏醒。

不论向哪儿观看，

不论向哪里转身，

四周都是新的哭号，

一群新的受难罪人。

这是地狱三层，

阴雨下个不停：

寒冷、可恶、阴沉，

不急、不缓、不停；

冰雹巨大颗粒，

黑雨夹带雪粒，

穿过昏暗天空

浇洒腐臭大地。

克尔贝鲁斯[1]

这个残忍怪兽，

---

1 克尔贝鲁斯（Cerberus）是古希腊神话中看守地狱之门的猛兽，有三颗头，三张脸；脸似狗，尾巴则像蛇。但丁将其放在第三层地狱，既是惩罚饕餮之徒的工具，也是饕餮自身的象征。

长着三张狗脸，
冲死灵魂狂吼；

眼睛充满血色，
胡须污垢满沾，
肚皮大、利爪尖，
撕碎腐尸吞咽。

阴雨浇淋魂灵
发出狗吠声音，
常常翻转身体，
只让一侧受蚀。

怪兽看见我们，
张牙舞爪相迎，
浑身都在抖动，
意在吓唬我们。

老师张开双手，
抓起地上泥土，
捏成一个泥团，
抛进怪兽之口。

犹如一条饿狗，
狂吠乞求食物，

一旦食物到口，
溜到一旁享受。

怪兽恰如那饿狗，
顷刻转怒为宁静；
它那雷鸣般咆哮，
阴魂们真不愿听。

恰科及其预言

阴魂似人躯体
被阴雨腐沤在地；
我们向前行进，
脚踩腐臭尸体。

阴魂全躺在地，
唯有一具尸体
看见我们经过，
突然翻身坐起。

"穿越地狱的人啊，
你一定能认出我，"
他说，"你出生那年
我还活在人间。"

"你遭受的折磨，"

我回答他说，

"改变了你的容颜；

我们似未曾谋面。

请告诉我：你是谁？

为何在此遭受惩处？

别的刑罚也许更重，

但都难以让人承受。"

他说："你那个故乡 [2]

是我生前安身之邦，

那里人们相互嫉妒

到无以复加的程度。

他们叫我恰科，[3]

生前贪图口福，

现在，如你所见，

在此受阴雨腐沤。

2　指佛罗伦萨，欧洲文艺复兴的摇篮。

3　佛罗伦萨到底有没有恰科此人，注释家们多有分歧。有人认为恰科（Ciacco）的含义是猪，
　　最多是什么人的绰号。但丁用来在此表示饕餮之辈像猪一样馋不择食的习性，所以将其放在
　　这层地狱。另外，也是更重要的，但丁借此人之口表达自己对佛罗伦萨当时政治形势的看法
　　和自己的观点。

但我并不孤独，

你看这里魂灵

都受这种惩处，

都因饕餮成性。"

"恰科，你的遭遇

令我流泪痛哭，"

他停下后我问道，

"假如你已知道，

请你如实告诉：

故乡人的争斗

最后怎么结束？[4]

还要请你告诉：

那里是否还有

胸怀正义人士；

又是什么原因

导致如此分歧。"

恰科："长期对立斗争，

引起流血事件发生；

4　但丁非常关心佛罗伦萨的政治局势，而且相信地狱里的亡灵能够预知未来，所以向恰科询问。

村野党驱逐对手，

自己反蒙受耻辱。[5]

时间不过三年，

白党必将下台，

黑党借助他人[6]

必将重新登台，

长期把持政权，

欺压蹂躏对方：

重负、罚款、流放

无视他们反抗。

正直之人无几，

听从之众少许，[7]

5　恰科的这席话，是他对佛罗伦萨政局的分析与判断：13、14世纪的佛罗伦萨，资产阶级迅速崛起，与封建主的利益冲突逐渐尖锐起来。这里所谓的村野党即新兴资产阶级，（他们的）"对手"即封建主。1300年5月1日（复活节期间），发生在佛罗伦萨的流血事件，就是以多纳蒂（Donati）家族为首的封建贵族（亦称黑党），与以切尔齐（Cerchi）家族为代表的村野党（亦称白党，因为他们曾是农村的手工业者与小商贩，发家致富后进入城市，故称其村野党）发生冲突，切尔齐家族的一个青年被多纳蒂家族的人砍掉了鼻子。事件发生的根本原因是，这两大家族此前曾有过长达二十年之久的明争暗斗。此事件之后，白党上台执政。1301年6月，黑党在圣三位一体教堂（Santa Trinità）集会，策划反对白党政府的阴谋，被白党发现，将黑党首领流放，并处以罚款。这里的"蒙受耻辱"即指黑党首领被流放并处以罚款。

6　这里指借助罗马教皇卜尼法斯八世（Boniface VIII）之力。1300年卜尼法斯八世对佛罗伦萨两派斗争还持中立态度，后来决定支持黑党上台。1301年11月，他以调解两党争执为名，派法国贵族瓦洛瓦（Valois）的查理（Charles）伯爵率领军队进入佛罗伦萨，并以武力帮助黑党战胜白党夺取政权，对白党进行报复，包括实施罚款和放逐其首领。黑党的报复行为一直持续到1302年10月。从1300年4月但丁和恰科交谈的日子算起，到1302年10月对白党判罪为止，为时不到三年，所以诗中说"时间不过三年"。

7　"正直之人无几"是回答但丁的问话"那里是否还有／胸怀正义人士"；听从他们的群众也数量甚微。大众的心里反而燃起了骄横、嫉妒和贪婪。

骄横、嫉妒和贪婪

将大众之心点燃。”

恰科结束悲痛发言，

我继续请求他说道：

“我还想求你赠言，

请多多给予赐教：

法里纳塔[8]、台嘉佑[9]

（两位值得尊敬的人士）、

雅科波·鲁斯蒂库奇、[10]

阿里戈[11]、莫斯卡[12]以及

---

8 法里纳塔即法里纳塔·德利·乌贝尔蒂（Farinata degli Uberti）。中世纪欧洲政治家分为两派，或曰两党，支持罗马教皇的叫教皇党（guelfi），支持各国皇帝的叫皇帝党（ghibellini）。乌贝尔蒂家族是佛罗伦萨皇帝党的著名首领。有关该家族的法里纳塔·德利·乌贝尔蒂，我们在本书第十曲中还会读到他，参见该曲注6。

9 台嘉佑即台嘉佑·阿尔多布兰迪（Tegghiaio Aldobrandi），1238年曾任圣吉米尼亚诺市（San Gimignano）行政官，1256年曾任阿雷佐市（Arezzo）行政官。但因犯下鸡奸罪，在地狱第七层第三环受苦（参见本书第十六曲注5）。

10 雅科波·鲁斯蒂库奇（Iacopo Rusticucci）曾和台嘉佑一起调停沃尔泰拉（Volterra）与圣吉米尼亚诺的争端，使两座城市重归于好；1254年任佛罗伦萨特使，同托斯卡纳地区的其他城市谈判停战和缔结同盟问题。也因鸡奸罪被罚在地狱第七层第三环受苦（参见本书第十六曲注6）。

11 阿里戈（Arrigo），姓氏不详，曾和以上二人参与了沃尔泰拉和圣吉米尼亚诺争端的调停工作，所以这里一并提及。

12 莫斯卡即莫斯卡·德伊·兰贝尔蒂（Mosca de' Lamberti），曾在佛罗伦萨担任过多种要职，1225—1235年在佛罗伦萨与锡耶纳战争期间，担任过佛罗伦萨军队的统帅。1242年担任雷焦艾米利亚（Reggio Emilia）行政官，次年死于该市。他因犯挑拨离间、制造分裂罪，但丁将其放在第八层地狱第九环中受苦（参见本书第二十八曲注18）。

其他以才智行善的人，[13]
告诉我他们都在哪里？
并介绍我和他们认识，
因为我非常想知悉，

他们在天国享福，
还是在地狱受苦？"
恰科："他们应该
在地狱深层受苦，

那里能见到他们。
等你回到阳世，
请你提醒人们
不要把我忘记。

至此我就打住，
不再对你多讲，
也不回答你提问。"
他那直视的目光

开始向下扭曲，
然后扫我一眼，[14]

13　"以才智行善的人"和前面的"值得尊敬的人士"，都是指这些人在政治上的功绩，不代表他
　　们的品德没有问题。正是因为他们在品德上出了问题，才分别放在地狱各层服刑。
14　恰科坐起来后一直盯着但丁讲话，现在要倒下去了，目光开始扭曲向下，最后又勉强看了但
　　丁一眼。

像其他盲魂¹⁵一般

低头趴向地面。

最后审判¹⁶后的赎罪亡灵

老师对我说道：

　"他会一直沉睡，

等待天使吹响号角，

宣示基督再次驾临；

那时这些阴魂

才能返回坟墓，

找回血肉之躯，

等候上帝发落。"

我们缓步前行，

踩着尸体、泥泞，

15　指其他饕餮之辈的亡灵，因为他们脸朝地趴在泥里，看不见任何东西，又因为他们在地狱里
　　受罚，见不到上帝，所以就物质和精神两个方面来说，他们都如同盲人，故此处又称他们为
　　"盲魂"。
16　最后审判，亦称末日审判。基督教认为，世界末日到来之际，所有人的灵魂都要接受上帝的
　　审判，得救者升入天堂，不得救者下地狱。《新约·启示录》和《新约·马太福音》中都有
　　对最后审判的描述。西欧中世纪，多在教堂入口上方用浮雕表现最后审判的情景，其中就有
　　随着天使的号角声，棺盖打开，死者穿着生前的服装或裸体复活的情景。文艺复兴之后，最
　　后审判成为一些壁画和绘画的主题，最著名的要数米开朗琪罗在梵蒂冈西斯廷大教堂绘制的
　　"末日审判"。

一边还议论着

他们未来生活。

我请老师判断：

"过了最后审判，

他们现在的酷刑

会加重、相同、减轻？"

老师回答说道：

"重温你的知识，

你自然会知道：

事物越趋完善

幸福感受越强，

痛苦也是这样。[17]

这些可恶罪犯

不会真正完善：

现在期待完善，

那时更想完善。"

我们沿着此路

绕行三层地狱，

---

17 "重温你的知识"指但丁所学的哲学和神学知识，即经院哲学，大意是：事物越完美（完
善），就越能感到快乐与痛苦。以此推断：最后审判之后，鬼魂与肉体重新结合而复归完美，
快乐与痛苦的感觉也随之增加。入过地狱的人，最后审判之后会比以前更完美一些，因此痛
苦也比以前更甚。

聊了许多事情，

不想一一再说。

来到下行路口，

遇见大敌普鲁托。[18]

18　原文注：但丁使用古希腊、古罗马神话故事中的财神普鲁托（Plutus，也有人将其称为魔王）
作为第四层地狱的把门人，像前面一样首先将其变成魔鬼。第四层地狱收纳的鬼魂，都是生
前不能正确对待财产的人，要么吝惜财产，要么浪费财产。至于为什么称其为"大敌"，可
能是因为但丁认为贪财是人生之大敌吧。

第七曲

胸脯滚动巨石，
来到交会地点，
玩命撞向对方，
口中大声叫喊：
"你为何惜金如命?"
"你为何挥金如土?"

　　普鲁托把守着第四层地狱。它抱怨但丁和维吉尔前来这里参观，祈求魔王进行干预；维吉尔则毫不客气地告诉它说："我们来到此地，/ 是奉上天旨意"，并以米迦勒大天使战胜魔王的故事震慑普鲁托。

　　地狱四层收纳着来自世界各地的吝啬者和挥霍者的亡灵，他们数量之多，是前面几层地狱难以比拟的。其原因之一是，但丁将吝啬与挥霍两种截然相反的人放在了一起：这两种看似相反的人，其实他们犯的是同一种罪——惜金如命也好，挥金如土也好，都是不能以恰当态度对待自己的财富。他们受到的惩罚是，用胸脯即用全身的力气，滚动巨石，相互冲撞，并相互指责对方使用财富不当。这种罪行的犯人之所以数目众多的第二个原因是，但丁认为贪财是人类最大的罪恶，几乎所有的人都在不同程度上受其侵害。

但丁接着描述了时运女神：她按照上帝的旨意掌握、调节、分配世上的财富，时而让一部分人、一个家族或一个民族享有财富，时而又剥夺他们的财富令其受穷。时运女神这种变化莫测的性格，受到人们普遍的责骂，甚至那些受益者也出来指责她。但她是生活在天堂里的神，可以不顾忌人们的责骂，为所欲为，自行其是。

本曲最后，但丁和维吉尔又游历了第五层地狱，这是一片沼泽之地，称为斯提克斯沼泽，收纳着生前愤怒与隐忍两部分人的灵魂。愤怒与隐忍也是一个事物的两面，表现形式不同而已。愤怒者的灵魂陷在污泥之中，使用全身器官包括头、手、胸、足等，相互撞击、相互撕扯、相互踢打；而隐忍者的灵魂则深陷沼泽水面之下，如他们生前一样，不明显表露出自己的愤懑，仅仅在水下叹气，只有水面上露出的气泡显示出他们的存在。

普鲁托

"撒旦啊，魔鬼之王，
我们都看见什么了！"[1]
普鲁托喊道，声音嘶哑，
但维吉尔全都听明白了。

他安慰我说道：
"你且不要害怕，
它无权阻止我们
由此走下悬崖。"

然后转向恶魔：[2]
"住嘴，贪婪的狼！[3]
你那满脸愤怒，
留给自己消受！

我们来到此地，
是奉上天旨意，
米迦勒天使曾
降服魔王于此。"[4]

1　原文是"Pape Satan, pape Satan aleppe!"这句话难以理解。按照但丁的儿子彼埃特罗的解释，
　　这句话的意思是："撒旦啊撒旦，魔鬼之王，我们都看见什么了！"我们采用了这一解释。

2　即转向普鲁托。前面说过，基督教将古代的神祇都说成恶魔。

3　维吉尔这里称普鲁托"贪婪的狼"，是因为第一曲中已将母狼比作贪婪的象征。普鲁托在地
　　狱里也代表贪婪，与狼同性，故称。

4　大天使米迦勒（Michael）曾讨平以撒旦为首的天使叛乱（参见《新约·启示录》第12章第
　　7—9句）。既然普鲁托乞灵于撒旦，维吉尔就针锋相对地提及这件事来慑服他。

犹如桅杆一断，
张帆缩卷落下；
此时的普鲁托
顿时倒在地下。

吝啬者与挥霍者

我们沿着断崖，
下到地狱四层。
此处关着来自
世界各地罪人。

啊！正义的上帝，
骇人听闻的刑罚，
谁将其聚集这里？
我们的罪过为啥

要受如此折磨？
犹如卡里迪旋涡，[5]
两股海潮相遇
碰撞形成旋涡。

5　卡里迪旋涡，即意大利南方墨西拿海峡中的大旋涡。它形成的原因是，来自爱奥尼亚海的潮
　　水与来自第勒尼安海的潮水相遇，互相冲撞，产生旋涡。古代神话故事称其为一海怪，将来
　　自两个海的潮水吞下，然后一天吐出三次，形成旋涡危害航行船只。

这里众多罪人，

像这两股潮流

来回旋转碰撞，

跳自己圆舞曲。[6]

他们分成两队，

如我亲眼所见，

沿着各自半圈，

大喊大叫向前；[7]

胸脯滚动巨石，

来到交会地点，

玩命撞向对方，

口中大声叫喊：

"你为何惜金如命?"

"你为何挥金如土?"

然后掉头回转，

仍沿各自半圆

6   一种许多人参与的、快速转圈的集体舞。这里用来比拟亡灵们滚动着重物，来来回回地转圈子。

7   第四层地狱收纳吝啬者和挥霍者的亡灵。这里圆环状的地狱分成两半，呈半圆状；亡灵们也
      分成两队：吝啬者们的亡灵排成一队，挥霍者们的亡灵另排成一队，各占据一个半圆。他们
      用胸脯即用全身力气滚动重物，沿着各自的半圆向前行进，到达两个半圆的交会点时，相互
      碰撞，互相咒骂；然后掉头往回滚动，到达另一个交会点时，再次相撞、互骂。周而复始，
      如同跳圆舞曲一样。

滚动巨石向前；

再到交会地点，

再次撞向对方，

嘴里不住叫喊：

"你为何惜金如命？"

"你为何挥金如土？"

然后掉头反转，

周而复始如前。

此时我心如刀绞，

于是对老师说道：

"老师，请给我说明，

他们是啥人的魂灵？

左边的人光头，

是否教士之流？"

"他们活在人世，

心智患上近视，"

老师回答我说，

"不以恰当态度，

对待自己财富。[8]

半圆交会之处

8　由于他们心智患了近视，不能正确对待自己的财富，要么惜金如命，要么挥金如土，即不能
以一个富人应有的态度去对待与支配自己的财富。但丁将吝啬与挥霍，看成是错误对待财富
这一态度的两个对立面。

相互指责对手，
意思非常清楚。
表现看似不同，
实属使用无度。

那些无发光头，
都属教士之流，
有主教、有教皇，
个个吝啬无度。"

我说："这些人里
我应认识几位，
他们死亡之前，
就有这种嫌疑。"

老师："你别心存幻想，
生前他们不明是非，
曾经犯下这般罪行，
死后现在面目全非；

这里他们要相互碰撞。
从坟墓里出来的时候，
这边的人握紧拳头，
那边的人剃成光头。⁹

9　指最后审判的时候，地狱里的鬼魂回到自己坟墓与尸体结合后走出坟墓，等候上帝裁决，见
　　本书第六曲注16。吝啬的人走出坟墓时"握紧拳头"，表示他们惜财如命，一毛不拔；挥霍
　　的人则"剃成光头"，表示他们挥金如土，已经一贫如洗。

惜金如命、挥金如土，
不让他们天堂享福，
只能这里受罚相撞，
无法形容他们痛苦。

孩子，你可以看见，
钱财，时运带来的、
拼命争夺来的，
都是过眼云烟。

因为天下所有黄金
（过去的还是现在的），
不能让他们任何人
免除现在这种苦役。"

时运女神

"老师，请你告诉我，
你刚说的时运女神，
她是什么神祇，咋能
把世上全部财富掌握?"

老师这样回答我：
"世上的愚人们啊，
无知让你们受到损伤！
现在应该掌握这种思想：

一切造物，上帝缔造，

创造诸天、指派守护，[10]

让光线均匀地分配到

相对应的每一层天隅；

世上一切富贵荣华，[11]

上帝已指定女神领导。

她要像那些天使一样

对财富适时进行协调：

由这个人转移到那个人，

由这个家族到那个家族。

任凭人的才华多么优秀，

也无力改变且为此发愁；

所以有人发号施令，

有人渐渐走向衰落，

这都要看时运女神

如何判断、如何决定。

她的所有决定，

宛如草丛蛇行，

10　"一切造物"，这里指一切物质的和非物质的造物，包括天国，都是上帝缔造的。但丁在《神曲》中，将天国分为九重天，每一重天都由上帝指派的天使掌管；天使的任务就是将自己的光辉均匀地分配到各重天的每一个角落。我们读到《神曲·天国篇》时，会给大家详细介绍。

11　这里泛指财富、荣誉、权位、才智等。

让人看不清楚，

让人捉摸不定。

她预见、她判断，

像其他天使一样，

管理着自己领域，

人类无法与之对抗。

她按上帝旨意，

迅速变换决定，

常让当事之人，

不知如何对应。

她的这种性格，

常常遭人诅咒，

时有受惠之人，

不谢反而诅咒。

她是天堂神祇，

这些不予理会，

就像其他天使，

随心转动法轮。[12]

12　如同天使转动天体使其运转一样，时运女神也转动自己的轮子，使世上的荣华富贵不断转
　　移。中世纪教堂里，时运女神的画像一般是蒙着眼睛，站在轮子上。轮子由八个部分组成，
　　象征人生的兴衰沉浮。

现在我们动身

去那悲惨深层；

星辰开始下降，

不能停留太长。"[13]

斯提克斯沼泽、愤怒者与隐忍者

我们穿过四层，

从崖边下到五层，

见到一股泉水，

汩汩流入小溪；

溪水昏暗浑浊。

我们沿着山沟，

伴着发白水花，

慢慢向下行走。

这条凄惨小溪，

流到断崖脚底，

汇入一片沼泽，

名曰斯提克斯。[14]

13　但丁与维吉尔开始地狱之旅时是黄昏，众星从地平线上升起。游历到现在，星辰开始下降，
　　说明时间已经过了半夜。他们不能在这层地狱停留太久，因为游览整个地狱的时间不能超过
　　24小时。
14　斯提克斯指古希腊神话中环绕阴间的一条河流。维吉尔在《埃涅阿斯纪》中将其描写成一片
　　沼泽，但丁在此沿用维吉尔的说法。

凝目向下注视，

沼泽里的阴魂

脏兮兮赤身裸体，

一个个愤怒不已。

他们不仅用手，

还借助胸、足、头，

相互厮打碰撞，

用牙撕咬对方。

老师对我说道：

"孩子啊，你瞧，

他们是一批

被愤怒征服的、

愤懑者的灵魂；

我还要你相信：

水下边还有些

隐忍者的魂灵，[15]

他们在水下不停叹息，

水面上阵阵气泡冒起。

---

15 按照基督教教义，愤怒也是一种罪过。在斯提克斯沼泽黑泥里服刑的，都是生前犯愤怒罪的阴魂。不过，但丁把隐忍者与愤怒者同等看待，因为他们二者只是在表现愤怒的形式上有所不同：后者是公开地表示愤怒，而前者则是隐蔽地表示愤怒。但丁在这里把愤怒者放在水面上，把隐忍者放在水面下，就是为了显示这种区别。

不论你向何处张望，
眼睛都这样告诉你。

他们埋在污泥中间，
发出的叹息意思是：
  '在阳光灿烂的阳间，
我们曾经郁郁寡欢，

现在把忧郁带到这里，
在黑色污泥里叹息。'
他们的喉咙咕咕出气，
吟唱这首悲惨歌曲，[16]

因为他们没有办法
说出任何完整的话。"
我们在干燥的崖边
和沼泽的污泥之间，

寻路绕行地狱五层，
眼睛盯着泽中罪人。
最后我们到达
一座塔楼脚下。

16　指前面说的他们发出的叹息："在阳光灿烂的阳间，/ 我们曾经郁郁寡欢，/ 现在把忧郁带到这里，/ 在黑色污泥里叹息。"但丁把他们的叹息比作他们吟唱的歌曲。

第八曲

他双手伸向小船，
企图把小船推翻。
老师厉声喝道：
"立马从这儿滚开，
去找你的狗伙伴！"
并机警地把他推开。

但丁和维吉尔到达斯提克斯沼泽彼岸之前，就看见那里的塔楼顶端点燃起了两柱烽火报警，远处另一塔楼也做出了回应，这种战时气氛让但丁他们觉得形势顿时紧张起来。

随后发生的一切也证实了他们的这种预感：先是魔鬼弗勒吉阿斯驾小舟而来，误认为他们也是前来服刑的罪人，对他们很不客气，经维吉尔解释局面稍有缓解；但丁和维吉尔上船之后，又突然遭到菲利波·阿尔真蒂的袭击，但丁和维吉尔义愤填膺地反击了他；他们下船之后，把守地狱内城的魔鬼，不让他们进城，维吉尔与其谈判失败，但丁又陷入恐慌，乞求维吉尔带他"原路返回"。但是，维吉尔则坚信："我们前行的路程，/ 已经由上帝确定，/ 任何人无权变更。"他还安慰但丁说："现在也有一人，/ 正在穿越外城，/ 无须向导伴行，/ 跨过地狱层层，/ 前来开启此城。"

　　此人是谁？能否帮他们解围，但丁仍然心存疑虑。但丁的这种紧张心情一直保持到下一曲结尾，等到上帝差遣的天使到来，打开地狱内城城门，让他们进入，才得以缓解。

渡过斯提克斯沼泽：弗勒吉阿斯

我接着叙述。
抵塔楼之前，
我们的眼睛
已看见塔尖

点着两柱烽火；[1]
另有一个塔尖，
远处回应信号
隐隐约约可见。

我问老师说道：
"这是什么信号？
远处回应意味什么？
是谁设的这些信号？"

老师："湖上的雾气
若未遮挡你的视线，
湖面上你便可看见
他们在等待的是谁。"

此刻我已看见，
船夫驾艘小船，

1　塔楼上的人看见但丁他们二人前来，点燃烽火报警。

飞速驶向我们，

就像离弦之箭。

那个驾舟船夫

愠色厉声喝道：

"你个可恶阴魂，

现在轮到你了！"

老师："弗勒吉阿斯[2]啊，

这回你白忙活了：

过了这片沼泽地，

我们就不属于你。"

弗勒吉阿斯

像受骗人那样，

听说上了当，

感到很沮丧。

老师先上船去，

然后让我上去；

2　弗勒吉阿斯（Flegiàs）是古希腊神话中的人物，因太阳神阿波罗诱奸了他的女儿，他愤而焚烧了位于德尔斐（Delfi）的阿波罗神庙（参见维吉尔《埃涅阿斯纪》卷六）。但丁像对待其他古希腊神祇一样，这里也把他变成魔鬼，作为斯提克斯沼泽上的船夫和第五层地狱的看守者，象征愤怒。其任务是把斯提克斯沼泽旁边的阴魂运送到沼泽中并抛入淤泥里受难。但丁与维吉尔虽然也要借助他渡过沼泽，但不会像其他阴魂那样，被他投入沼泽淤泥之中，或者像诗中所说，"过了这片沼泽地，/ 我们就不属于你"，即不归他管辖了。

小船承载的重量
显然不同寻常。[3]

我们刚刚坐定，
船头破浪前行，
船体更往下沉，
比运别人更深。

菲利波·阿尔真蒂

船在沼泽中航行，
忽见一污秽亡灵，
来到我跟前说道：
"你怎么提前来了？"

我说："我是来了，
可我并不留下；
为啥你满身污秽？
你又该是谁呀？"

他说："一个服刑罪人。"[4]
我说："你个可恶亡灵，

3　但丁是活人，体重与鬼魂不同，他上船之后，船体吃水深度显然与平时渡阴魂时不同。
4　该罪犯不愿说出自己姓名，故这样回答，但是但丁已认出他是谁了。

你该在这里留下，

哭泣并悔恨罪行；

尽管你满身污秽，

我仍能认出来你。"

他双手伸向小船，[5]

企图把小船推翻。

老师厉声喝道：

"立马从这儿滚开，

去找你的狗伙伴！"

并机警地把他推开。

老师搂住我脖子，

亲吻我的脸，说道：

"你能义愤填膺，

你的母亲有福了！[6]

那厮在阳间时，

是个狂妄之徒；

没行任何善事，

没留美好记忆，

5　原著注：企图将船弄翻或将但丁拉入沼泽。

6　这句话出自《新约·路加福音》第11章第27句"怀你胎的和乳养你的有福了"，意思是：你能对他这样的人义愤填膺，生养你的那个女人（即你的母亲）有福了。

因此他的阴魂
在此咆哮依旧。
许多他这样的人，
世上以伟人自诩，

这里趴在泥里，
像猪一样微贱。"
我对老师说道：
"走出沼泽之前，

我很乐意看见，
他们都浸泡在
污浊泥汤里面。"
老师回答我说：

"到达对岸之前，
你就好好看看，
让你这个愿望
得以充分实现。"

稍后我就看到
（感谢、赞美上帝），
那群污浊阴魂
与他厮打一起。

痛打菲利波！

痛打阿尔真蒂！

那狂怒的佛市恶人，[7]

恨不得用牙咬自己。

狄斯之城

我们离开这里，

不再将他提及；

一片凄惨声音，

令我睁大眼睛。

仁慈老师说道：

"现在临近的城市，

孩子，名字叫狄斯；[8]

护城的是一帮小鬼，

居民都是重刑罪犯。"

我回应说："老师，

7　菲利波·阿尔真蒂（Filippo Argenti）是佛罗伦萨贵族，本名菲利波·德·卡维邱利（Filippo
　　de' Cavicciuli），家财万贯，挥金如土，曾为自己的坐骑打造银质马掌，故人们给他起个外
　　号叫阿尔真蒂（argento，银）；另外，他性情暴戾，薄伽丘在《十日谈》第九天第八个故事
　　里，对其暴戾性格有所描述。

8　"狄斯"是古代神话中的冥王，但丁将他和《圣经》中的魔王卢齐菲罗（或撒旦）视为一人。
　　卢齐菲罗主宰地狱，所以这里的"狄斯之城"，就是魔王之城，地狱之城，卢齐菲罗之城。

我们还在河谷里时，

尚未到达这些寺院，[9]

就已看到它们塔尖；

火光照着塔尖，

红得像赤铁一般。"

老师回答我说：

"地狱深层里面，

如你亲眼所见，

烈火永不熄灭，

烧得寺院像赤铁。"

我们终于来到，

狄斯城外沟壑；

沟壑环绕城墙，

城墙固若金汤。

绕了一个大圈，

到达一处码头；

船夫大声喝道：

"下船，这儿是入口。"

9　原文这里用的是"moschea"（清真寺），伊斯兰教的寺院。但丁大概是出于宗教偏见，将伊斯兰教的清真寺安置在狄斯城内。清真寺建筑的特点是有许多高耸的塔楼，老远都能看到。

小鬼抗拒与维吉尔失意

我见此处城门由

上千反叛天使[10]把守；

他们气势汹汹

冲着我们怒吼：

“他是谁，活着来到

这死人的国度里？”

我那睿智老师，

打着手势示意，

要和他们密谈。

于是他们的愤怒

稍稍有所收敛，

邀请老师过去：

“你一个人过来！

让他迅速离开

（他竟胆大包天，

私闯狄斯城垣）！

他若认得回去的路，

让他自己往回走；

---

10 指魔王撒旦（或卢齐菲罗）背叛上帝时，追随撒旦的那些天使们。后来他们也被上帝惩罚，
与撒旦一起坠落地狱，变成了地狱里的魔鬼。

你曾陪他来到这里，
现在需要留在这里。"

读者你想想看，
这些混账语言
让我多么失望：
我确信自己无望

单独返回世上。
于是请求老师：
"我亲爱的老师，
你曾经很多次

帮我脱离危险，
帮我恢复勇气，
这次也别抛弃我；
我已垂头丧气：

若不能继续向前，
我们就原路返回。"
领我来此的老师
态度却坚定不移：

"你什么都别害怕，
我们前行的路程，

已经由上帝确定，
任何人无权变更。

你在这里稍候，
不要精神萎靡，
我决不会把你，
留在地狱这里。"

我那慈父般老师，
说罢与我作别，
我则留在原地，
思索各种可能。

老师和他们交谈，
我什么也听不见。
没过多长时间，
他们跑回城里。

我们这些敌人，
关闭所有城门。
老师关在城外，
向我慢慢走来。

他低着头眉毛紧锁，
丧气地叹息着说：

"竟敢拒绝我进入！"

然后他对我劝说：

"你别见我发怒，

感到惊慌失措；

不管他们如何拦阻，

我定赢得这场争斗。

他们傲慢无礼，

这也并非首次，[11]

当初基督到来，

也曾被关城外。

现在外城敞开，

你已从那里进来，

还念过墙上诗文。

现在也有一人，[12]

正在穿越外城，

无须向导伴行，

跨过地狱层层，

前来开启此城。"

---

11 相传耶稣基督降临地狱时，恶鬼们也曾关闭地狱大门，企图阻止他进入；但基督破门而入，从那时起地狱的大门就一直敞开着。

12 意思是：上帝已差遣使者前来救援但丁他们。

第九曲

啊，他怒气冲天，
来到城门跟前，
用小棍打开城门，
没人敢来阻拦。

    第九曲是第八曲的延续。这曲以维吉尔谈判失败返回而开始：维吉尔的失败引发了但丁的恐惧，他开始担心维吉尔是否能够引领他继续游历地狱深层；甚至维吉尔自己也开始怀疑自己能否战胜魔鬼们的抵抗进入地狱深层。

此时地狱内城的塔楼顶上出现了三个复仇女神,她们形象恐怖,而且扬言要墨杜萨来把但丁变成石头。维吉尔一方面与复仇女神们争辩,劝她们别违抗天意,加重自己的罪责;一方面极力保护但丁:让但丁转过身去,并用双手捂住但丁的眼睛,以免正面看到墨杜萨,被墨杜萨变成石头。在这紧急关头,天国的使者轰然而至,严厉训斥妖魔,并以一根小棍轻松打开地狱内城,然后迅速离去。

这一曲在《地狱篇》里非常重要,所以但丁邀请读者,深刻理解《地狱篇》从开头至这里为止的诗句里隐含的道德意义。但丁决定梦游地狱,是抱着内省自己罪责的赎罪行为,一路上遇到了种种险阻:开始冥界之行前的密林、幽谷和以三只猛兽为代表的肉欲、骄傲和贪婪,都在动摇但丁的决心;进入地狱之后的妖魔卡隆(本书第三曲)、弥诺斯(本书第五曲)、三头恶狗克尔贝鲁斯(本书第六曲)、普鲁托(本书第七曲)、弗勒吉阿斯(本书第八曲)和这曲里的复仇女神及墨杜萨,都无不对其进行阻拦,而阻拦的力度一次胜过一次——从卡隆的劝说到复仇女神的威胁。

人的救赎过程不仅会遇到这些妖魔及其代表的罪孽的阻拦,而且还会受到来自自身的阻碍:对自己悔过自新决定的反悔和对教义的怀疑,如但丁在每次遇阻时表现出来的畏缩情绪。

维吉尔在《神曲》里代表理性,理性固然能够帮助人们战胜一切阻拦,但它的力量还是有限的,最后还需要借助上帝(这里表现为天使)的帮助来完成自身的救赎。

但丁的恐惧

我见老师折返，
吓得血色全无。
老师见我恐惧，
立即收敛心绪，

并且止住脚步，
还使耳目专注：
地狱雾浓昏暗，
听、看都很不便。

随后老师开口说道：
"我们必须战胜阻拦。
为何来人迟迟不见……
除非……她不会食言！"[1]

我听得非常清楚：
这句话前后不一，
他是用后面的话
掩盖前句的怀疑；

但他的这句话
令我感到恐惧；

1　指贝阿特丽切曾答应提供帮助。尽管贝阿特丽切是个值得信任、讲信誉的人，但维吉尔迟迟看不到有人来帮助他，此时不免也心生怀疑。

也许这句中断的话

没有恐吓我的用意。

我却因此提出疑问：

"有无地狱一层的人

（其期望是升入天堂），

也曾到过地狱底层?"[2]

老师回答我道：

"这种人少之又少。

没人像我这般，

陪你到处游览。

从前我也确实

来过这里一次。

那是应厄里克托[3]

请求到这里来的。

那是我死后不久，

她让我进入此城，

2　"一层的人"即林勃层的那些灵魂，这里指维吉尔。但丁的提问表明，他怀疑维吉尔是否有
　　能力带领他游历地狱深层。

3　厄里克托（Erichtho）是古希腊北部色萨利亚的一名女巫，曾帮助庞培之子萨克斯图斯
　　（Saxtus），在法尔萨利亚战争之前，召唤一名阵亡战士的阴魂还阳，来预测那次战争的胜负，
　　参见古罗马作家卢卡努斯的《法尔萨利亚纪》卷六。但丁根据这段记述，杜撰了厄里克托曾召
　　唤维吉尔到地狱底层带出一个亡灵的故事，借以证明维吉尔确实认识通往地狱底层的道路，并
　　以此来安慰自己。

从犹大环⁴里面

带出一个亡灵。

那里地势最低光线最暗，

与水晶天的距离也最远。⁵

我熟知那里道路，

你可以把心放宽。

这片恶臭沼泽，

环绕地狱内城，

若不进行抗争，

休想进入该城。"

复仇女神和墨杜萨

他还说了些别的，

我现在已不记得；

那时候我的眼睛

被火红塔顶吸引：

4　第九层地狱是个冰湖，叫科奇土斯冰湖。它分成四个同心圆，最里面的那个圆，收纳的是叛
　　卖恩人的人的亡灵，包括出卖耶稣的犹大。因为有犹大在那里服刑，故那一环称犹大环。参
　　见本书第三十四曲及该曲注2。

5　第九层地狱是地狱的最低点，而水晶天即但丁构思的天国的最高一层天（读者读到《神
　　曲·天国篇》时会了解到）；前者是宇宙的最低点，后者是宇宙的最高点，所以二者之间的
　　距离最远。

二位复仇女神，[6]

塔顶突然现身：

她们血迹满身，

女性的身段、

女性的举止；

绿色水蛇缠腰，

长角小蛇盘髻。

老师非常熟悉

冥界王后[7]这些侍女。

老师对我说："你瞧，

她们是复仇女妖：

左边那个是墨盖拉，

右边那个是阿列克托

（她仍在不停地哭泣），

中间的是提希丰涅。"

说罢老师保持沉默。

只见那三个女妖，

用指甲撕抓胸膛，

6　古希腊神话中的复仇女神叫厄里倪厄斯（Erinyes），是三个女妖的总称，其中墨盖拉
（Megaera）代表嫉妒，阿列克托（Alecto）代表不安，提希丰涅（Tisiphone）代表复仇。但
在但丁的《神曲》里她们代表懊丧情绪。对她们的描写见诗文。

7　冥界王后叫普罗塞皮娜（Proserpina），是冥王普鲁托之妻，但丁在此未提到王后的名字，仅
称前面三个复仇女神是冥界王后的侍女。

用手掌击打全身，

不住地大呼大叫。

"让墨杜萨[8]赶快来到，

我们要把他变成石头！"

她们脸朝下齐声嚷道，

吓得我忙向老师紧靠，

"没对忒修斯的

进攻进行报复，

后来他被拯救，

那是我们失误。"[9]

"赶快转过身去，

闭上你的双眼！

墨杜萨若被你看见，

你就无法再回阳间。"[10]

老师忙对我说；

还把我身子扭转，

8　古希腊神话中有三个两肋生翼、头上长有无数小蛇的女妖，总称叫戈尔贡（Gorgons）。墨杜萨（Medusa）是其中之一，谁若看到她的眼睛，就会变成石头。

9　这还是三个女妖说的话。根据古希腊神话，雅典王忒修斯（Theseus）和他的朋友皮里托俄斯（Perithous）一起去冥界，企图劫持冥界王后普罗塞皮娜，但他们失败了。皮里托俄斯被冥界的狗克尔贝鲁斯（参见本书第六曲注1）吃掉，忒修斯则被冥王囚在地府，后来被英雄赫拉克勒斯（Hercules）救出（参见维吉尔的《埃涅阿斯纪》卷六和后注16）。这句话的意思是：假如她们对忒修斯进行了报复，就不会再有人胆敢私闯地府了。

10　意思是：你要是看见了她，就会变成石头，无法再回阳间了。

用我们二人的手
捂住我的双眼。

理智健全的人啊，
请你们特别注意，
这些奇怪诗句后面
隐含的道德寓意。[11]

天国使者

浑浊波浪之上
传来一声巨响，
震得沼泽两岸
失魂、落魄、丧胆。

犹如一阵飓风
（冷热空气促成），
刮向森林摧枯拉朽，
将树枝折断裹走；

---

11 原著注：但丁在这里提醒读者要注意领会这些奇怪诗句后面的道德寓意。那么"这些奇怪诗
句"究竟是指复仇女神、墨杜萨，以及维吉尔与魔鬼谈判失败和但丁恐惧的那些诗句，还是
指描述天使来临的那些诗句，或者是指整个这一段诗，注释家们众说纷纭，而《神曲》本版
编者萨本尼奥的注释最为简洁："从整个情节来看……但丁在面临地狱之行（象征悔悟和解
脱罪过的过程）最困难的这段旅程时，显然要强调人在努力自救的过程中将会遇到的、必
须克服的最大的种种障碍，而阻止有罪之人悔过自新的障碍是各种诱惑（群魔）和内疚，也
就是说，对自己过去生活的回忆和懊悔（复仇女神），以及宗教上的怀疑或绝望（墨杜萨）。
人的理性（维吉尔）的力量，在一定程度上足以打退这一切的攻击；但最终还需要有神恩
（天使）的帮助，才能完成赎罪和得救的过程。"

狂风掀起尘暴，
群兽、牧人见了，
吓得四散躲避。
老师松手 [12] 说道：

"现在你睁大双眼，
朝着那雾气凝重
水泡翻腾的水面，
仔仔细细地观看。"

群蛙若遇长虫，
纷纷跃入水中，
个个蜷缩身躯
藏匿淤泥之中。

天使穿越沼泽，
水上健步如飞，
成千亡灵纷纷
像蛙一样躲避。

他时时挥动左手，
拨开眼前的浓雾；
仿佛一切麻烦，
就是眼前浓雾。

12　前面说，为了不让但丁看见墨杜萨，维吉尔用双手遮住但丁眼睛，现在松开手。

找见他是天使，
转身朝向老师；
老师要我肃静，
向他鞠躬致意。

啊，他怒气冲天，
来到城门跟前，
用小棍打开城门，
没人敢来阻拦。

"上天驱逐之徒，"
他站在门槛上开口，
"哪里来的勇气
让你们蛮横无理？

为什么你们抗拒
不可抗拒的旨意？[13]
结果你们的痛苦，
一次比一次加剧。[14]

与命运[15]抗争，
有什么好处？

13　上帝的旨意。
14　意思是：违背上帝旨意只会加重你们的罪行。基督降临地狱时，以及前注9中提到的忒修斯和赫
　　拉克勒斯闯入地狱时，魔鬼们都企图抗拒，但都遭到失败。结果他们是罪上加罪，除遭受逐出
　　天国之惩罚外，还要遭受更新更重的惩罚。
15　这里指上帝的旨意。

你们都很清楚，

克尔贝鲁斯的

下巴和脖子上，

为啥没有皮肤。"[16]

然后他转身返回，

重走那污泥之路；

没有理睬我们，

仿佛公务缠身，

无法顾及别人；

他的神圣话语，

让我们信心恢复；

于是抬起双足，

迈开坚定脚步，

朝向内城走去。

地狱内城与异教墓穴

我们进入内城，

没遇任何抵抗；

---

16 赫拉克勒斯是著名的英雄人物，力大无穷，但他命运悲惨，一生要完成12件苦差。最后一件
就是到冥界把看守冥界大门的恶狗克尔贝鲁斯带出地狱。他奉命来到地狱时，克尔贝鲁斯拦
住去路，他就用铁链子拴在克尔贝鲁斯的脖子上，把它拖出地狱。由于铁链子勒得太紧，磨
掉了克尔贝鲁斯脖子上的毛。这个情节但丁是受维吉尔的《埃涅阿斯纪》的启发想象出来的。

我则满怀渴望

查看内城情况。

进入内城里面，

举目四处观看：

只见左右两边

都是广阔平川，

到处都是痛苦呻吟

和遭受酷刑的情景。

如同阿尔 [17]（罗讷河边的），

也像普拉 [18]（克瓦内尔湾的）

（普拉曾是意大利东边

海水沐浴的国境线），

凹凸不平的地面上，

坟墓、墓穴处处可见。

地狱这里的情况

与它们并无两样，

也许比起它们，

这里更加凄凉：

17　阿尔是法国南部位于罗讷河左岸的城市，附近有许多古罗马时代的坟墓。传说那一片坟地是一夜之间出现的，以埋葬随查理大帝征战异教徒时的阵亡将士。

18　普拉是位于伊斯特拉半岛南边、克瓦内尔海湾西边的城市，现属于克罗地亚。该城附近也曾有许多古罗马时代的墓地，现已不复存在。

坟墓间到处是火焰，
烧得坟墓像熔炉一般，
熔炉里的铁件红得
加工时无须再加热。

这些坟墓顶盖大开，
里面传出凄惨叹息，
准确无误向你表明，
受难之人唉声叹气。

我问："老师，
葬在石棺里的
是些什么人？
为啥悲伤叹气？"

老师回答我说道：
"这些是异教祖师
和他们的信众子弟，
人数远超你的估计。

各个教派的信徒，
分门别类葬在一起，
坟墓热度有高有低。"
然后我们转身向右

从城墙和坟墓
中间穿越过去。

第十曲

我来到他墓边，
他瞧了我一眼，
一边傲慢地问道：
"谁是你的祖先？"

    但丁现在进入地狱第六层。这里收纳的是异教徒的灵魂。但丁把注意力主要集中在伊壁鸠鲁信徒身上。伊壁鸠鲁哲学虽然诞生在古希腊，但在中世纪的意大利还相当流行，持这种观点的人为数不少。他们追求现世幸福，否定肉体死后灵魂不死，亦即否定基督教神学，所以这些人被视为异教徒。

但丁在这些灵魂中选择了两个佛罗伦萨同乡：法里纳塔和卡瓦尔坎特，他们都因持伊壁鸠鲁观点被置于这层地狱赎罪：受地狱烈火烧烤。法里纳塔曾是佛罗伦萨皇帝党重要领袖，积极参与和领导了佛市争夺政治权力的斗争，曾两次上台，两次驱逐佛市教皇党势力。但丁则属于佛市教皇党，在政治上与其持敌对观点，虽不同意其叙述两党斗争历史的观点，但对他的"功绩"还是尊敬与肯定的，所以谈话中称呼他"您"。但丁对卡瓦尔坎特的态度显然不同，因为他是自己最要好的朋友圭多·卡瓦尔坎蒂的父亲。但丁对他的描写主要是情感方面的，例如他非常关心自己儿子为什么没有和但丁一起来游历地狱，又如他误解了但丁的话以为圭多已离开人世时，轰然倒下所表现出来的父子之情。

　　但丁在这里还探讨了另一个"问题"：阴魂们的预见能力。但丁根据第六曲中与恰科的交谈，确信当时流传的说法：亡灵有预见未来的能力。但这里的法里纳塔却说他们"患有远视"，能看见未来的事情，却不知道现在的事情。但丁穿插描述的这个细节，主要还是为了批判伊壁鸠鲁的信徒。因为他们生前只顾享受，不顾未来灵魂救赎，所以他们的阴魂"患有远视"，只能看见远处，毫不顾及眼前。

伊壁鸠鲁派信徒的坟墓

老师沿着小路向前，

一边是受难人的坟墓，

一边是巍峨的城垣；

我则紧随老师身后。

"老师啊，"我开口说，

"你的品德高无上，

引领我看过几层地狱，

现在请满足我这愿望：

你看我是否可以

见见坟墓中的人？

他们的棺盖已掀起，

又不见守卫的踪迹。"

老师："伊壁鸠鲁[1]及子弟

就埋在这些坟墓里，

他们相信灵魂与肉体一样，

会一起同时死亡。

---

1 伊壁鸠鲁（Epicurus，公元前341—前270年），古希腊唯物主义哲学家。他认为时间是由原子构成的，事物的生与死均由原子的聚合与分离所决定；灵魂亦由原子构成，随人的死亡而分解。所以，他的学说否定灵魂不死。但他的学说出现在基督教之前，严格说来，不应该算作异端。由于中世纪时还有许多人信奉伊壁鸠鲁的观点，而基督教认为，否定灵魂不死就是否定基督教教义，所以当时把支持伊壁鸠鲁观点的人都看成是异教徒，但丁也不例外，因此他把伊壁鸠鲁及其信徒放在第六层地狱里受火刑。这也是当时基督教教会对信奉异端者施以火刑的反映。

最后审判到来之时，

他们带着自己尸体，

从约沙法谷²返回时，

这些坟墓将会封闭。

你所提出的问题

和未明说的心意，³

在这层地狱里，

都会让你满意。"

我回答老师：

"善良的老师，

我并不是故意

向你隐瞒心意；

没说出的原因

是不愿麻烦你；

你已多次建议

我别过于好奇。"

2　约沙法谷（Jehoshaphat）是耶路撒冷附近的一个山谷，《圣经》说上帝将在那里进行最后审判，届时灵魂将与肉体结合在一起前往那里接受审判。但丁这里的意思是：参加最后审判之后，这些阴魂将带着他们自己的尸体回到这里，一起进入石棺。然后他们的坟墓才会彻底封闭。

3　维吉尔猜到但丁想看望佛罗伦萨的同乡，尤其是佛罗伦萨皇帝党首领法里纳塔（参见后注6），因为但丁在第六曲与佛罗伦萨人恰科交谈时，就已经表达了这个愿望（参见本书第六曲"恰科及其预言"一节）。

法里纳塔·德利·乌贝尔蒂

"啊，托斯卡纳人，

你活着来到火城，[4]

谈吐文雅，能不能

在这儿稍停一停？

你的口音表明，

来自高贵故乡，[5]

也许我曾给它

造成太多创伤。"

突然从一石棺里

传来这个声音，

让我感到恐惧，

便向老师靠近。

老师："快转身，别害怕，

你看那法里纳塔[6]

4　即地狱。

5　指佛罗伦萨。但丁和法里纳塔都出生在佛罗伦萨。

6　法里纳塔，参见本书第六曲注8，佛罗伦萨皇帝党著名首领。1248年他率领佛罗伦萨皇帝党战胜教皇党，并把后者驱逐出佛罗伦萨。1251年教皇党返回佛罗伦萨，两党之争再次激烈起来。这次教皇党获得胜利，将乌贝尔蒂家族和其他皇帝党成员流放出佛罗伦萨。法里纳塔躲到锡耶纳，在西西里国王曼弗雷迪的支持下，重组托斯卡纳地区皇帝党联军，1260年在蒙塔培尔蒂战役中击败佛罗伦萨教皇党的军队，胜利返回佛罗伦萨，再次把教皇党驱逐出去。1264年死于佛罗伦萨，葬于教堂地下。19年之后，即1283年，法里纳塔被宗教裁判所宣布为信奉异端者，将其尸体从坟墓中挖出并焚烧。

已从坟墓里站起，
露出了半个身体。"

我的目光早已
与他目光相遇，
他昂首、挺胸，
仿佛蔑视地狱。

老师用手把我
推向他的墓地，
一边对我说道：
"你讲话要得体。"

我来到他墓边，
他瞧了我一眼，
一边傲慢地问道：
"谁是你的祖先？"

我乐意回答他，
对他毫无隐瞒；
一切告诉了他，
他才抬起眉眼，

然后开口："荣幸，
他们是我的敌人，[7]

7　但丁的祖先属于教皇党，法里纳塔属于皇帝党，故称他们为敌人。

敌视我先祖和同党，
我将他们二次逐放。"[8]

"他们被驱散两次，
两次从各地返回，"
我反驳说，"这种本事
你的同党却未学会。"[9]

卡瓦尔坎特

此时那坟墓里，
法里纳塔身边
又出现一个阴魂。
我想他跪在里边，

仅露出下巴以上，
向我四周张望：
看我有无同伴，
结果令他失望。

8　指1248年和1260年皇帝党曾两次战胜教皇党，并将他们放逐。参见前注6。
9　但丁在这里与法里纳塔展开舌战。他首先纠正法里纳塔，说那不是放逐而是被驱散、打散，
　然而他们两次都聚集力量，重新返回佛罗伦萨。这种"本事"乌贝尔蒂家族与皇帝党却未
　学会，指1266年贝内文托（Benevento）战役之后，支持皇帝党的霍亨斯陶芬国王一蹶不振，
　教皇党于1267年重新返回佛罗伦萨掌权，驱逐皇帝党成员。教皇党后来为笼络人心，曾颁布
　大赦、赦免等政令，绝大多数皇帝党成员得以陆续返回佛罗伦萨，唯独乌贝尔蒂家族被排除
　在外，永远不能返回佛罗伦萨。

他边说边哭泣：

"你来地狱游历，

如因你才华出众，

圭多咋没和你一起？"

我："我来到这里，

并非因为才气，

是那位向导领我前去

觐见圭多曾不愿见的圣女。" [10]

他的话及所受刑罚，

让我猜到他是何人，

所以我这样回答他，

显得非常完美、充分。

他呼喊着起身：

"你说'圭多他曾……'

他是否不在人世？

看不到温暖晨曦？"

10　这里有两个卡瓦尔坎蒂：卡瓦尔坎特·卡瓦尔坎蒂（Cavalcante Cavalcanti）和圭多·卡瓦尔坎蒂（Guido Cavalcanti），前者是后者的父亲。卡瓦尔坎特是位富有的骑士，政治上属于教皇党。但他接受伊壁鸠鲁学说，认为人生最大的快乐是肉体的快乐，不相信人死以后灵魂不死。所以他也被但丁放在了这里。另外，他儿子圭多娶了法里纳塔的女儿为妻，所以他的灵魂就和法里纳塔埋在一个石棺里了。圭多·卡瓦尔坎蒂是佛罗伦萨温柔新诗体派的主要代表之一，与但丁有着深厚交情，但他倾向伊壁鸠鲁学说，与贝阿特丽切代表的基督教神学格格不入，所以但丁在诗中说"觐见圭多曾不愿见的圣女"，即贝阿特丽切。卡瓦尔坎特从法里纳塔与但丁的对话中了解到，他是自己儿子圭多的朋友，以为但丁活着游历地狱是凭自己的才华，那么他的儿子圭多也很有才华，为何没有和但丁一起同来呢。

因我答复之前

稍微有点迟缓，

他便向身后倒下，

不再从墓中显现。

法里纳塔的预言

请我稍停一停的

那位傲慢先生，

神色毫无变化，

未转颈也未屈身，[11]

接着刚才的话说：

"他们若未学会

那种本事，这比

火床更令我痛苦。[12]

不过五十个月，

你一定会看到，

11　指前面说的法里纳塔。他听了但丁的反驳之后，一直在思考如何反驳但丁，对但丁与卡瓦尔坎特的谈话，毫不关心。诗中说他"神色毫无变化，/ 未转颈也未屈身"，恰恰表明了他的这种态度。

12　"火床"指被地狱之火烧烤的石棺。这句诗表明法里纳塔的党派情绪依然存在，如同他活在人世时一样。所以才说，"这比火床更令我痛苦"，政治上的失败比他在烈火烧烤的石棺中所受之苦，更加令他感到痛心。

你们那种本事

后果多么糟糕。[13]

我祝愿你能回到阳世，

但你可否对我解释，

那里人制定法规为何

对待我的家族那么严厉？"[14]

我回答他这样说道：

"那次屠杀灭绝人性，

血染了阿尔比亚河水，

议会才做出这样决定。"[15]

他摇着头叹息说道：

"责任不应由我一人

承担，如果没有理由，

我决不会附和他人。

13　这是法里纳塔对佛罗伦萨未来政治事件的预言。"不过五十个月"即不超过四年两个月；但丁幻游地狱始于1300年4月，"不过五十个月"即不会超过1304年6月：1302年但丁就遭到放逐，曾和白党流亡者一起多次试图用武力打回佛罗伦萨，1304年6月他们的企图彻底失败，即诗中说的"你们那种本事／后果多么糟糕"；时间算来不超过五十个月，正好应了法里纳塔的预言。

14　教皇党彻底战胜皇帝党之后，曾多次制定法律赦免皇帝党成员，准许其返回佛罗伦萨，唯独乌贝尔蒂家族被排除在外；乌贝尔蒂家族被宣布为"共和国的敌人"，并将其家宅夷为平地。

15　指1260年9月4日，皇帝党的军队在蒙塔培尔蒂战役中彻底击败托斯卡纳教皇党联军，造成教皇党联军重大伤亡。一位参战者写道："一切道路、水井和每一条河流，都好似一条巨大的血河。"法里纳塔家族对皇帝党的这次胜利，起了决定性作用，应对那次大屠杀负主要责任。因此佛罗伦萨议会做出上述决定。见前注14。

但在人人都同意

摧毁佛市的时候，

我却孤独一人

出来为它辩护。"[16]

阴魂预卜的局限性

"愿您子孙早日安息，"

我这样恳求他说道，

"请您消除我的疑虑，

它盘踞着我的大脑。

如果人们传说不错，

你们能预知未来，

而对于事物的现在，

你们却另有期待。"[17]

他："我们患有远视，

能够看见远处事情，

---

16 指蒙塔培尔蒂战役之后，托斯卡纳地区皇帝党联军首领在恩波利（Empoli，佛罗伦萨附近，偏西）举行会议，大家都主张把佛罗伦萨（诗中简称"佛市"）夷为平地，只有法里纳塔一人坚决反对，声称"如果除他以外别无他人的话，只要他一息尚存，他就会用剑来保卫它"，即保卫佛罗伦萨。法里纳塔述说自己在那次会议上的表现，其实是想告诉但丁：由于自己对家乡的功绩被抹杀，家族也受到不公正的待遇，他感到很痛心。

17 像后文所说，期待别人告诉他们。

因为上帝怜悯我们，
留给我们这点光明；

现在或临近的事情，
我们智力无力获知；
如果无人告诉我们，
人世情形一无所知。

因此你可以预测，
从最后审判之日起，
一切门窗都将关闭，
我们就会无法预知。"[18]

我意识到刚才的过错，
对他提出请求说：
"告诉那个倒下的人，
他儿子仍是活人。

我刚才未告知他，
是因为我在思索，
而现在您已为我
解开了我的疑惑。"

18　死人的灵魂能够预知未来，那是因为上帝还留给他们那点光明，或者说给他们留下了一道
　　"门窗"。最后审判之后，那道"门窗"就会关闭；对他们来说，时间不再存在，既没有"现
　　在"，也没有"未来"，他们也就失去了预知未来的能力。

老师已开始催促；

我便向阴魂请求，

求他赶快对我说，

这里还有哪些囚徒。

他说："这里阴魂千余：

有腓特烈二世皇帝，[19]

还有主教乌巴尔迪尼，[20]

其余的人我就不再提。"

但丁的困惑

然后他隐身坟墓；

我转身走向老师，

一边回想他的言辞，

内心感到有些迷失。

老师边走边询问：

"你为啥觉得迷失？"

19　腓特烈二世（Friedrich II），1197年任西西里国王，1220—1250年任神圣罗马帝国皇帝，政治上一贯支持皇帝党，博学多才，热衷文学艺术，为促进西西里乃至整个意大利文化发展做出了巨大贡献。但丁十分赞赏他，称他是值得尊敬的君主。但他信奉伊壁鸠鲁学说，故但丁也将他放置在这里，与伊壁鸠鲁的信徒们一起受火刑。

20　指奥塔维亚诺·德利·乌巴尔迪尼（Ottaviano degli Ubaldini），1240—1244年任博洛尼亚主教，1245年起任枢机主教，1273年逝世。因出身皇帝党家庭，虽身为教廷重臣，却一贯支持皇帝党。据注释家们说，他"似乎不相信现世之外还有来世"，倾向伊壁鸠鲁学说，故但丁也将他放在这里。

我给老师的答复，
让老师十分满意。

"记住那些不祥言辞，"
老师命令我说，
一边竖起食指，
"现在请注意听我说，

当你见到那位圣女时
（她目光温柔洞察一切），
你会从她口中知道
你人生旅程的细节。"

随后向左边走去：
我们离开那城墙，
沿着一条小路
走向中心城区；

到达小道尽头，
下面是条山谷，
谷底臭气熏天。

第十一曲

难闻的臭气
从谷底升起，
熏得我们急忙
退到大墓后方。

　　但丁与维吉尔来到通往地狱内城的山崖顶上，下面泛上来的臭气迫使他们躲在教皇阿纳斯塔修斯二世的坟墓旁小憩，以适应地狱下层发出的气味。维吉尔利用这段时间，向但丁解释地狱内城的结构及阴魂们的分布情况。

维吉尔或者说但丁，把地狱分为外城和内城，外城关押罪恶较轻的罪人，而内城关押罪恶深重的罪人。区分他们罪行轻重的标准是什么呢？是亚里士多德的《伦理学》。按照《伦理学》的说法，人有三种劣根性：放纵、恶意和疯狂的兽性。其中"放纵"的罪行较轻，因为这类罪行不以伤害他人为目的，都被置于外城服刑，如邪淫者、吝啬者、挥霍者、愤怒者等，都归纳在"放纵"范畴之内，被置于地狱外城的二、三、四、五、六等层受刑。

地狱内城关押的罪人分三种：1.施暴者，包括对上帝、对自己、对他人施暴，他们被关押在第七层；2.欺诈者，包括对亲朋和对一般人进行欺诈两类。欺诈一般的人，破坏的是自然赋予人类的爱，但丁称其为欺诈者，被关在第八层服刑；3.对亲朋进行欺诈，即对已获得对自己信任的人欺诈，但丁称其为"背叛者"，因为他们破坏的不仅是自然赋予的爱，而且破坏了由亲情关系而产生的第二种爱，所以罪加一等，被置于第九层服刑。

应该指出，由《伦理学》确定的这三种罪恶的劣根性，并不能完全囊括地狱中全部罪恶的类别，因为但丁除亚里士多德的《伦理学》之外，还参照罗马法对地狱里的罪恶进行分类。更为重要的是，我们应该看到，但丁是在写一本史诗，而不是在写一篇哲学论文；但丁的诗的世界，是由许多引起愤怒或怜悯的人物表现出来的，而不是用抽象的哲学概念说明的。

在教皇阿纳斯塔修斯坟墓旁小憩

我们来到悬崖边沿

（它由塌方后的巨石

相互叠加围成一圈），[1]

重罪犯人就在下面。[2]

难闻的臭气

从谷底升起，

熏得我们急忙

退到大墓后方。

墓碑上的铭文写道：

"这里是阿纳斯塔修斯

教皇[3]，受弗提努斯

引诱偏离了阳光大道。"

1　但丁与维吉尔来到第六层与第七层地狱之间的通道——悬崖峭壁之处。但这一段悬崖因地震而发生坍塌，本书第十二曲开头对此会有详细描述。岩石坍塌后形成的巨石，相叠加垒成一圆形的山谷。

2　从第七层开始下面是地狱深层，那里收纳的罪人，罪过比上面几层罪人的罪过更加深重。从下面泛上来的臭气难闻，恰恰表示那里的罪人罪恶深重。

3　即阿纳斯塔修斯二世（Anastasius II），496—498年在任。当时君士坦丁堡主教阿卡西乌斯（Acacius）倡导基督单性说，即主张基督只有人性而无神性，被教会视为异端，从而造成东西方教会分裂的局面。阿纳斯塔修斯二世力图寻求以和解方式解决分歧，于497年派两名主教去君士坦丁堡斡旋。他的做法得到了特萨洛尼卡（Tessalonica）大主教派驻罗马的副主祭弗提努斯（Photinus）的热烈响应，而弗提努斯却是基督只有人性而无神性主张的支持者。这件事引起了基督教会正统派的不满和反对，从而产生了阿纳斯塔修斯受弗提努斯引诱，离开正统教义，相信阿卡西乌斯异端的传说（这一传说一直到16世纪都被认为是历史事实）。

"我们等会下行，
先在这里适应，
然后就能应对
这讨厌的臭气。"

老师如此说，而我：
"请你想个办法补偿，
免得白白浪费时光。"
老师："我也这么想。"

地狱内城概况与阴魂的分布

然后他又开口说：
"孩子，如看过的几环，[4]
这个圆形石头圈子
分成三个递降圆环，[5]

里面满是可恶罪人。
为让你一眼便能看清，
他们为何关在那里，
现在我就向你说明：

4　即前面已经看过的几层地狱。
5　地狱呈漏斗状，越往下直径越小。因此，下面的地狱与上几层一样，一层比一层小，其直径
　　呈递减状态。

上帝仇恨的一切不义，

不论借助欺诈还是暴力，

都以伤害他人

为其最终目的。

上帝更恨的是欺诈这一

人类独有的罪行，[6]

所以将其置于内城，

在更重惩罚处服刑。

施暴者都在第一层；[7]

三种人受害于暴力，[8]

据此将施暴者分布

在这里三个圆环里。

即对上帝、对自己、

对亲邻们施加暴力，

包括对他们本身

及其财物施加暴力。

6　但丁将不义行为分为两类：欺诈和暴力。暴力是人与兽共有的罪行，而欺诈则是人类独有的
　　罪行。

7　地狱内城共有三层，即第七、第八、第九层。这里所说的第一层，即指内城第一层，亦即第
　　七层地狱。

8　暴力受害者分为三种，即上帝、施暴者自身和他人。下面对这三种人有详细说明。

你将听我细分：
暴力施于亲邻，
造成人身伤亡，
属于故意害人；

施于他们财物，
造成财产损伤，
或纵火或抢掠，
视为强盗一样。

杀人者、伤人者、
纵火者、掠夺者，
各自列成一队，
在第一环赎罪。

施于自身与财物，
自杀、赌博、挥霍，
都在第二环里
受刑并且悔过。

他们无须忏悔：[9]
生活在人世时，
应该珍惜财物，
而非到这儿啼哭。

9　入地狱之后再忏悔是无效的，因为此时忏悔已经为时晚矣，得不到上帝的宽恕。

暴力还能施于上帝，

施于上帝造物和恩惠，

如在内心否定上帝，

或口头上亵渎上帝。

因此最小的第三层，[10]

给所多玛、卡奥尔[11]

和否定亵渎上帝的人，

都打上第三层的烙印。

欺诈与暴力有异，

总有心智参与的痕迹，[12]

可施加于获信的人

以及未获信任的人。

施于后者只能破坏

自然之爱的纽带，[13]

10　这里所谓的第三层，即前面说的内城中的第三环。从整个地狱的排序来说，这里指的是第九层地狱，内径最小。

11　所多玛（Sodom）是巴勒斯坦的一座古城，因其居民犯鸡奸罪被上帝用天火烧毁（参见《旧约・创世记》第18、19章），所多玛这里指违反自然即违反上帝造物的人；卡奥尔（Cahors）是法国南部城市，中世纪那里是高利贷中心，卡奥尔这里表示高利贷者。打上第三层的烙印，指这些罪犯都应该接受天火的燎烤。

12　前面讲的是暴力，施暴时人的心智不一定参与。但欺诈不一样，每次欺诈行为都是有意的，都有"心智参与"的痕迹可考。

13　"施于后者"，即施于"未获信任的人"，即没有亲戚、友谊、相识等关系的人。但丁在其作品《飨宴》第一篇第一章第八句写过"人与人自然地成为朋友"，这种爱称为自然之爱，破坏自然之爱的行为谓之欺诈。

因此在第二层里[14]

下列的罪人云集：

伪善、诱惑、献媚、

造假、买卖圣职圣物、

偷盗、淫媒、贪赃枉法

和诸如此类的行为。

施于前者的欺诈，[15]

不仅破坏自然的爱，

还破坏了出于信任

而建立起来的爱。

因此最小的那一层[16]

（宇宙中心、魔王坐镇）

关押一切叛徒，

施加永恒痛苦。”

我说："老师，你的

解说非常清楚，

14　即第八层地狱。第八层地狱分十个环，收纳后面提到的十种罪恶的犯人。

15　即施于对自己信任的人的欺诈。但丁给这种欺诈行为另外取了个名字叫"背叛"。因此，在但丁眼里对亲友的欺诈，与对非亲友的欺诈是不同的。这两种爱，听起来有点别扭，但那是为了区分"欺诈"与"背叛"这两种行为。

16　即地狱第九层。这里是地球（宇宙）中心，也是魔王待的地方。

地狱各层及其囚徒,

你划分得也很清楚。

但是请你告诉我,

前面几层的犯人,

如在沼泽中赎罪的人,[17]

被阴风刮着狂奔的人,[18]

被阴雨击打的饕餮者,[19]

还有吝啬者与挥霍者[20]

(他们不能正确对待财富,

遇到一起就相互诅咒),

假如上帝对他们震怒,

为啥他们不在深层受刑?

假如上帝不对他们震怒,

为什么又要在上层受刑?"

老师回答我说:

"你的理智为什么

偏离正轨?你心中

都在想些什么?

---

17 指第五层在斯提克斯沼泽污泥中受刑的易怒者。

18 指第二层被阴风刮着狂奔的邪淫者。

19 指第三层被寒冷、可恶而阴沉的阴雨不停击打的饕餮之辈。

20 指第四层遇到一起就相互咒骂的吝啬者与挥霍者。

难道你已经不记得

《伦理学》[21] 详细说明的

上帝不容忍的三种劣根性：

疯狂的兽性、放纵和恶意？

难道你不记得，

放纵又是为何

得罪上帝较轻，

受的谴责也轻？

你如果认真地

想想这个论断，

回忆回忆外城

受惩罚的罪犯，

你就会明白他们

为啥和内城犯人

分开，上帝对他们的

惩罚也轻于这些人。"

21　指亚里士多德的《尼可马克伦理学》（*Etica Nicomachea*）。但丁在诗中提到亚里士多德有
关三个劣根性的论断，目的是借助亚里士多德《伦理学》的权威，说明"放纵"比"恶意"
和"疯狂的兽性"罪恶较轻。因为放纵是无节制地享受以身体需要为基础的乐趣（食欲、性
欲），或享受本身为情理所许可的乐趣（例如对财物的欲望）而陷入邪淫、贪食、贪财或浪
费。总之，放纵不以伤害他人为目的，所以罪恶较轻。

高利贷者的下场

"啊，太阳驱散黑暗，
你的解释犹如太阳
化解我的疑团，
让我心里敞亮。

提问带来的结果，
令我更加快乐。"[22]
我对老师说道，
"请你再次回到

高利贷问题上，
解开我的疑义；
那时你曾说过，
它伤害神的恩惠。"

"自然源于神智、
神工，"老师说道，
"这是亚里士多德
《哲学》[23]对人的教导。

---

22 即由未知产生怀疑，促使但丁提出问题，维吉尔的解答解除了他的疑问，使他获得快乐。由此而获得的快乐，不亚于已有的知识给予他的快乐。

23 有人认为，"哲学"一词这里泛指亚里士多德的哲学，也有人认为是指亚里士多德的著作《形而上学》。

你若仔细翻阅

你学过的《物理学》,[24]

仅需少许几页

就会找到这一原则:

你们的艺术创作

应模仿自然而作,

就像一个学徒

模仿自己师父,

所以你们的艺术,

就是自然的亲属。

如果你回忆

《创世记》篇首,

人应该靠这二者[25]

谋取生活与进步;

高利贷者则相反,

选择了其他道路。

他们蔑视自然,

也不模仿自然,

24　即亚里士多德的《物理学》。

25　即人应该依靠自然和劳动来谋生和进步（即繁衍），而高利贷者不靠劳动谋生，犯了蔑视自然罪；他们不劳而获，靠利息生活，也就犯了不模仿自然之罪。

把自己的希望

寄托在其他事物上。

现在紧跟着我，

我要向前走啊，

因为双鱼星座 [26]

已在地平线上闪烁，

而北斗星座

在西北横卧。

向前再走一点，

就是下行地点。"

26　双鱼星座在白羊星座升起之前二到三个小时出现在地平线上（"已在地平线上闪烁"），就是说当时的时间约为早晨4点。与此同时北斗星座将没于天的西北，像诗中说的"在西北横卧"。总之，这一段的意思是：时间已到早晨三四点了，但丁他们应该向下一层地狱出发了。

第十二曲

肯陶罗斯列队巡视
在悬崖与小河之间，
它们身上背着弓箭，
像人出去打猎一般。

　　但丁和维吉尔沿着山石嶙峋的小道下到地狱第七层。但丁把这条山石嶙峋的小道，比作罗威雷托附近阿迪杰河左岸的斯拉维尼·迪·马可断崖。维吉尔认为该断崖与地狱里的断崖成因相同——地震：基督被钉死在十字架上引起上天震怒，天崩地裂。

在这里和在前几层地狱入口处一样，但丁选择了半人半牛的怪物米诺陶洛斯作为看守。有注释家认为，米诺陶洛斯象征人性的兽性化，或者说像第十曲中所说的疯狂的兽性。这种兽性刺激人们犯下在第七层地狱里受惩罚的各种暴力罪行。

　　然后但丁和维吉尔来到悬崖脚下的弗列格通血河边。弗列格通河是古代传说中冥界的一条火焰河。但丁这里把它改成一条血河，象征借助暴力伤害他人时流出的血水，形成了这条沸腾的河流，专门用来惩罚暴力犯罪者的阴魂：按照他们罪行的轻重，罚他们不同程度地浸泡在血河沸腾的血水中熬煮。守护血河的怪兽是古希腊神话中人首马身的怪物肯陶罗斯，但丁把它们当作暴力的象征，同时又让它们作为这层地狱的看守，专门监视暴力犯的鬼魂在河中服刑的情况。

　　在这里服刑的有暴君：亚历山大、狄奥尼修斯、阿提拉等，还有杀人犯盖伊·迪·孟福尔，杀人越货的大强盗里涅尔·帕佐和里涅尔·达·科内托。他们的罪恶在诗中都有描述，这里就不赘述了。

塌方与米诺陶洛斯

来到下行地点；
山势如此艰险，
加上那个怪物，[1]
不禁望而止步。

犹如阿迪杰河左岸，[2]
因地震或缺乏支撑，
山体自上而下塌坍，
留下一条崎岖小径。

我们下行道路，
恰如这条小路。
陡壁山崖旁伏卧
克里特的耻辱[3]

（木牛肚中孕育）；
它一见到我们，
就自己咬自己，
像怒火中烧的人。

1　即怪兽米诺陶洛斯，见后注3。
2　指883年意大利北方阿迪杰河（Adige）左岸发生山崩，在罗威雷托（Rovereto）附近形成著名的斯拉维尼·迪·马可断崖（Slavini di Marco）。
3　指古希腊神话中半人半牛的怪物米诺陶洛斯（Minotaur）。克里特岛王后帕西淮（Pasiphae）爱上了一只公牛，她便钻进一只木制的母牛肚子里把公牛引来与其幽会，结果生下了这只半人半牛的怪物，故诗中称其为"克里特的耻辱"。应该指出的是古代雕塑和绘画中，米诺陶洛斯是人身牛首，而但丁在这里却把它塑造成人首牛身。

老师对它喝道：

"难道你以为他是

处死你的雅典公爵，[4]

现在来到了这里？

滚开，畜生！他前来

并非你姐姐所派，

他是前来观望

你们受刑情况。"

假如一头公牛

受到致命打击，

挣开绳索逃跑，

不知向东向西，

跳、蹿不离原处；

此时这头怪物

变得完全像那

遭受打击的公牛。

看见怪物这样，

老师忙对我讲：

4　雅典公爵这里指忒修斯，他带着童男童女从雅典到克里特岛来向克里特岛国王进贡，国王将
童男童女送到一座迷宫里供怪物米诺陶洛斯吞食。克里特岛公主阿里阿德涅（Ariadne）爱
上了忒修斯，送给他一个线球和一把宝剑，教他将线球的一端拴在迷宫入口处，捋着线球通
过复杂的迷宫找到米诺陶洛斯，用宝剑杀死它，救出童男童女，然后和公主一起逃走。阿里阿
德涅公主与米诺陶洛斯是一母所生，故诗中称她为怪兽的姐姐。

"赶快跑向路口，
趁它发怒往下走!"

于是我沿着小路
踩着石堆往下走；
我脚下的石头
常常左右晃悠。

我边走边思考，
老师这时说道：
"也许你还惦记
刚刚走过的绝壁，

把守它的怪物，
我已将它制服。
现在我要告诉你，
上次经过这里时，[5]

悬崖还完好整齐；
假如我记得不错：
基督来到这里，
要从魔王手里

---

5 指维吉尔应女巫厄里克托召唤，要从地狱深层带出一个将士亡灵还阳预测战争胜负，经过这
   里时看到的情形。参见本书第九曲注3。

救下一批猎物，

带出这层地狱；[6]

著名的强烈地震，

发生在此前不久。

这深且臭的峡谷

震动得如此厉害，[7]

我以为那是宇宙

感受到人说的爱：[8]

有人这样认为，

正是因为有爱，

宇宙常常变成

一片混沌状态。

就在那一瞬息，

古老悬崖这里，

还有别的地方，

形成这种塌方。

6　"猎物"这里指地狱里的阴魂是魔王的猎物。基督被钉死在十字架上后，不久就来到地狱从地
　　狱里救出一大批犹太人的先祖和先哲。具体参见本书第四曲注4、注5。

7　耶稣被钉死的时候上天震怒，"地也震动，磐石也崩裂"（参见《马太福音》第27章第51
　　句），这次地震使地狱里的一些地方发生塌方。这些塌方的地方就变成了地狱各层之间的
　　通道。

8　指古希腊哲学家恩培多克勒。按照他的观点，宇宙间的水、火、土、气是四大要素，它们是
　　一切物质的基础，在"爱"与"恨"两大力量的推动下，不停地相互组合，相互分离。一旦
　　四大要素之间爱占了优势，就会处于和谐状态，宇宙就会回归到初始的混沌状态。参见本书
　　第四曲注29。

弗列格通河与肯陶罗斯

现在凝视下边，

血河[9]就在眼前；

它正熬煮那些

暴力伤人罪犯。"

啊，盲目的贪婪

和疯狂的愤怒，[10]

短暂人生中诱人犯罪，

地狱中却让人受熬煮！

我看到一条小河

环绕着整个外环，[11]

恰如我那位老师

给我描述的那般；

肯陶罗斯[12]列队巡视

在悬崖与小河之间，

它们身上背着弓箭，

像人出去打猎一般。

---

9 指弗列格通河。在维吉尔的《埃涅阿斯纪》中，这是冥界的一条火焰河。但丁这里把它改成一条血河，象征借助暴力伤害他人时流出的血水，形成了这条河流。

10 此处的贪婪和愤怒不是指向放纵导致的犯罪，而是指使用暴力产生的伤害罪："盲目的贪婪"导致掠夺别人的财物；"疯狂的愤怒"导致伤害别人性命。这些罪犯死后，阴魂要在地狱第七层第一环里浸泡在血河里熬煮。

11 "外环"即第七层地狱三个环中最外边的那一环。

12 肯陶罗斯（Centaurs）是古希腊神话中半人半马的怪物，性情暴烈、喜好掠夺，但丁选择它们作为第七层地狱第一环的看守，专门监视施暴者的灵魂服刑的情况。

看见我们下来，

它们停止巡视，

其中三个出列，

预选弓箭手执。

一个远远喝道：

"下来的人听着，

来服什么苦役，

告诉我们知道；

站在那里别动，

否则我就拉弓！"

老师回答说道：

"我会告诉喀戎，[13]

等我走到他身边；

你的性情急躁，[14]

常常因此遭难。"

老师碰我一下说道：

---

13 喀戎（Chiron），是肯陶罗斯的首领，聪明稳重。许多古希腊神话故事中的英雄都受过它的抚育与教诲，包括后文说的阿喀琉斯。

14 "你"这里指第二个肯陶罗斯涅索斯（Nessus）。据古希腊神话传说，英雄赫拉克勒斯与妻子德伊阿妮拉（Deianira）来到欧厄诺斯河（Evano）河边时，赫拉克勒斯让肯陶罗斯涅索斯背负妻子过河。涅索斯走到河中间时，爱上了德伊阿妮拉，情急之下要拥抱德伊阿妮拉。德伊阿妮拉呼救，赫拉克勒斯就用毒箭将涅索斯射死。诗中称"你的性情急躁，/ 常常因此遭难"就是指这件事。然而涅索斯临死设计一毒计：把自己的血衣送给德伊阿妮拉，声称谁穿上那件血衣谁就会爱上她，不会再爱别的女人。德伊阿妮拉信以为真，把他那血衣送给了自己丈夫，以为这样她丈夫就会重新爱上她，不会再爱上别的女人。但那件血衣因为沾上了有毒的血液，赫拉克勒斯穿上之后，疼痛难忍，自焚而死。

"他的名字叫涅索斯，

曾为德伊阿妮拉而死；

然后为报仇雪恨，

设计了血衣诡计。

中间那位低头沉思，

是收养过阿喀琉斯[15]

的那位伟大的喀戎；[16]

最后是愤怒的弗洛斯。[17]

这些怪兽数以千计，

沿着血河旁边巡视，

用箭矢射杀那些魂灵，

若身躯露得超过规定。"[18]

喀戎

我们靠近怪兽一些，

它们个个行动敏捷。

---

15 阿喀琉斯，古希腊神话故事中的英雄人物，参见本书第五曲注10。

16 荷马在《伊利昂纪》第十一卷中称，阿喀琉斯曾受过喀戎的教养；古罗马诗人斯塔提乌斯在《阿喀琉斯纪》中也提到过这件事。

17 维吉尔在其著作《农事诗》第二卷中称弗洛斯（Pholus）为"愤怒的肯陶罗斯"。

18 这些暴力罪犯人浸泡在血河里，身躯浸泡的深浅，取决于他们罪恶轻重的程度。这句话的意思是：如果犯人身子露出河面的部分，超过了按照他们罪过允许的部分，就是说他们违规了，肯陶罗斯就要用箭射他们。

喀戎抽出一支箭，
将胡须分向两边，

露出嘴巴的时候，
它对同伴说道：
"你们发觉没有，
后面那位脚碰到

什么，什么就动弹？
死人的脚不会这样。"
老师已走到它身旁，
身高只到它的胸腔

（它具有两种性质
在那儿连接一起）。[19]
老师回答他说：
"你说得没有错，

他是一个活人。
我领他来看深谷，[20]
不是出于娱乐，
而是出于需求。

---

19 指肯陶罗斯喀戎具有人和马，即人的头和马的身躯，这两种性质在肯陶罗斯的胸部相互连
   接，结合在一起。
20 "深谷"指地狱，地狱深层。

有位至福圣女，

暂别天堂享乐，

来到地狱找我，

给我新的任务。²¹

他在人世不是盗贼，

我生前也不是盗贼；

为落实天意我才迈步，

走上这条荒僻的道路。

请指派一位伙伴

给我们引领指路，

告诉我们哪里过河，

并把他驮过河去：

因为他不是阴魂，

不能在空中飞行。”

喀戎便向右转身，

对涅索斯发号施令：

“你转身回去

给他们领路；

遇到巡逻队伍，

吩咐它们让路。”

---

21 指贝阿特丽切下到地狱一层，请求维吉尔给但丁当向导，领着他游历地狱和炼狱。参见本书
第二曲“维吉尔的劝说和贝阿特丽切的帮助”一节。

对他人施暴者

我们有这可靠向导，
沿着沸腾河边前行；
河水泛着血色气泡，
河中罪人尖声号叫。

我看见有些人
血水淹至眉毛。
"那些都是暴君，"
高大涅索斯说道，

"他们草菅人命，
在这里为暴政赎罪：
亚历山大[22]、狄奥尼修斯[23]
（他让西西里多年受罪）；

那黑色头发的是
阿·达·罗马诺，[24]

---

22 这里有多种解释，比较可信的是指马其顿国王亚历山大大帝（Alexander the Great，公元前356—前323年）。古罗马许多作家称其为"大地的瘟疫""人类的灾星"。

23 狄奥尼修斯，即希腊移民在西西里锡拉库萨建立的城邦僭主（Dionysius，公元前432—前367年）。他被一些古代作家视为惨无人道的暴君。

24 指阿佐利诺·达·罗马诺三世（Ezzelino III da Romano，1194—1259年），曾长期统治帕多瓦市和意大利北方大部分地区。许多历史学家说，他是基督教历史上最残酷的暴君。

金黄色头发的是

奥·达·埃斯蒂[25]

（后者被私生子杀死）。”

此时我转身向老师；

老师：“让他走在前头，

我们跟随他身后。”

向前刚走一点路，

涅索斯停下脚步：

那边似有一群人

血水已淹至咽喉。

他指着一孤独阴魂

说道：“他在教堂

里刺穿的那颗心，

泰晤士河上受人瞻仰。”[26]

接着我们看到的人，

胸部以下浸在水中，

25　奥·达·埃斯蒂，指费拉拉侯爵奥彼佐二世（Obizzo II d'Este，1247—1293年），1264—1293年任费拉拉和安科纳边区侯爵，为人残忍，传说他被其私生子杀害。看来但丁相信这一传说是真实的。

26　“孤独阴魂”指盖伊·迪·孟福尔（Guy de Montfort）。他父亲曾率领英国骑士领主反对英王亨利三世而被处死。盖伊为给父亲报仇，1272年在意大利维博（Viterbo）一教堂内刺死英王爱德华一世的堂兄亨利。维拉尼在《编年史》第七卷第三十九章中说，亨利的心脏收藏在一只金杯中，安放在泰晤士河伦敦桥头一圆柱上接受人们瞻仰。

其中有许多许多人

都是我熟悉的面孔。

血河越来越浅，

只能淹过脚面；

因此这里当是

我们渡河地点。

"河水越来越浅，

恰如你所看到，

但我要你相信，"

涅索斯插言道，

"面朝那个方向，

直到那些暴君

受刑呻吟的地方，

河水会越来越深。

那里上帝的法律

无情惩罚着暴君：

有阿提拉²⁷，外号

'人世鞭子'的暴君，

27　指匈奴王阿提拉（Attila），他曾于452年入侵并洗劫意大利北方，人们送他个外号叫"上帝的鞭子"或"人世鞭子"。

还有皮鲁斯、[28]

塞克斯图斯，[29]

另有里涅尔·帕佐、

里涅尔·达·科内托。[30]

这些强盗杀人越货，

被沸腾的血河熬煮，

泪水不停地横流。"

说罢它掉转身躯，

重渡那浅水区域。

28　注释家们认为，这里可能是指维吉尔在《埃涅阿斯纪》中提到的阿喀琉斯的儿子皮鲁斯（Pyrrhus）。他在特洛亚城被攻破后，杀死老王及其儿子，行为非常残忍。

29　注释家们认为，这里可能是指庞培的儿子塞克斯图斯（Sextus），史学家们把他描述为"残暴的海盗"。

30　里涅尔·帕佐（Rinier Pazzo）和里涅尔·达·科内托（Rinier da Corneto），此二人都是当时臭名昭著的强盗，经常在罗马与佛罗伦萨之间的大路或乡间杀人越货。

第十三曲

假如你还乐意，
请你再告诉我们：
灵魂与树干在这里
是如何联结一起的……

　　但丁和维吉尔渡过弗列格通河，进入一片阴暗而奇怪的树林。那里荆棘丛生，树叶呈铁灰色，树枝弯弯曲曲，相互交错，树上栖息着人面鸟身的怪鸟哈尔皮斯。更为奇怪的是：但丁听见到处都是阴魂发出的哀怨声，却看不见任何人的踪影。

这里是第七层地狱第二环，收纳着对自己生命和财物施以暴力者，如自尽身亡、挥霍财产殆尽等人的亡灵。但丁首先介绍了皮埃尔·德拉·维尼亚的情况：他曾是腓特烈二世的幕僚，深得后者宠信；他自认为对皇帝也忠心耿耿。但其他幕僚出于嫉妒，向皇帝进献谗言，使其失宠。他想以死证明自己清白，自杀身亡，犯下自杀罪，被打入这里服刑。

有趣的是皮埃尔·德拉·维尼亚向但丁解释，为什么这些枝干会讲话：自杀者的阴魂被发配到这里，并未给他们指定位置，他们就像野生小麦麦粒一样，随风飘落到哪里就在哪里发芽生长，就是说那里的树木都是由自杀者的阴魂长成的；长成大树以后，哈尔皮斯怪鸟前来栖息并啄食它们的枝叶，留下的伤口就变成了它们出气与讲话的地方。

但丁和维吉尔还想知道，他们最终会不会摆脱这种枝干形状的躯体。皮埃尔·德拉·维尼亚告诉他们不能。他们虽然也和其他阴魂一样，最后审判时会回去取回自己的尸体，但他们不能像其他阴魂那样与自己的尸体合二为一；他们只能将自己的尸体，其实那就是一副皮囊，挂在由自己灵魂长成的树干上。但丁的意思是告诉读者：自杀者由于一时糊涂，用暴力结束自己生命，抛弃了自己的肉体；这一短暂的行为造成的后果是——他们和自己的肉体永远分离。

但丁还描述了挥霍自己财产殆尽者的阴魂在这里的遭遇：他们被饥饿与凶恶的母狗追逐着在这片森林里奔跑，跑慢了就会被这群恶狗撕成碎片吞食，然后连骨头也剩不下，也会被它们叼走。

自杀者的森林

涅索斯还走在河中，
我们已经进入林中。
树林一片荒芜，
没有任何道路；

树叶不绿反呈铁灰，
树枝弯曲而且不直，
横七竖八相互交叉，
树上无果长满毒刺。

那些有意躲避耕地、
逃到沿海沼泽地上
的野兽，别处决找不到
这种荆棘丛生的地方。

那里栖息着哈尔皮斯怪鸟。[1]
它们曾向特洛亚人预告
未来的灾难，促使他们
离开斯特洛法迪斯海岛。

---

1 "哈尔皮斯"（harpies），古希腊神话中的怪鸟，鸟身女人首。维吉尔在《埃涅阿斯纪》卷三
中叙述，埃涅阿斯率众兄弟到达斯特洛法迪斯（Strophades）海岛后，遭到哈尔皮斯怪鸟袭
击。其中有个叫凯莱诺的怪鸟，预言他们在未来旅途中将遭遇的困难和痛苦，促使他们离开
该岛。

怪鸟人颈人面，

大腹便便，

脚生利爪，

翅膀忒宽，

栖息怪树哀叫。

老师对我说道：

"你走向深处之前，

我希望你能知道，

你已进入第二环；[2]

而且直到你发现

那可怕的沙地之前，

你都待在这第二环。

现在你好好看吧，

你会发现许多事情，

即使我现在告诉你，

你也不会信以为真。"

我处处听见哭声，

却不见有人哭泣，

2　即第七层地狱第二环。第十一曲介绍地狱深层即第七、八、九层的综合情况时，说地狱第七层分为三环：第一环收纳对他人施暴的暴力犯，见上一曲；这一环即第二环，收纳对自己施暴的暴力犯。

因此我裹步不前，
陷入了迷惘境地。

现在我可以肯定，
老师已觉得我认定：
是树丛中躲着的人
发出了那些声音。

但是老师说道：
　"如果你从树梢
折断几根树枝，
你的想法会消失。"

皮埃尔·德拉·维尼亚

于是我伸手向前，
将一小树枝折弯；
　"你为何把我撕裂?"
那树枝立刻叫喊，

断折处流出黑血。
接着它发出哀叹：
　"为何你把我折断?
你心就如此凶残?

我们曾经也是人，
现在变成荆棘林，
即便阴魂呈蛇形，
你下手也该留情。"[3]

犹如一根青树枝，
一头被火燃烧时，
另一头会冒热气
并发出声响吱吱。

这根折断的树枝，
开始讲话、吐血；
我立即将它丢弃，
惊慌得毛发悚立。

"受伤的阴魂啊，"
颖慧老师说道，
"他也许事先不相信
在我诗中读到的情形。[4]

3　"呈蛇形"指弯弯曲曲的树枝。注释家们认为，但丁的这几句诗借用了维吉尔《埃涅阿斯纪》中的一个典故：特洛亚国王普利阿莫斯最小的儿子波利多鲁斯被害死后，葬在色雷斯（Thrace）海岸上，埃涅阿斯上岸时从一灌木丛中折下几根树枝作为祭台，只见被折树枝流出鲜血，并听见坟墓中发出人声，令他速速离去。
4　指维吉尔在《埃涅阿斯纪》卷三中讲到的"树会说话"的情节，参见前注3。但丁读过但不相信。

假如他能早些相信

那不可思议的情形，

他就不会伸出手来

做出伤害你的事情。

树能说话难以置信，

我怂恿他采取行动，⁵

结果是他伤害了你，

我的心情也很沉重。

告诉他你是谁，

等他回到人世，

为你恢复名誉，

弥补他的过失。"

树干："受你话语引诱，

我不愿再沉默不语；⁶

假如我多说了一点，

希望你们不要厌烦。

5　指前面维吉尔为了打消但丁不相信树会说话的想法，鼓励他折些树枝。
6　讲话的人叫皮埃尔·德拉·维尼亚（Pier della Vigna，约1190—1249年），出身贫贱，曾在博洛尼亚大学学习法律，做过诗人、律师。1221—1247年在腓特烈二世宫廷供职，由于才华出众、忠于职守，成了腓特烈的左膀右臂。1246年担任西西里王宫首相，达到自己政治生涯的顶峰。1248年腓特烈二世因战事失利，变得猜忌多疑，维尼亚失去信任。1249年受反叛事件牵连，也许是受嫉贤妒能的奸臣谗害，被捕入狱。据说他在狱中自杀而死，犯下对自己施以暴力之罪。

我手握两把钥匙，

管控腓特烈二世，[7]

锁住或打开他的心，

只需轻轻转动钥匙。

任何人都休想

涉足他的机密；

我忠于自己职守，

不惜性命与休息。

自古娼妇淫荡视线

时时紧盯帝王宫殿；

作为宫廷祸根的嫉妒，

点燃起了对我的愤怒。

他们进献谗言，

引起皇帝猜疑，

让我丢尽颜面，

变得声名狼藉。

我那愤懑心灵

幻想以死雪耻，

犯下自杀罪过，

对己施以暴力。

7　腓特烈二世，西西里国王，参见本书第十曲注19。

我以此树新发的
树根对你们发誓：
我对尊敬的君主
从没有不忠不义。

假如你们有谁
能够回到阳世，
请恢复我的名誉，
它受诋毁而扫地。"

老师沉静片刻，
然后提醒我说：
    "现在他已沉默，
有话你就快说；

想问你就快问，
不要坐失良机。"
我回答老师说：
    "我没法提问题：

怜悯已充斥我心；
请你接着向他提问。
凡能满足我的事情，
你尽管向他提问。"

因此老师说道：

　"被囚禁的阴魂啊，

你拜托的事情

他将乐意办到。

假如你还乐意，

请你再告诉我们：

灵魂与树干在这里

是如何联结一起的；

假如你还能够，

请你再讲一讲：

有无什么阴魂

被这肢体释放。"

树干重重吹了口气，

那气随后变成话语：

　"那我就简单地

回答你们问题。

当残忍灵魂用暴力

抛弃自己肉体[8]时，

弥诺斯就把他

打发到这第七层[9]里；

8　即自杀而死。

9　即第七层地狱。弥诺斯，地狱的判官，参见本书第五曲注2。

他坠入这片树林里，

并无指定的位置，

就像一粒野生麦粒，

随风飘落在哪里，

就在哪里发芽生长：

长成幼苗、长成大树；

怪鸟[10]前来栖息、啄食，

啄出伤口变成讲话工具。

像其他阴魂一样，

我们也要去取尸体，

但谁也不能披上它，

占有已抛弃的东西。[11]

我们只能拖回皮囊，

挂在凄惨的树干上

每个皮囊挂的地方，

在其灵魂长成的树上。

10　指哈尔皮斯怪鸟，见前注1。

11　指最后审判日，自杀者的阴魂也和其他阴魂一样要去受审，之后把各自的尸体拖回地狱。但是自杀者不能与自己的尸体结合，因为自杀是用暴力把自己的灵魂与肉体分开的，即诗中说的灵魂抛弃了肉体，"但谁也不能披上它，/占有已抛弃的东西"。参见本书第六曲"最后审判后的赎罪亡灵"一节。

倾家荡产者

我们还在树丛旁静听，
以为他要讲别的事情；
此时一阵噪音传过来，
让我们突然感到震惊：

仿佛猎人突然听见，
野猪和猎狗正在向
他隐藏的地方奔来；
猎犬发出吠声汪汪、

枝叶被剔蹭得
发出沙沙响声。
喏，两个裸体鬼魂
在左边树林里逃奔，

碰断身边荆棘，
浑身都是伤痕。
前面那个 [12] 嚷道：
"快来呀，死神!"

---

12 前面这个人叫拉诺（Lano），全名阿尔科拉诺·马尔科尼（Arcolano Marconi），锡耶纳人，曾是"浪子俱乐部"（参见本书第二十九曲注16）成员，吃喝玩乐，挥霍无度，弄得倾家荡产，以致自愿从军，求得战死沙场。1288年锡耶纳与阿雷佐在皮埃维·德尔·托波（Pieve del Toppo）交战，拉诺在那场战役中阵亡。拉诺这里呼唤死神，意思是求得他的灵魂彻底死亡（消失），或曰"二次死亡"，参见本书第一曲注16。

后边那个 [13] 落得

太远，便大声叫嚷：

"拉诺，打仗时你的腿

没像现在这样灵光！"

雅科波也许跑得

上气接不上下气，

不得不蜷缩身躯

与荆棘结为一体。

他们身后的树林里，

到处都是黑色母狗，

跑得飞快就像那

挣脱铁链的猎狗。

母狗见鬼魂藏匿，

便用牙撕开荆棘，

拖出他撕成碎肉，

然后一块块叼走。

13　"后边那个"指雅科波·达·圣安德雷阿（Jacopo da Sant'Andrea），帕多瓦人。1237年曾任
腓特烈二世扈从。据说他继承了巨额财产，但他是个败家子。他曾一时心血来潮，要看大火
燃烧的情形，便令人放火烧毁了自己的一座别墅。他讥笑拉诺的话"打仗时你的腿／没像现
在这样灵光"，就是指拉诺在托波战役中因跑得慢才中了敌人埋伏而阵亡。

自寻短见的佛罗伦萨人

老师拉着我手，
走近一丛灌木；
它那啄裂的伤口
正在流血与哭诉：

"啊，雅科波，
你为何利用我们
掩护你的罪过？
我们对你有啥责任？"[14]

走近那丛荆棘，
老师开口询问：
"你是谁？[15] 你身上的
那些伤口正流血叹息。"

他回答我们说道：
"到此的两位灵魂啊，
你们见证了我受的伤害：
我和这些枝叶残忍分开。

14　这是那丛灌木说的话，即抱怨雅科波不该藏身其中，致使它也被母狗撕开。

15　但丁在这里始终未说出这个人的名字。注释家们也众说纷纭，之前的汉译版本也莫衷一是，看来我这里也不好再说什么。

请你们把这些枝叶收集，

放在那不幸灌木丛脚底。

我曾是佛罗伦萨的市民，

在家里竖起绞架自缢。"

（佛市以基督教教义

废除最初的保护神；[16]

为此那位保护神

运用自己的法术法规，

让人们遭受痛苦。

如果不是在老桥上，

保留了战神的残像，[17]

战神马尔斯也许

已把佛市夷为平地。

阿提拉焚烧该市之后，

市民重建城市的努力

或许也将是徒劳无益。）

---

16 指佛罗伦萨。佛罗伦萨改信基督教后，废除了多神教时的保护神——战神马尔斯。这就得罪
了马尔斯；马尔斯便用自己的法术即战争，来让佛罗伦萨遭受痛苦，指后来佛罗伦萨的两派
政治势力一直内斗不止。

17 佛罗伦萨改信基督教后，把原来的战神庙改成了洗礼堂，战神像被移到阿尔诺河的老桥
（Ponte Vecchio）上。相传542年东哥德王托提拉（Totila）焚烧佛罗伦萨时，战神像被抛在
阿尔诺河中。查理大帝时重建佛罗伦萨，人们传说，假如当时不把残破的战神像从河里打捞
起来并安放在老桥上，佛罗伦萨就不可能重新建立起来。不过，但丁根据中世纪史书的错误
记载，把东哥德王托提拉与匈奴王阿提拉弄混了，所以诗中说"阿提拉焚烧该市"。

第十四曲

这片沙地的上空
火雨缓缓降落，
像在大山之中
风静时雪花飘落……

　　但丁和维吉尔来到第七层地狱第三环，看到一种残酷景象：一片荒芜
沙地上空，缓缓下着火雨。在这片被火烧烤着的滚烫沙漠上，仰面躺着的
是否认宗教和亵渎神灵的人，蜷曲身子坐着的是高利贷者，不停奔走的是
违背自然规律的鸡奸者。

但丁选择卡帕纽斯作为否认宗教和亵渎神灵的代表，受着火烤和怒火中烧的双惩罚。卡帕纽斯是"七将攻忒拜"的七将之一，身材高大，性情傲慢，攻城时他曾夸下海口：连众神之父的宙斯也不能阻止他，结果被宙斯用雷电击毙。

卡帕纽斯藐视宙斯这个异教的神，按说但丁不应将其作为亵渎（基督教）神灵的典型打入地狱。但注释家们认为，调和异教文化和基督教文化，是整个中世纪的特点。但丁正是根据这种精神，才把卡帕纽斯当成了基督教所谓的亵渎神灵的典型。

但丁和维吉尔再往前走，来到一条小溪旁边；溪水滚烫，颜色发红，河面上一层薄雾抵挡了火雨。他们一边沿着这条小溪石砌的河堤穿过沙漠，维吉尔一边向但丁介绍地狱里的河流是如何形成的：克里特岛伊达山中有个巨大的雕像，该像的头是精金的，胸膛和膀臂是银的，腹腔和腰是铜的，腿是铁的，两只脚一只是铁的，一只是陶土的。风吹雨打，久而久之这座雕像，除纯金制造的头部之外，都出现了裂缝；由裂缝的缝隙处流出的眼泪，在雕像底座下面积少成多，集滴成流，然后穿透岩石流入地狱，形成了地狱里的河流与沼泽。

最后他们沿着这条石堤，通向下一层地狱。

火雨纷飞的沙地

受乡恋的驱使，
我把折断嫩枝
收集起来，并还给
那已沉默的人士。[1]

离开他我们来到
二、三环间的区域，
看到上帝对罪人
施以可怕的惩处。

为说明新奇事物，
应该说我们身处
一片荒凉的地方，
那里没有一株植物。

自杀者的树林，
围着这片区域，
像是它的壕沟。
我们在沟边止步。

这是一片沙土，
深厚而且干枯；

1　指本书第十三曲末尾提到的那个佛罗伦萨无名氏同乡。

性质与形状可比

卡托踩过的沙土。[2]

啊，上帝的报复！

眼前情景我已记录，

任何人读过之后

都应对你产生畏惧。

我见许多阴魂群体

哭得凄惨兮兮，

看来他们正承受

不同方式惩处：

有人仰面而卧，[3]

有人蜷身而坐，[4]

有人不住奔走。[5]

后者人数最多。

仰面而卧的人，

数量屈指可数；

2　指利比亚沙漠。公元前47年，罗马政治家卡托在法尔萨利亚之战败北后，率领庞培军队残部
越过利比亚沙漠，与努米底亚王尤巴的军队会师。关于卡托，但丁曾在本书第四曲中提到过
他的妻子，参见注23。

3　对上帝施暴者与亵渎上帝者。

4　对劳动施暴者，即高利贷者。

5　对自然与自然规律施暴者，即鸡奸者。

他们无羁舌头

最爱哭诉痛苦。[6]

这片沙地的上空

火雨缓缓降落，

像在大山之中

风静时雪花飘落；

也像亚历山大印度行军，

看见烈火像雨下个不停，

从战士身上滚落到地上，

火星仍在熊熊燃烧不停；

于是命令战士

双脚用力踩地，

此时孤独火星

更易被脚踩熄。[7]

地狱火焰落地，

就像火镰点火，

燃着这片沙地，

加剧罪人痛苦。

6　他们在世时，口无遮拦，亵渎神灵。死后同样口无遮拦，爱哭诉他们遭受的惩处。

7　原著注：此情节来自大阿尔贝托（Alberto Magno）的《论气象》第一卷第四章——亚历山大在给亚里士多德的信中，叙述他远征印度时看到的奇景：先是大雪纷飞，他命令士兵用脚踩踏雪花，接着空中又降下火焰，他便命令士兵用衣服护住头顶。译文按此注释译出。后来这封信被证明是伪造的。但丁似乎受了这封信的影响。

烧得那些阴魂

不停挥动双手，

把火焰从身上扒落：

上下左右身前身后。

卡帕纽斯

我开口说："老师，

你战胜了一切艰险，

除那几个冥顽妖魔

在门口对我们阻拦。[8]

那个巨人他是谁？[9]

面带轻蔑与不服

躺在那里，似乎

火雨不能将他折服。"

我向老师提问，

被那阴魂听到。

8　指但丁和维吉尔进入地狱内城时，遭到守门的小鬼和三个复仇女神对他们的阻拦，维吉尔未能说服她们，不得不借助天使之力才进入内城。参见本书第八曲"小鬼抗拒与维吉尔失意"一节和第九曲"复仇女神和墨杜萨"一节。

9　此人名叫卡帕纽斯（Capaneus），是古希腊"七将攻忒拜"故事中的七将之一，身材高大，性情傲慢。攻城时他曾夸下海口：连众神之父的宙斯也不能阻止他，结果被宙斯用雷电击毙（参见古罗马诗人斯塔提乌斯的《忒拜战纪》第十章）。但丁在这里将其描述成藐视宗教和法制的代表。

"我生前是什么人，"

他大声地回答道，

"死后仍是什么人。

尽管宙斯累死火神[10]，

并让其他铁匠轮流

在蒙吉贝洛的锻炉，

加班加点赶制箭矢，

还呼喊着'快帮我!'

可在弗雷格拉战斗[11]中

他把全部箭矢射向我，

也未获报复我的快乐；[12]

最后借来利器霹雳，

在我生命最后日子里

终于将我一举击毙。"

10　火神指宙斯之子武尔坎（Vulcan），因为他主火与冶炼，在蒙吉贝洛（Mongibello）锻炉
　　（即西西里岛上的艾特纳火山，Etna）与独眼巨人们（库克洛普斯，Cyclops）一起为宙斯打
　　造弓箭。诗中说的"累死火神"，指武尔坎；"其他铁匠"，指独眼巨人库克洛斯。

11　据古希腊神话传说，奥林匹斯山上的众神与提坦神（Titans，即巨人们，人类文明史上早期
　　的神），曾在弗雷格拉平原（Phlegra）进行了一场战斗。参见古罗马诗人斯塔提乌斯的《忒
　　拜战纪》第十章。

12　即宙斯未能战胜他。宙斯，相当于古罗马神话中的朱庇特（Jupiter），对于基督教来说他应
　　该是异教的神，卡帕纽斯藐视宙斯这个异教的神，按说但丁不应将其作为亵渎（基督教）神
　　灵的典型打入地狱。但注释家们认为，调和异教文化和基督教文化，是整个中世纪的特点。
　　但丁正是根据这种精神，才把卡帕纽当成了基督教所谓的亵渎神灵的典型。

这时老师大声喝道

（我从未听他这么喊叫）：

"啊，我的卡帕纽斯，

你的傲慢没有消失。

这就是对你最大的惩处：

除了你这满腔愤怒，

任何苦刑也都不如

这个惩罚你的愤怒。"13

老师转身，接着

和颜悦色对我说：

"他是围困忒拜的

七个蛮王之一；

他们不尊重上帝。

现在和过去一样，

他的愤怒，恰如我说的，

是他的心灵装模作样。

13　意思是：除了火雨给他的肉体带来的痛苦之外，愤怒在他心中燃烧，让他心灵也感到痛苦。
　　换句话说，让他受到火雨与愤怒双倍的惩罚。

血溪

现在紧随我身后，
而且要十分注意：
别踩着灼热的沙砾，
紧挨树林片刻不离。"

我们一路沉默
来到一条小溪；
它从林中流出，
血红颜色令我战栗。

这条血红色小溪，
与另一小溪一样
（它从布利卡梅[14]流出，
供两岸的女工分享），

河水发烫发红，
流经这片沙地，
再向底层流去。
它那河岸、河底，

14　原注称：布利卡梅（Blicame）是意大利中部罗马北边维泰博市附近的一个小湖，湖水富含
硫黄，因此水温很高并呈红色。中世纪意大利毛纺业很发达，那里的女工们常来这条溪流两
边洗毛或洗浴。但丁把发源于自杀者森林中的那条小溪比作布利卡梅湖的这条溪流，恰恰因
为它与那条溪流一样，"河水发烫发红"。

还有两岸河堤，
全由石头砌成：
因此我觉得，由此
可以穿越这片沙地。

"自从我们跨过
对谁都敞开的
地狱大门门槛，
你见过的所有东西，

只有一件你没注意，
那就是这条小溪里：
空中降下的火苗
在河面全都熄掉。"

老师这番言论
激起我的求知欲，
我便请求老师
快让我得到满足。

克里特岛的老人和地狱里的河流

于是老师说道：
"大海中有个岛国，

名字叫作克里特，

现在已经衰落；

有座山叫伊达，

山绿而且水秀，

如今一片荒芜，

似乎无人居住。

瑞亚¹⁵选择此山，

作为儿子的摇篮；

为掩盖孩子哭闹，

让人们制造喧嚣。

山中有位老人，¹⁶

是座巨大雕像，

他背朝东面朝西，

仿佛向罗马眺望。¹⁷

15　瑞亚（Rhea）是克洛诺斯（Cronus，古罗马神话称萨图恩Saturn）的妻子。术士预卜说：克
　　洛诺斯注定要被他的儿子推翻；为了不让该预言应验，瑞亚一生下男孩，克洛诺斯就把他吃
　　掉。但是瑞亚生下宙斯之后，为保全宙斯的性命就把他藏在伊达山的山洞里；孩子哭时就
　　命令祭司们用铙钹、兵器、喊叫、歌唱等制造巨大声响，以掩盖孩子啼哭的声音，不让其
　　父发现。
16　伊达山中的老人雕像，来自《旧约·但以理书》第2章第31—33句："王啊，你梦见一座大
　　像，这像甚高，极其光耀，站在你面前，形状甚是可怕。这像的头是精金的，胸膛和膀臂是
　　银的，肚腹和腰是铜的，腿是铁的，脚是半铁半泥的。"注释家们认为，这座雕像象征古代
　　人所说的人类历史经历的四个时代：黄金时代、白银时代、青铜时代和黑铁时代，代表了人
　　类从淳朴的状态逐渐堕落的过程。
17　它"背朝东面朝西，/仿佛向罗马眺望"，即以希腊和埃及为代表的东方文明已经衰落，向往
　　以罗马帝国和基督教为代表的西方文明。

头部用料纯金，

双臂胸腔白银，

腹腔腰胯铜料，

下身用铁铸浇；

仅有他的右脚，

是用陶土塑造；

他全身的重量

都落在此脚上。

除纯金部分以外，

他身上每个部位

都裂开一道裂缝；

从中流出滴滴眼泪。

泪水汇集脚下，

穿透下面岩石，

顺着层层悬崖，

一直流向谷底，[18]

形成阿克隆河、[19]

斯提克斯沼泽[20]

18　如果说老人雕像来自《圣经》，雕像裂缝流出眼泪，泪水汇集起来，渗透雕像下的岩石，在地狱里形成了各种河流。这种说法，应该说是但丁独创的。

19　即冥河，参见本书第三曲"冥河与卡隆"一节。

20　参见本书第七曲"斯提克斯沼泽、愤怒者与隐忍者"一节及注14。

和弗列格通河; [21]

再顺着这条小河 [22]

一直向下流去，

流到这个谷底， [23]

不能再向前流，

变成科奇土斯。 [24]

你将自己看到

那片冰湖啥样，

因此我在这里

不必给你多讲。"

于是我问他说：

"假如像你所说，

这条小河发源

于我们的阳间，

为啥仅在这层的边缘

它才出现在我们眼前？"

老师对我说道：

"你应该知道，

21　参见本书第十二曲"弗列格通河与肯陶罗斯"一节及注9。

22　即前面所说的血溪。

23　指地狱的底部。

24　即科奇土斯冰湖，参见本书第三十二曲"科奇土斯冰湖"一节及注4。

地狱这个地方
是个圆形东西，
你一直沿着左手
走向地狱的谷底；

虽然走了很长路，
但未走完一整圈。
所以你不要惊讶，
假如新东西出现。"[25]

我接着问："老师，
弗列格通和勒特[26]
它们究竟在哪里？
后者你并未提及，

前者你说泪水生成。"
老师："你提的问题，
都让我兴奋不已；
那沸腾的血河，想必

25　意思是：地狱呈圆锥形，但丁一直顺着左手一层一层向下游历，虽然已经走了很长一段路，
　　即走过了几层地狱，但走过的路并未构成一个圆圈，也就是说有些地方还未走到。所以，如果
　　出现什么尚未遇到的事物，那是不足为奇的。
26　勒特河（Lethe），即忘川。在古代神话里，灵魂喝了忘川河的河水，便会忘记生前的一切。
　　但丁将忘川河放在炼狱山顶上，灵魂进入天堂前都要到那里去洗涤。

已答复你一个问题。
至于勒特河在哪里，
它处在地狱之外，
以后你会看到的。

阴魂忏悔罪过，
得到彻底解脱，
都要去那条河里
洗刷干净自己。"

最后老师说道：
"现在是时候了，
应该离开这里；
你在我身后紧随。

这条堤没被火烧，
火星也已经熄灭，
是我们下行通道。"

第十五曲

我把脸靠近他脸，
俯身回应他说道：
"布鲁内托先生，
您也在这里啊？"

　　一队鸡奸犯人沿着堤岸迎面走来。由于地狱光线昏暗，他们眯缝着眼睛盯着但丁和维吉尔看，像老裁缝纫针时那样专注。最后布鲁内托·拉蒂尼的阴魂认出了但丁，但丁也认出了他。

　　布鲁内托和但丁一样，都是教皇党成员，前者还曾是佛罗伦萨教皇党重要领导成员之一，而且但丁早年还师从布鲁内托学过修辞学，二人关系非同一般。所以，但丁在诗中称呼布鲁内托"您"。他认出布鲁内托后感到非常惊讶，说"您也在这里啊"，语气中充满尊敬与惊奇。

鸡奸罪犯在地狱里应受到的惩罚是"不住奔走"，所以当但丁问布鲁内托是否要和他"坐一坐"时，后者回答说：这队人中谁要稍停一下，"就要像亵渎者那样，/ 在这里躺上一百年，/ 任凭火雨打在身上 / 也不许想法遮挡"。他们只好一起边走边聊。

布鲁内托的谈话，追述了佛罗伦萨城和佛罗伦萨人的起源：佛罗伦萨城是恺撒战胜菲埃索勒人后，在阿尔诺河沿岸建立起来的；居民由少数退役的罗马士兵和多数菲埃索勒移民组成。由于菲埃索勒山民习性粗野、死硬，导致佛罗伦萨人内讧不断，而且敌视像但丁这样高贵的罗马人的后裔。布鲁内托还预言但丁将受到黑、白两党的诋毁。

尽管但丁与布鲁内托有师生情谊，但他犯了鸡奸罪，但丁还是把他置于第七层地狱受刑。最后，布鲁内托还列举了其他一些犯下鸡奸罪的知名教士和文人的名字。

鸡奸罪人

顺着这条石堤，

我们向前走去；

河面、河岸不落火雨，

全靠河上那层雾气。

犹如弗拉芒[1]人

构筑高大海堤，

于维桑和布鲁日之间，

防止海浪冲击；[2]

也像帕多瓦人

沿布伦塔[3]修堤，

保护他们家乡，

防止春汛袭击。

这里两岸的河堤，

不论是谁建造，

都不像前面那堤

那么厚、那样高。

1　此处弗拉芒指比利时西北和荷兰西南部沿海地区（佛兰德地区），那里主要居民为弗拉芒人。

2　维桑（Wissant，现属法国）和布鲁日（Bruges，现属比利时），都是当时通往英国的重要港口，许多意大利商人，特别是佛罗伦萨商人在那里做生意。这两个城市恰好位于弗拉芒海堤南北两端。

3　"布伦塔"即布伦塔河（Brenta），意大利北方波河的支流，发源于阿尔卑斯山，流经帕多瓦（Padova）。春汛，即春天气候变暖，阿尔卑斯山区积雪融化，河水暴涨。

我们已走出树林，
距它已有一段路：
即使我转过身去，
也无法看清树林。

此时有队阴魂，
沿堤迎面而行；
为把我们辨认，
个个眯缝眼睛：

犹如新月夜晚，
人们相互辨认；
也像裁缝凝视
针孔，引线穿针。

布鲁内托·拉蒂尼

被他们这样盯着，
有人很快认出了我。
他扯住我衣襟喊道：
"这真是太奇妙了！"

他胳膊向我伸来，
我定睛瞅他一眼，

也立刻认出了他，

尽管他已灼伤颜面。

我把脸靠近他脸，

俯身回应他说道：

"布鲁内托⁴先生，

您也在这里啊？"

他说："孩子啊，

我可以拖后一点，

陪你一起走一段，

但愿你不会讨厌。"

于是我回答他说：

"我恳请您这样做；

您若想和我坐坐，

我也可以那么做；

只要这位同行的人⁵

同意我和您坐一坐。"

4　布鲁内托·拉蒂尼（Brunetto Latini），1220年生于佛罗伦萨，教皇党政治家和著名学者。
　　1260年出使卡斯提利亚王国，说服阿方索十世出兵支持佛罗伦萨教皇党；归国途中得知佛罗
　　伦萨教皇党已在蒙塔培尔蒂战败，便留居法国。1266年贝内文托战役之后，支持皇帝党的霍
　　亨斯陶芬国王一蹶不振，教皇党于1267年重新返回佛罗伦萨掌权，布鲁内托才返回佛罗伦
　　萨，任共和国政府秘书长等要职。1294年去世。在法国期间他曾用法文编写了一部百科全书
　　性质的著作《宝库》（Trésor），后来又将其内容压缩成意大利文《小宝库》（Tesoretto）。但
　　丁非常喜爱这两本书，并师从布鲁内托学过修辞学，所以非常尊敬他，在诗中称呼他"您"。
5　指维吉尔。

"啊，孩子，这队人中
谁要稍停一下，"他说，

"就要像亵渎者那样，
在这里躺上一百年，
任凭火雨打在身上
也不许想法遮挡。[6]

所以你向前走吧，
我跟在你的身边；
过后我再回去追赶
那队哭诉着的罪犯。"

我不敢走下河岸
去与他并肩而行，
只能毕恭毕敬，
俯身低头前行。

他这样开口说：
"这是出于偶然，
还是天命使然，
末日来临之前，

6　这些都是鸡奸犯人，他们在地狱里受到的惩罚是"不住奔走"，否则他们就要像亵渎神灵者
　　那样，躺在那里任凭火雨浇身。参见本书第十四曲。

你就来地狱游历？

这位带路的人是谁?"

我："在明媚的世界里，

过了而立之年时，

我迷路陷入幽谷；

有座山拦住去路：

我打算退回山谷，

他出现在我面前，[7]

来领我走上正路。"

布鲁内托对我说道：

"假如你能遵循

你的星辰[8]指引的道，

你将获得圆满成功；

假如我生前明智些，

假如我不是过早夭折，

加上上天对你的恩宠，

7　参见本书第一曲"维吉尔"一节。

8　对于"你的星辰"注释家们有多种解释，有的说是指但丁诞生时太阳在双子星座，据占星家的说法，双子星座的人生来就有文学天才；但也有注释家认为，这个形象化的比喻不是占星学方面的，而是航海方面的，意思是：你若按照你的星辰指引的道路走，你就会获得圆满成功，译文按这种解释译出。

我定能给你更多支持。[9]

但那忘恩负义的人民[10]

仍保留粗野、死硬气质，

酷似菲埃索勒山民，

对你的善行抱着敌意；

这种事情理所当然，

因为酸味山梨的树林，

无花果不宜生长其间。[11]

他们早已臭名昭著，

被人戏为有眼无珠；[12]

贪婪、傲慢，而且嫉妒，

你别染上这些习俗。

9　意思是：不仅在文学方面给予他指导，而且在其他方面（如在政治方面）也会给予他支持，因为他们都属于教皇党。

10　指佛罗伦萨人。古代传说称，罗马独裁者苏拉（Sulla，公元前138—前78年）的同党卡提利纳（Lucius Sergius Catilina，公元前108—前62年）曾策动政变，试图建立贵族专政，事败逃往菲埃索勒（Fiesole，佛罗伦萨城北偏东方向的一座山城）；恺撒派兵围剿，把菲埃索勒城夷为平地，卡提利纳战败。为杜绝后患，恺撒在阿尔诺河两岸建立新城，起名佛罗伦萨，其居民由退役的罗马士兵和菲埃索勒的移民组成。"所以佛罗伦萨人经常处于战争和内讧状态，这也没有什么奇怪的，因为他们是高贵的、有德行的罗马人和粗野的、凶悍好战的菲埃索勒人这样两种互相对抗、相互敌视、习俗也不相同的民族的后裔。"（见维拉尼《编年史》第二卷第三十八章）拉蒂尼认为，正是由于这种原因，大部分佛罗伦萨人还保留着菲埃索勒人粗野而死硬的山民气质。

11　山梨是酸的，无花果是甜的，相互对立，无法在一起生长相处。

12　人们戏谑佛罗伦萨人为"盲人""有眼无珠"，原因有二：1.相传542年东哥德王托提拉征战佛罗伦萨时，曾派使者去游说，声称要和佛罗伦萨人做朋友；佛罗伦萨人信以为真，让他进城，他就这样轻松地占领并烧毁了该城（参见本书第十三曲注17）。2.比萨人远征巴利阿里群岛时，佛罗伦萨人曾派军队为比萨守城；事后比萨人把两根残破的斑岩石柱用红布包裹起来送给佛罗伦萨人作为报酬，佛罗伦萨人没有察觉，当作完好的石柱收了下来。

命运赐你巨大声誉，

两党都想吃掉你；[13]

你要像青草避开羊嘴，

学会躲开他们的诋毁。

让菲埃索勒畜生

自己去互为饲料；

若他们那粪堆里

长出了个别小苗，

属于建造此城时

罗马人留的种子，

那就让这些畜生

不要把幼苗摧毁。"

我："假如我的祈愿

全部都得以实现，

现在您也许还

活在人世中间；

因为在世时

您曾教导我，

13　指黑、白两党都想发泄对但丁的仇恨：先是1302年1月27日，黑党把持的佛罗伦萨政府，在但丁缺席的情况下，判处但丁流放两年，罚金五千弗罗林金币；但丁不服判决，1月30日又判处他永久流放。这是黑党对但丁的诋毁。后来在流放中，但丁与"邪恶、愚蠢的（白党）伙伴"决裂时，白党也开始诋毁他。这些事都发生在本书但丁的幻游地狱故事开始的1300年之后，所以后面称这是拉蒂尼对他"未来生活"的预言。

　　　　　　　　第十五曲

若想流芳百世，
人该怎么去做。

您那慈父形象
我已铭记在心，
我珍惜您的教诲，
天天都在念叨您。

有关我未来的话，
我会全都记录下，
把它和另一人的
预言[14]保存在一起，

留给能够解读
这些话的圣女，[15]
假如我能够
到达她那里。

但我要向您表明，
不论命运怎么安排，
我都会欣然接受，
只要良心不会责怪。

14　指法里纳塔的预言，参见本书第十曲"法里纳塔的预言"一节。
15　指贝阿特丽切。后两句话表示但丁对能否见到贝阿特丽切仍然存有疑虑。

您这样的预言，

对我并不新鲜；

让命运女神随意转轮，

就像那农夫挥动锄镰。"[16]

此时老师回头

瞅我一眼，直言：

"此言必有大用，

善听者牢记心间。"[17]

鸡奸犯中的教士和文人

我和布鲁内托

继续进行交谈；

接着我问他说，

他的同伴中间

谁的职位最高？

谁的名声最大？

于是他回答道：

"有些人知道为好，

---

16 这两句话的意思是：但丁对于这样的预言已司空见惯，任凭命运女神如何转动法轮，他都不
    会在意，就像他对待农夫挥动他们的锄镰一样。

17 这句话的意思是：维吉尔认为布鲁内托的话对但丁很有用，希望但丁成为一个"善听者"、
    一个善于听取别人良言的人，并牢牢记住布鲁内托的教诲。

有些人最好不知道：

因为我时间有限，

恕不能全都说到；

不过，你已经知道，

他们都是教士、

文人，大名鼎鼎，

活在人世的时候，

犯下了同一罪行：

普利珊诺[18]是其中之一，

还有达科尔索[19]；若愿意，

你还能见到污秽的

安德雷阿·德·莫奇[20]

（他曾被教皇从佛罗伦萨

因此劣行调往维琴察；[21]

在那里他仍不收敛，

最后落得命丧黄泉）。

18　即普利珊诺·迪·切萨雷阿（Plisciano di Cesarea），5世纪、6世纪时的拉丁语教育家，他的
　　十八卷《拉丁文法教程》是中世纪各种学校通用的拉丁语课本。

19　即弗兰切斯科·达科尔索（Francesco d'Accorso，1225—1293年），著名的法学家，博洛尼
　　亚大学教授。1273年应英王爱德华一世邀请，赴牛津大学执教，1281年回国，1293年殁于博
　　洛尼亚。

20　安德雷阿·德·莫奇（Andrea de' Mozzi），1287年任佛罗伦萨主教，1295年被教皇卜尼法斯
　　八世调往维琴察（Vicenza）任主教，当年或次年死于维琴察。他被调离佛罗伦萨，据说是
　　由于他的秽行败露。

21　维琴察，意大利北方城市，在帕多瓦与维罗纳之间。

我倒想多说一点，

可惜已没有时间，

因为我已经看见，

远处已扬起沙尘：

另外一队阴魂，

正向这里靠近，

而我却不能

与他们同行。

请允许我向你

推荐我的《宝库》[22]

（它让我名垂千古），

此外我别无所求。"

然后他掉转头，

迅速往回跑去，

就像维罗纳越野赛跑

参赛者争夺奖品绿布；[23]

他奔跑的速度

堪比那跑第一的人，

不像落在最后的人。

22　即拉蒂尼的著作《宝库》，参见前注4。

23　维罗纳的越野赛跑始创于1207年，每年四旬斋（复活节前四十天）期间的第一个星期日，在圣卢齐亚村附近的田野上举行，奖品是一块绿色布料制成的旌旗。

第十六曲

我看见一个形影，
从深渊中浮现；
它那奇特外形，
足以让大胆的人
感到惊讶、奇怪。

但丁和维吉尔辞别布鲁内托，迎来另一队鸡奸犯人。如果说布鲁内托那队鸡奸犯人是由著名的教士和文人组成的，那么这队鸡奸犯人则是由军人和政客组成的。

当但丁他们来到第七层地狱通往第八层地狱的悬崖附近，已经听到弗列格通河水顺着悬崖淙淙流向第八层地狱，这时三个鸡奸犯人的阴魂离开他们队伍向但丁奔跑过来。他们是：圭多·谷埃拉、台嘉佑·阿尔多布兰迪和雅科波·鲁斯蒂库奇。他们都是佛罗伦萨知名的政客和军人、但丁的前辈，因为去世过早，但丁一时未能认出他们。没有认出他们的另一个原因是，他们被火雨烧烤得体无完肤，面目皆非。但丁在这里对鸡奸犯人悲惨现状的描述，上一曲是没有的。作为作品中的一个人物，作为他们的同乡，但丁非常尊敬他们，甚至想跳下河堤去与他们拥抱；但作为人，作为作者，但丁却不能原谅他们的罪孽，将他们置于这地狱第七层受罚，被烧成如此悲惨的样子。

但丁在这里讨论了佛罗伦萨堕落的另一个原因：靠经商和高利贷而暴发的人，从农村涌进城里；他们对人傲慢无礼，挥霍无度，败坏了佛罗伦萨前辈们崇礼尚武的习俗，让但丁这样的人为之哭泣。

最后但丁和维吉尔来到第七层地狱通往第八层地狱的悬崖边沿，听见弗列格通河水像瀑布那样轰响着倾泻而下。在水雾缭绕之中，但丁看见一个怪物浮现，并用潜水员潜入海底，然后跃身而上的样子，来形容那怪物浮现的情形。这个怪物是谁？但丁埋下伏笔，且听后文分解。

三个佛罗伦萨前辈

我们来到一个地方，
听见河水淙淙
流向地狱下层，
发出蜂房之声嗡嗡。

此时三个阴魂，
脱离火雨浇、烧
的另一队人群，
朝着我们奔跑。

他们齐声呼喊：
"喂，请你留步！
看你穿着打扮
像来自我们故土。"

啊，他们那浑身上下
被火雨烫的新旧伤痕，
如果现在回忆起来，
还让我禁不住心疼！

老师听到他们喊叫，
转过身来对我说道：
"现在请你停一停，
对他们应以礼相迎。

假如这里不是

下着这种火雨，

我会对你说，着急的

不是他们，而应是你。"

我们止步不前，

他们不再疾奔；

来到我们身边，

围成一圈旋转。

犹如古时角斗，[1]

斗士裸身抹油，

发起攻击之前，

盯住对方破绽。

他们也是这样，

死盯着我旋转；

头部移动的方向

与脚步方向相反。[2]

其中一个阴魂说道：

"假如这片凄惨沙地

---

1 指中世纪的一种裁决方式：在没有足够证据来判决某一案件时，由诉讼双方各选一名角斗者
进行角斗，胜利的一方胜诉。但丁这里描述角斗者要赤身，身上还要涂油，显然是受了维吉
尔《埃涅阿斯纪》的影响。

2 他们围着但丁旋转，眼睛死死盯住但丁，因此脚步移动的方向与头部移动的方向恰恰相反：
脚要往前走，眼睛却要盯住中心点即但丁，头的移动方向则向后。

和我们烧焦的面容，

还不能让你看得起

我们的乞求和为人，

那就以我们的名声

请求你告诉我们，

你究竟是什么人？

你迈着活人的脚步，

稳健地在地狱行走；

请你瞧瞧这个人吧

（我踩着他脚印行走）：

他虽然赤身裸体，

被烧得没有毛皮，

生前他地位之高

应出乎你的预料。

他名叫圭多·谷埃拉，[3]

是瓜尔德拉达[4]的嫡孙，

3　圭多·谷埃拉（Guido Guerra，约1220—1272年），出身佛罗伦萨显赫的圭多伯爵家族。年轻时曾在西西里国王腓特烈二世宫廷服役，返回佛罗伦萨后，成为托斯卡纳地区教皇党重要领导人之一，曾多次率领托斯卡纳地区教皇党军队与皇帝党军队作战。1260年教皇党军队在蒙塔培尔蒂战役中战败后，被流放到外地，他力主打回佛罗伦萨。1266年率领佛罗伦萨流亡的教皇党人参加贝内文托战役，战功卓著，被任命为托斯卡纳总督。次年返回佛罗伦萨，1272年去世。但丁出生于1265年，那时才七岁，应该说与圭多·谷埃拉不曾谋面，加上他"烧焦的面容"，一时没能认出他来。

4　瓜尔德拉达（Gualdrada），圭多·谷埃拉的祖母，被同龄人誉为贞洁贤惠女性的典型。

凭其智慧和宝剑，
生前曾屡建功勋。

走在我身后的人，
叫阿尔多布兰迪，[5]
可惜人们未采纳
他曾提出的建议。

我叫鲁斯蒂库奇，[6]
和他们一起赎罪，
但我受到的伤害
更多来自我悍妻。"

假如不怕被火烧，
我早已跳下去了，
和他们待在一起；
我想老师也会同意。

然而恐惧胜过愿望，
不敢下去和他们拥抱：

5　即台嘉佑·阿尔多布兰迪，出身佛罗伦萨著名的阿迪马里家族，佛罗伦萨教皇党军队重要将领之一。1260年曾劝告佛罗伦萨教皇党军队不要出兵与锡耶纳人作战，但他的建议未被采纳，结果教皇党在蒙塔培尔蒂战役中惨败。但丁在本书第六曲中已提到过此人，参见本书第六曲注9。
6　即雅科波·鲁斯蒂库奇，他出身低微，但家境殷实。1254年曾作为佛罗伦萨政府特使，同其他托斯卡纳城市谈判结盟。对于"但我受到的伤害／更多来自我悍妻"这句话，注释家们认为，可能他的妻子为人凶悍难处，使得他转好男色，以致死后堕入地狱，与鸡奸罪人为伍。但丁在本书第六曲中也提到过此人，参见本书第六曲注10。

那样我会和他们一样
被火雨烧伤、烤焦。

于是我开口说道：
"我不是轻视你们，
而是对你们处境
感到痛心深深；

而且这种心情
还不会很快消释，
刚才老师说的，[7]
已让我陷入深思：

你们来的这些人，
都是我的故乡人；
经常听说你们的功名，
并敬仰地传颂给他人。

现在我要像个罪人，
相信诚实老师许诺，
先跟他下到地球中心，
洗涤罪恶、追寻甘果。"[8]

7　即维吉尔在本曲开头"三个佛罗伦萨前辈"一节时说的："对他们应以礼相迎"。
8　这里"地球中心"指地狱的最底层；"甘果"指"天堂"。但丁希望游历地狱和炼狱，洗涤自己的灵魂，死后能获得进入天堂的"甘果"。

腐败的佛罗伦萨

"愿你的身体
健康长寿，
愿你的名字
流芳千古，"

那人说，然后继续，
"请你给我们讲讲，
崇礼和尚武在故乡
现在是否一如既往；

还是在我们城市里，
它们已经销声匿迹。
波尔西艾雷[9]刚才的话，
让我们伤心不已。

他刚来这里不久，
还在队伍里奔走。"[10]
"啊，佛罗伦萨，
新来的暴发户[11]

9　即圭利埃尔莫·波尔西艾雷（Guiglielmo Borsiere），行吟诗人，与第六曲提到的恰科一样，与上层社会接触频繁，所以他们的话有一定的可信度。有关波尔西艾雷的情况，可参考薄伽丘《十日谈》第一天第八个故事。这里所谓的"崇礼""尚武"，当然是指佛罗伦萨贵族的习俗，这三个人都是上层社会的代表，所以他们非常相信波尔西艾雷说的话。

10　为和但丁交谈，这三个佛罗伦萨人离开他们队伍，而波尔西艾雷还在那支队伍里继续奔走。

11　指从佛罗伦萨乡间进入市区的人，他们靠经商和放高利贷致富，得势以后傲慢无礼，奢侈无度，破坏了佛罗伦萨崇礼尚武的习俗，让但丁感到痛心。

已让你变得
傲慢与侈靡，
为此你现在
已悔恨不已。"

我仰着面朝天，
这样大声疾呼；
他们三人还以为，
这是给他们的答复，

惊讶得相互窥视，
似乎得到了证实。
于是一起回答道：
"你的话虽然少，

却是直言不讳，
让人听了满足。
愿你永远如此，
尊享一生幸福！

愿你逃出地狱，
回到光辉人世；
对你这段经历，
高高兴兴回忆：

第十六曲

当你说‘我曾

到过那里时’，

别忘了提及

我们的名字。”

说罢他们散开，

迅速奔跑归队，

步履如此轻盈，

如同鸟儿展翅。

还未说声"阿门"，

他们已影踪消逝。[12]

因此老师认为，

应该离开这里。

但丁的腰带

我跟在老师身后，

还没走出多少路，

水声就变得很近，

压过了说话声音。

12　即他们消失得飞快，连说声"阿门"的时间都没有。

就像那蒙托内河，¹³

发源亚平宁左麓，

是蒙维索山东边

直接入海的河流。

流到平原以前，

它叫阿夸克塔；

从弗利市向前，

此名便已改变。

在圣本笃修道院¹⁴

上边那座山巅，

形成一股瀑布，

轰隆隆泻往下边。

我们看见弗列格通

的血水从悬崖上下泻，¹⁵

发出声响隆隆，

让我们耳朵失聪。

---

13 蒙托内河（Montone），发源亚平宁山区，直接注入亚得里亚海。流经弗利市（Forlí）之前
    叫阿夸克塔（Aquacheta）。

14 圣本笃修道院（San Benedetto in Alpe），位于亚平宁山中，佛罗伦萨至拉文纳的第67号国家
    公路中途经过那里。

15 即弗列格通河，参见本书第十二曲注9，这几曲中它一直没有离开我们的视线。"从悬崖上下
    泻"，指从第七层地狱流向第八层地狱。

第十六曲

我腰间有条腰带，

曾经想用它来

捆住那只花豹；[16]

我解下那条腰带，

把它绕成一团，

因为老师让我

把腰带交给他。

老师接过绳索，[17]

然后他转身向右，

把绳索扔下深谷；

抛得离崖远一些，

避免绳索被缠住。[18]

格里昂的出现

我暗自思忖：

"老师那种眼神，

象征一定会有

新的事情发生。"

16　指本书第一曲中提到的花豹，参见该曲注4。

17　即但丁的腰带。

18　以免岩石突出的地方缠住绳索。

啊，人们应该小心：
别人不仅在用眼睛，
而且还在用智慧
观察你的内心！

老师："我所期待的
和你想象的奇事，
立刻会缓缓浮现，
呈现在你的眼前。"

假如一件真事，
具有虚假外观，
为了免受羞辱，
最好闭口不谈。

但对于这件奇事，
我不能沉默不语，
我要用本书诗句，
向你们郑重发誓

（但愿这些诗句
能让读者喜欢）：
我看见一个形影，[19]
从深渊中浮现；

19　指怪兽格里昂，参见本书第十七曲注1。

它那奇特外形，
足以让大胆的人
感到惊讶、奇怪。
因为它像潜水人，

下到海底下面，
解开那被礁石
缠绕着的锚链，
然后游出水面：

身躯笔直向上，
双腿向内收敛。

第十七曲

"瞧那尖尾怪兽,
瞧那穿山破垣、
不避利器刀斧、
臭气熏天的怪物!"

维吉尔将但丁的腰带抛下第七、第八层地狱间的悬崖绝壁,像诱饵那样引出格里昂来。

但丁塑造的格里昂,与传统的格里昂不同,它只有一个头,面孔像人,脚爪像狮子,身躯其他部分像蛇,尾尖上分叉的钩子像蝎子,身上的长毛色彩斑斓，且布满各种花纹与图案。它在这里的任务是，驮着维吉尔和但丁，从空中把他们渡到第八层地狱去。但是，但丁却把格里昂当作欺诈的代表安排在这里。但丁描述格里昂趴在悬崖边的样子："它把那张脸 / 和上身露在岸边，/ 把尾巴拖在下面"，恰如其分地说明了高利贷者的阴险面孔：让你看到一面，却隐藏着另一面，而且他们"面容非常和善"，成为他们实施"欺诈的手段"。

地狱第七层共有三个环，分别收纳亵渎神灵者、鸡奸犯人和高利贷者。前面已经讲过亵渎神灵者和鸡奸犯人，这层的罪犯仅剩下高利贷者了。所以，当格里昂浮上第七层趴在悬崖边时，维吉尔要但丁去看看坐在沙地里的高利贷者的境况，自己则留下来和格里昂交谈，动员它驮他们下到第八层去。

但丁来到高利贷罪犯中，虽然他们的面容已被火雨烧毁，但他们胸前挂的钱袋，其颜色和图案与他们家族的纹章完全一样，清楚地显示出他们的姓氏：其中有佛罗伦萨詹菲利阿齐家族、奥布里亚奇家族，以及帕多瓦的斯科洛文尼家族。后者在与但丁的谈话中还提到，佛罗伦萨的高利贷者们常常诅咒那个尚活在人世的贝齐家族布亚梦特，咒他也早日来到地狱和他们一起服刑。但丁非常仇视高利贷者，不仅因为他们依靠欺诈敛财，也因为他们发财致富之后，破坏了佛罗伦萨崇礼尚武的传统。

本曲最后，但丁描述了他和维吉尔骑在格里昂背上，绕着大圈子、徐徐飞下第八层地狱的情形。

格里昂

"瞧那尖尾怪兽，

瞧那穿山破垣、

不避利器刀斧、

臭气熏天的怪物！"[1]

老师对我这样说，

并打手势告诉野兽，

让它靠近我们趴在

那石砌的道路尽头。

于是它把那张脸

和上身露在岸边，

把尾巴拖在下面。

它长着一张人脸，

面容非常和善

（那是它欺诈的手段）；

身躯的其余部分，

长得和毒蛇一般；

1　即格里昂（Geryon）。古希腊神话称，巨人格里昂是大西洋岛屿厄里提亚（Eritea）的国王，长有三个头，三个相连的身子，力大无比，没有人能和他搏斗。半人半神英雄赫拉克勒斯为了抢掠他的牛群，在搏斗中杀死了他。维吉尔在《埃涅阿斯纪》中对他有所描述，并把他放在地狱里作为看门人；中世纪传说把他变成一个残忍狡诈的国王，装出一副诚恳和善的面孔接待客人，随后将他们残忍地杀害。但丁在古代神话、维吉尔的作品和中世纪传说的基础上，重新塑造了格里昂的形象：脸像人，利爪像狮子，身子其他部分像蛇，而且把它放在这里作为第八层地狱的守护者和欺诈罪的象征。

它有两只利爪，

上面长满长毛；

两肋、后背和胸前

布满花纹和圆斑：

色彩斑斓、凹凸有致，

即使那善于织绣的

鞑靼人和土耳其人，[2]

也没织出这种布匹；

阿拉喀涅[3]也没有

产生过这种灵机。

怪兽伏岸的样子，

也像岸边的船只，

一部分淹在水下，

一部分露出水面；

又像河狸在酗酒

的日耳曼人地盘；[4]

2　泛指善于织绣的东方人。

3　阿拉喀涅（Arachne），古代神话传说中的吕底亚（Lydia）人，精于织布，自恃技艺超群，
　　要与雅典娜比赛织布。结果阿拉喀涅织出的布精美无比，雅典娜挑不出毛病，就把它撕得
　　粉碎。阿拉喀涅陷于绝望，上吊寻死；雅典娜将她变成了蜘蛛，让她上吊用的绳子变成了
　　蜘蛛网。

4　泛指气候寒冷的北方民族，也许由于气候原因他们时常酗酒。在"日耳曼人地盘"，指在德
　　国，据说，但丁时代河狸的出产地主要是德国。

河狸摆开架势，
蓄势准备捕食。⁵
那只凶恶野兽
趴在血河石堤，

恰似那些河狸，
尾巴摇来摇去，
尾尖分叉毒钩
是它捕食器具。

高利贷者

老师："我们必须
改变行进方向，
走近凶恶野兽
趴伏着的地方。"

于是我们从右边⁶
走下石砌的河堤，
向前再走十余步，
避开火雨与沙地。

5　据说河狸捕鱼时，身子趴在岸上，尾巴伸到水里来回晃动；尾巴里分泌出一种油脂作为诱饵。

6　但丁游历地狱一直是向左走，向右走仅有两次：一次是在第六层地狱末尾，"然后我们转身向右 / 从城墙和坟墓 / 中间穿越过去"（见本书第九曲末尾三句）；另一次就是这里，为躲避火雨和沙地，他们向右走下河堤。关于但丁在地狱里一直是向左走，我们在本书第十四曲注25里已经说过，请参阅。

来到这怪兽跟前，
我看见前面不远，
一群人坐在沙地上，
靠近悬崖的旁边。

老师："为让你能够
完整带回这层情况，
请你往前再走一点，
看一看他们的境况。

你和他们谈话
应该尽量简单；
在你回来之前，
我和怪兽谈谈，

希望它能出借
它那强壮双肩。"
于是我孤独一人，
紧挨着悬崖向前，

走向那些罪犯
坐着的地点。
他们泪流满面，
双手挥动频繁：

时而躲避火雨，

时而抵御热沙。

他们这些动作，

与狗分毫不差：

夏天热的时候，

跳蚤、蝇虫叮咬，

狗会用嘴或爪，

抵御它们骚扰。

当我把目光投向

被火雨浇烤的犯人，

他们那灼伤的面孔，

让我无法认出他们。

但我发现他们

脖颈挂着钱袋：[7]

图案互有差异，

呈现不同色彩。

仿佛他们个个

紧盯钱袋不放；

我来到他们中间，

边走边四处张望。

7　指高利贷者，他们脖子上挂着的钱袋颜色不同、图案各异，但那些钱袋的颜色和图案与他们
　　家族纹章上的颜色和图案完全相同。

见一黄色钱袋，

绣着狮子图像；[8]

继续向前看去，

发现另一图像：

血红的钱袋上

绣着一只白鹅；[9]

其中有个罪犯，

脖颈上也挂着

白色的钱袋，

白底的上面

绣着天蓝色母猪

（他们家族的图案）。[10]

这时他问我说：

"你来这里干什么？

赶快离开这里！

因为你还活着。

8　金底蓝狮纹章是佛罗伦萨著名贵族詹菲利阿齐家族的纹章。许多注释家认为，这里是指卡泰罗·詹菲利阿齐（Catello Gianfigliazzi），他和他的兄弟们，都曾在法国放高利贷。

9　红底白鹅纹章是佛罗伦萨贵族奥布里亚奇家族的纹章，这里指的是洛科·奥布里亚奇（Loco Obriachi），他曾在西西里放高利贷。

10　白底母猪纹章是帕多瓦著名的斯科洛文尼（Scrovegni）家族的纹章。多数注释家认为，和但丁讲话的人是臭名昭著的高利贷者雷吉纳尔多·斯科洛文尼（Reginaldo Scrovegni）。他的儿子阿里戈也是个高利贷者，为了给父亲赎罪，修建了帕多瓦著名的斯科洛文尼教堂，其中有14世纪著名画家乔托（Giotto di Bondone）画的壁画。

你应该知道，

我家的邻居

维塔利安诺，[11]

也将来到地狱，

坐到我的左边。

我是帕多瓦人，

与我坐在一起的

都是佛罗伦萨人。"

他们常常大声叫嚷

（声音大得振聋发聩）：

"让那个大骑士[12]

带着三只鸟喙，

赶快来到这里！"

说罢嘴巴一张，

长长伸出舌头，

像牛舔鼻那样。

11　帕多瓦曾有两个维塔利安诺：维塔利安诺·德尔·邓特（Vitaliano del Dente）和维塔利安诺·迪·雅科波·维塔利阿尼（Vitaliano di Jacopo Vitaliani）。他们都是帕多瓦人，高利贷者。注释家们意见不一，有说是前者的，也有说是后者的。不过，我认为对普通读者来说，是谁都意义不大。重要的是，但丁与他们对话时，维塔利安诺还没有死；死后他也会来到这里，与其他高利贷们的阴魂一起服刑。

12　指佛罗伦萨贝齐（Becchi）家族的詹尼·布亚梦特（Gianni Buiamonte dei Becchi）。此人1293年曾任佛罗伦萨市市长，1298年任最高大法官，被授予骑士勋章，所以诗里称他"大骑士"。他是高利贷致富的银行家，后因赌博破产，并由于诈骗而被判刑，死于1310年。他们家族的纹章是金地上绣着三只鸟喙。但丁游历地狱时他尚未去世，所以这里说"让那个大骑士 / 带着三只鸟喙，赶快来到这里"。

我怕老师生气，

不敢再待卜去，

告别受难阴魂，

原路快快回去。

骑在格里昂背上下到第八层地狱

回来看见老师

骑在怪兽背上；

老师对我说道：

"你要勇敢坚强；

此后只能坐它

走下这种绝壁。

现在你也上来，

和我坐在一起。

为使它的尾巴

不对你造成伤害，

我要坐在中间，

把你和尾巴分开。"

人若得了疟疾，

眼看就要发作，

只要凉风一吹，
浑身就会战栗。

听见老师这样讲，
我就变成那模样；[13]
幸亏羞耻战胜我，
让我变得更坚强：

就像那胆小仆人，
在勇敢主人面前，
也应会立即变得
像主人那样勇敢。

我骑在怪兽背上，
真想说"把我抱住"，
可出乎我的预料，
这话就是说不出。

不过我的老师
每当遇到危险，
都曾给我帮助，
这次和往常一般。

13　亦即开始感到战栗。

　　　　　　　　　　第十七曲

我刚骑上兽背，

他就伸出双手，

把我紧紧搂住；

然后命令野兽：

"格里昂，启动吧！

圈子要兜得很大，

下降要平稳缓慢，

考虑到新增的负担。"[14]

犹如小船离岸，

缓缓向后倒行；

怪兽也如此这般，

退着爬出悬崖边。

当它感到自如时，

才把身躯掉转，

伸开卷曲尾巴，

摇摆得像鳗鱼般；

14　但丁是活人，不像鬼魂，身体会有重量。所以维吉尔劝格里昂考虑新增负担，兜大圈子、平
　　稳下降。

同时用利爪扇风。

法厄同¹⁵放弃驾驶，

引起天穹大火，

留下火烧痕迹；

我相信他当时

不比我更受惊；

当伊卡洛斯¹⁶觉察到

他的羽翅黄蜡化尽，

听见父亲喊道：

"你走错了道！"

我相信他的恐慌，

也没我的恐慌强。

---

15 法厄同（Phaethon）是太阳神阿波罗的儿子。他要求父亲让他独自驾驶太阳车在天空游玩一天，阿波罗再三劝阻他都不听，最后只好顺从他。由于他不善驾驭，拉车的天马失控，太阳车脱离自己轨道，驶近天蝎座时，"他看见天蝎弯着两条长臂，像一张弓似的，并想用弯弯的尾巴来蜇他，他吓得浑身发冷，失去知觉，撒开了手中的缰绳（这里意译为'放弃驾驶'）"。太阳车无人驾驶，在天空任意行驶：不是驶得太低，几乎把大地烧毁，就是驶得太高，引起天火，"让天空从南极到北极到处都在起烟"，最后宙斯只好用雷电击毙了法厄同。参见维吉尔的《埃涅阿斯纪》卷五，或奥维德的《变形记》第二章。译诗中的"引起天穹大火，/留下火烧痕迹"，就是指这个典故。

16 据古希腊神话，伊卡洛斯（Icarus）是雅典的能工巧匠代达罗斯（Daedalus）的儿子。代达罗斯因杀人被判处死刑，他带着儿子逃到克里特岛。克里特王为了能长期利用他的手艺，把海岛上的船只全部封锁起来，不让他逃离。他用很多羽毛排列在一起，再用黄蜡把羽毛粘在一起，做成人工翅膀，插在自己和儿子腰间飞上天空。儿子伊卡洛斯越飞越高兴，越飞越大胆，最后离开父亲飞向高空。飞得离太阳近了时，黄蜡被阳光熔化；伊卡洛斯没了人工翅膀，最后掉进大海里淹死。诗中"你走错了道"，指他越飞越高，飞向太阳，他父亲喊他回头。

现在我四面悬空，
除了那野兽背膀，
我眼前看不到
其他任何景象。

它凌空慢慢游弋，
旋转着徐徐下落；
只觉得阵阵凉风
由下面拂面掠过。

我听见右下方，
水落之声淙淙，
探头向下张望
感到更加恐慌。

听到下面哭诉，
看到下面火光，
吓得浑身发抖，
两腿紧夹怪兽。

现在慢慢看清
刚才未见的境况。
我们向犯人靠近，
到处是他们惨状。

就像一只猎鹰，

空中飞了很久，

没有发现鸟儿，

开始下落减速。

猎人惊诧问道：

"你怎么下来了?"

它疲惫地下落；

尽管起飞时灵活，

飞完百圈之后，

在远离主人的

地方疲惫降落，

现出愤懑样子。

格里昂也是这样，

紧靠悬崖处落下，

随即便把我们

从它肩上卸下。

然后像离弦之箭，

消失在我们眼前。

第十八曲

恶囊两边岸上，
都有长角鬼吏，
手执粗长鞭子
朝犯人后背鞭笞……

　　第八层地狱是收纳欺诈者灵魂赎罪的地方。这是个环形的平川，中间有个深井，深井下面就是第九层地狱。这个环形的平川分成十个同心圆，或者说，它被十条壕沟分割成十个囊；每个囊都由石壁隔开，囊的上面都有一座拱桥，是由最外层的悬崖伸出来的岩石形成的；这些小桥又互相连接，形成一条狭窄的通道，从外层悬崖边直通位于圆环中心的深井旁边。

但丁和维吉尔从格里昂背上下来后，沿着悬崖边没走多远就来到第一囊旁边。第一囊收纳着淫媒罪人和诱奸犯人的灵魂。他们分成两队，以恶囊的中线为界相向而行；两边的岸上都有头上长角的鬼吏手执长鞭抽打他们，驱使他们迅速前行。

淫媒罪人行进的方向，与但丁他们行进的方向相反，所以但丁能看清这些犯人的面孔。淫媒罪人中博洛尼亚人非常多，超过了博洛尼亚地区活着的人。但丁在这些罪人中安排了一名叫作"维内迪科·卡恰内米科"的博洛尼亚人：他曾诱使自己的妹妹去满足费拉拉侯爵的淫欲，犯下淫媒罪。

诱奸犯人行进的方向与但丁他们行进的方向相同，因此但丁只能看到这些犯人的后背，看不到他们的脸。但丁要想看清他们，必须转过身来并上到拱桥的桥顶上。诱奸犯人和淫媒罪人一样，也要遭受鬼吏们的鞭笞。但丁在这群犯人中提到的阴魂是伊阿宋：伊阿宋是古希腊神话中的人物，他在前往黑海盗取"金羊毛"的旅程中，先是诱骗了利姆诺斯岛的女王许普西皮勒，后又诱骗了科尔喀斯国公主梅迪娅，被但丁以诱奸罪安置在这里服刑。

最后，但丁和维吉尔来到第二囊。第二囊收纳的犯人是阿谀奉承者死后的灵魂。他们受到的惩罚是浸泡在像人间粪便似的污物中，那腐臭的气味熏得他们难以呼吸，只好用口鼻呼哧呼哧地出气。这里但丁描述的罪人有卢卡人阿莱西奥·英特尔米内利和古希腊名妓泰伊丝。前者对阿谀奉承之事"乐此不疲"，后者对她的淫伴不仅不"恨"，反而奉承地说"千恩万谢"。

恶囊

地狱里有个地方，
名字叫作"恶囊"：[1]
四周有高大围墙，
颜色则与铁一样；

恶囊的正中央
有口巨大深井，[2]
它的构造情况，
恰当时我再讲；

围墙与井之间，
是片环形平川，
它被条条壕沟
隔成十个圆环，

犹如护城城壕，
将那城堡护牢。
这些壕沟形状
恰似护城城壕；

1　"恶囊"的意大利语名字是"Malebolge"，由male（恶，罪恶）和bolgia（口袋，复数为
　　bolge）两词构成，意思是"罪恶的渊薮"，即第八层地狱的名称。凡是那些对并非信任自己
　　的人犯下欺诈罪的犯人，死后其灵魂都要到这里来赎罪。
2　此井的井底就是第九层地狱，本书第三十二曲将专门介绍它。

城门与城壕外边

都有座小桥相连；

深井围墙³与外边

也有座石桥接连。

石桥始于悬崖，

直达深井旁边，

跨越壕沟、堤岸，

直到深井处终断。

我们所处地方⁴

就是一个恶囊。

老师走向左手，

我紧随其身后。

淫媒者和诱奸者

我见我们右边，

新的惨景出现：

手执长鞭鬼吏、

赤身裸体罪犯，

3　"深井"指第九层地狱，它的外围是一圈巨人，酷似高耸的围墙，参见本书第三十一曲"巨
　　人"一节。

4　即格里昂卸下他们的地方，见上一曲末尾六句。

充满第一恶囊。

犯人待在囊里，

以囊中线为界，

分成两队赎罪：

一队面朝我们，

一队背朝我们，

大步向前行进。

犹如罗马吏人，

大赦之年庆典，

朝圣人多拥挤，

想出绝妙办法，

防止过桥[5]人挤：

朝圣彼得去的人

走桥的这边，

离开圣彼得的人

走桥那一边。

5　第一囊中犯淫媒罪的罪人和犯诱奸罪的罪人，各成一队，朝着彼此相反的方向前进。为了说明这里的拥挤情形，但丁借用当时读者记忆犹新的重大历史事件作为比喻。教皇卜尼法斯八世宣布1300年为大赦之年，欧洲各国前往罗马朝圣的信徒人山人海；圣天使城堡桥（Ponte di Castel S. Angelo）当时是台伯河上通往圣彼得大教堂的唯一桥梁，为了避免桥上行人拥挤、交通阻塞，罗马的交通管理者们（诗中称"罗马吏人"）临时在桥当中建起一道矮墙，将桥面分隔成两半：去圣彼得大教堂朝圣的人，从一边过桥；从圣彼得大教堂朝圣回来的人从另一边过桥。

恶囊两边岸上，
都有长角鬼吏，
手执粗长鞭子
朝犯人后背鞭笞；

一鞭下去疼得
罪犯拔腿就跑，
第二第三鞭子，
无人再想得到。

维内迪科·卡恰内米科

我沿石岸行走，
瞥见一个魂灵，
立即脱口而出：
"我见过这幽灵。"

于是止步端详；
老师秉性善良，
止步并且允许，
让我后退少许。

那个被笞罪人，
幻想低头掩饰，

但也无济于事。

"你虽眼睛朝地，

假如你这相貌
不是别人假冒，
你应是卡恰内米科,"[6]
我对他这样说道，

"因为什么原因
让你遭此酷刑?"
他便回答我说:
"本不想对你说，

但你明确提问
让我想起过去:
是我诱使吉素拉贝拉
去满足侯爵的情欲;

尽管人们对此
有着各种传闻。

6　即维内迪科·卡恰内米科（Venedico Caccianemico），1228年生于博洛尼亚。卡恰内米科家族在博洛尼亚很有权势，维内迪科曾当地教皇党的首领，曾在意大利北方许多地方担任过重要职务。1302年殁于博洛尼亚。但是，但丁认为他死于1300年之前，所以把他的阴魂放在这里与淫媒者一起受罚。另外一个原因是，维内迪科曾唆使他妹妹吉素拉贝拉（Ghisolabella）与费拉拉侯爵私通，但此事只见当时传闻，不见史料记载。看来但丁相信这一传说，故将其视为淫媒罪犯置于这里服刑。

我在此受刑并不是

唯一的博洛尼亚人；

恰恰相反，他们人数众多，

分布在此囊的各个角落，

就连整个博洛尼亚地区[7]

会说土语[8]的也没这里多。

如果你想得到

我这话的凭据，

你就想想我们

本性从不知足。"[9]

他讲话的时候，

鬼吏边打边喊：

"拉皮条的，快滚开！

这里妇女不为你赚钱。"

7　指以博洛尼亚市为中心，西至雷诺河（Reno），东至萨维纳河（Savena）之间的广大地区。

8　指博洛尼亚方言。意大利标准语的 "essere（是）" 的虚拟式现在时单数第三人称是 "sia"，
　　而博洛尼亚方言的这一时态为 "sepa"，但丁将这两种说法进行对比：说 "sia" 的是意大利
　　人，说 "sepa" 的就是博洛尼亚人。这里为使行文简单而明了，改用 "说土语" 的人，即博
　　洛尼亚本地人。整个这句话的意思是：因犯淫媒罪死后在这里赎罪的博洛尼亚人的阴魂，数
　　量非常多，比博洛尼亚地区活着的博洛尼亚人还要多。

9　但丁认为博洛尼亚人贪婪成性。注释家本维努托（Benvenuto）解释说：但丁所谓的博洛尼
　　亚人 "本性从不知足"，是广义的说法；其实博洛尼亚人贪婪但不吝啬，反而喜欢挥霍，支
　　出常常超过他们的收入，所以他们往往会依靠赌博、盗窃，甚至出卖妻女、姐妹供人淫欲来
　　赚钱。维内迪科·卡恰内米科的作为，恰恰符合博洛尼亚人的这一本性。

伊阿宋

回到老师身边，
向前稍走几步，
到达石桥跟前。
悬崖岩石突出，

形成天然拱桥；
拱桥不算很高，
我们轻松上去，
站在拱桥高处；

犯人需从桥下穿过。
我们转身，不再向左，
目光离开淫媒人群。
这时老师他对我说：

"注意，请你把目光
投向这些罪人身上：
你还没看见他们脸，因为
他们和我们行进方向一样。"

我们站在石桥上，
观察另一队罪人，[10]

---

10 即犯诱奸罪的犯人。前面说过，在这一囊里，淫媒罪犯人和诱奸罪犯人分成两队，朝着相反
    的方向行进。但丁和维吉尔按照惯例向左走（亦如前面所说），迎面走过来的是犯淫媒罪的
    犯人；现在上了石桥向右转身，原来与他们同一方向行进的诱奸罪犯的队伍，就变成与他们
    相向而行了。

鬼吏驱赶着他们

快速地奔向我们。

"你看那个巨人，"

还没等我发问，

老师抢先说道，

"是个诱奸犯人，

名字叫伊阿宋；[11]

何等王者神气！

不为酷刑流泪，

不怕鬼吏鞭笞。

凭借智慧和勇气

前往科尔喀斯，

窃取金色羊毛，

途经利姆诺斯岛：[12]

---

11 伊阿宋（Jason）是古希腊神话中的船长，驾驶阿尔戈号大船前往黑海东岸的科尔喀斯
    国（Colchis）窃取金羊毛。途经利姆诺斯岛（Lemnos）时，诱骗了该岛女王许普西皮
    勒（Hypsipyle），使她怀了孕，然后抛弃了她；到达科尔喀斯国后，欺骗该国公主梅迪娅
    （Medea）说，只要公主帮他获得国王的金羊毛，他便娶公主为妻。梅迪娅相信了他，帮他
    得到金羊毛。梅迪娅与他结婚后，同他一起返回希腊，并为他生了两个儿子。最后伊阿宋又
    抛弃了她，与其他女子结婚。但丁认为他这也是诱骗，故把他也放在这里和其他犯诱奸罪的
    犯人们一起服刑。
12 据古希腊神话，利姆诺斯岛的妇女非常彪悍，把自己的丈夫和岛上的所有男人统统杀死。但
    年轻女王许普西皮勒，却把自己父亲藏在箱子里扔进大海任其漂流。所以后文诗中说，"也
    骗过其他女人"。

那里彪悍妇女
残酷杀死男人；
他用花言巧语
骗取女王信任。

而这位年轻女王
也骗过其他女人；
当她怀孕以后，
遭抛弃孤单一人。

伊阿宋这种罪过，
被判在此处悔过；
对他的这一判处
也是为梅迪娅报复。

凡是引诱妇女的
都和他一起行走，
对第一囊及其罪人
知道这些就足够。”

阿谀奉承者

我们已经来到
这条狭窄通道 [13]

13　即由那些小桥相连而形成的、从悬崖至井口的通道。

与第二囊堤岸

相连接的地点，

听见第二囊魂灵

在沟底低声呻吟，

用口鼻噗噗出气，

用手掌击打自己：

囊底涌上来臭气

既刺眼睛又刺鼻，

犯人用口鼻呼气，

凝成霉菌粘峭壁。

囊底又深又暗，

此处 14 无法看清，

只能爬上拱顶，

向下俯视观看。

我们来到桥顶，

看见下面罪犯

浸泡秽物之中

（像是人间粪便）。

_____

14 在通道与堤岸连接的地方，亦即在拱桥的桥头。

我用眼向下搜寻，

见一罪人满头秽物，

他那肮脏的样子

分不清是僧还是俗。

"你干吗这样看我，"

他向我愤怒喝道，

"而不去注意别人？"

我便回答他说道：

"因为，假如我没记错，

你生前我们就见过，

你是卢卡人英特尔米内利，[15]

所以你比别人更让我注意。"

于是他拍着脑袋说：

"送我到这里来的是，

我喜好阿谀奉承，

这种事我乐此不疲。"

然后老师说道：

"你再往前观看，

15　即阿莱西奥·英特尔米内利（Alessio Interminelli），卢卡人，生平事迹不详。有文献证明，
　　他1295年还在世，大概以后不久就去世了。

看那蓬头散发、

污秽娼妓的脸！

她用肮脏指甲

抓挠着自己，

一会儿蹲下，

一会儿站立。

她是婊子泰伊丝；¹⁶

她的情人问她说：

'你是否感激我？'

'千恩万谢。'她说。

这一囊看到这里，

我们的眼睛足矣。"

---

16 泰伊丝（Tais）是古罗马喜剧家泰伦提乌斯（Publius Terentius，约公元前190—前158年）的
剧本《阉奴》（*Eunucus*）中的人物，雅典名妓。这个情节来自该剧第三幕第一场：泰伊丝的
情人特拉索通过拉皮条的格拉托送给她一个女奴后，问格拉托："泰伊丝感激我吗？"格拉托
回答说："千恩万谢。"西塞罗在《论友谊》中引用了这两句话，但没注明对话双方的姓名。但
丁可能没有看过原著，只读过西塞罗的作品，误以为这是泰伊丝与其情人特拉索之间的对话。

第十九曲

罪人的腿和脚
露在洞口外面，
身体其余部分
埋在洞口里面……

　　第八层地狱第三囊里，收纳着买卖圣职者的灵魂，他们头朝下倒插在狭窄的孔洞里，脚掌被烈火燃烧，疼得他们小腿不停地晃动。

　　中世纪买卖圣职的现象相当普遍，不仅引发了宗教权力与世俗权力之间的冲突，而且也引发了教会内部正统派与叛逆派之间的斗争。但丁显然属于正统派，他认为教会的腐败，来源于教士对财富和世俗权力的追求；教皇任人唯亲，追求世俗权力和财富，是教会腐败的最大表现。所以但丁对他们大加斥责，在这里列举了三任教皇：一是尼古拉三世，他的主要罪行是贪财与任人唯亲；二是卜尼法斯八世，这个教皇给基督教会、给意大利、给但丁本人造成了极大伤害，因此，虽然但丁幻游地狱时他还活在人世，但丁却出于义愤仍然将其置于第八层地狱第三囊里服刑；第三个被下地狱的教皇是克雷芒五世，他与法国国王勾结，篡夺教皇皇位，并把教廷从意大利罗马迁到法国阿维尼翁，使教廷直接受制于法国国王长达七十年之久，史称"阿维尼翁之囚"。与前两个教皇相比，克雷芒五世不仅贪图钱财、任人唯亲，而且变本加厉，直接勾结世俗权贵，听命世俗政权，给教会造成更大伤害。他提前十四年就被预言下地狱，足见但丁对其恨之入骨。

最后一段但丁对买卖圣职的教皇的批判，更是淋漓尽致，令人振奋。

买卖圣职者

啊，术士西门

及其追随者们，

圣职是主恩赐，

理应归属仁人；

然而你们这些

贪得无厌的人，

拿它交换金银，[1]

当罚三囊服刑

（对你们的判处

理应公开宣布）。

我们已经来到

下面那道沟壑，

登上石桥高处，

凌驾壕沟正中。

不论天上、地上，

还是地狱之中，

1　这个典故来自《新约·使徒行传》第8章第18—20句：撒玛利亚城里有个名叫西门的术士
（Simon mago），他看见使徒把手按在信徒们的头上（即行洗礼），他们就受了圣灵。"西
门看见使徒按手，便有圣灵赐下，就想拿钱给使徒，说'把这权柄也给我，叫我手按着谁，
谁就可以受圣灵'。彼得说：'你的银子和你一同灭亡吧！因为你想神的恩赐是可以用钱买
的。'"诗中西门的"追随者们"，指买卖圣职者，他们死后阴魂要在这一囊中受刑。

啊，上帝至高无上，

你的赏赐和惩罚，

分配得多么公正！

其威力多么巨大！

壕沟两侧和底部，

我见布满孔洞：

孔洞都呈圆形，

大小也都相同。

圣约翰洗礼堂里，

也有施洗用孔洞；[2]

将二者加以对比，

我觉得完全相同。

记得不久以前，

我曾砸破一个，

为救遇溺的人。

切莫以讹传讹。[3]

2　指佛罗伦萨圣约翰洗礼堂，但丁小时候也曾在这里受洗。中世纪时施洗是施浸礼，即把受洗
　　的孩子放进小井似的施洗池（孔洞）里施浸洗礼。

3　但丁回忆这段往事，主要是为自己辩解。大概有人认为但丁此举是破坏洗礼堂的设施，视其
　　为亵渎圣物的行为，不明真相的人还会以讹传讹，对但丁很不利，所以但丁要在此澄清事实
　　真相。佛罗伦萨无名氏注释家在他的《最佳注释》（*Ottimo Commento*）中记载："这些洗礼
　　盆的大小，每个都能进得去一个小孩。有一次但丁在场时，一个孩子进入这些洗礼盆中的一
　　个，可巧他两腿交叉着架在盆底，要把他拉出来，就要破坏洗礼盆，这件事但丁做了；现在
　　这还看得出来。"可见，但丁为了营救一个小孩打破一个洗礼池，确有其事。但这些洗礼盆
　　已于1576年为给托斯卡纳大公弗兰切斯卡一世的儿子施洗而被彻底拆除了。

罪人的腿和脚
露在洞口外面，
身体其余部分
埋在洞口里面；

他们脚掌都在燃烧，
小腿抖动如此厉害，
即使藤条、麻绳捆绑，
也都会被他们挣开。

犹如涂了油的东西，
燃烧通常仅在表面；
这里火焰也是这样，
从脚后跟烧向脚尖。

教皇尼古拉三世

"老师，他是谁？
他比其他伙伴
抖动更加厉害，
显得痛苦不堪，

烧他的火更烈。"
我问老师说。

"如果你愿意，"
老师回答我说，

"我抱你从石堤
低矮之处下去，
让他亲口告诉你
他的罪孽和身世。"

我对老师说：
"只要你高兴，
我乐于从命，
遵从你的指令：

你是我的主人，
知道我的心意，
即使没说出的
想法，你也知悉。"

于是我们下到
四囊低矮石堤；
转身向左下去，
走向狭窄沟底。

沟底布满洞孔；
老师将我抱起，

带我向前走去，

走到那人摇腿

表示痛苦的洞口，

才把我徐徐放下。

"喂，可怜的灵魂，[4]

你像木桩头朝下

倒插在那里，

不管你是谁，"

我开口说道，

"只要你可以，

请你开口说话。"

（我似乎像个教士

听无信刺客忏悔；

那刺客已插坑里，[5]

4　这是教皇尼古拉三世（Nicholas III）的阴魂。他的全名是乔万尼·加埃塔诺·奥尔西尼
（Giovanni Gaetano Orsini），1277—1280年在位。据维拉尼在《编年史》第七卷记载，他年
轻时为人朴实，生活严谨；当选教皇后则一心想发财，公开为亲戚买卖圣职，故但丁将他放
在这里赎罪。

5　中世纪时，凡受雇用的刺客、杀手，都要处以活埋的死刑：头朝下埋在坑里，然后慢慢填
土，直至其窒息而死。这个刺客被埋入坑里后，又请求教士召回，大概是想补充交代些什
么，借此暂时推迟自己的死期。但丁站在尼古拉三世身旁，想到这个典故，想象着自己在听
一个不诚信（无信）的刺客做补充交代。但这只是但丁脑子里的一个闪念，尼古拉却不这样
想：认为他就是卜尼法斯，见后注6。

请求教士召回，

暂时推迟死期。）

那个罪人嚷道：

"你已站到那里？

卜尼法斯八世，[6]

你已站到那里？

天书骗我以为

你差几年死期。[7]

难道你这么迅速

就已经厌烦财富？

你用欺诈手段

骗取教会皇权，

6　卜尼法斯八世教皇，原名本内德托·卡埃塔尼（Benedetto Caetani），1235年生于阿纳尼
　　（Anagni，位于罗马东南），1294—1303年在位，死于任上。在位期间，他好大喜功、贪得
　　无厌、买卖圣职、任人唯亲。另外，他积极干预佛罗伦萨政局，暗中支持黑党，打压白党。
　　黑党夺取佛罗伦萨政权后，放逐了包括但丁在内的白党领袖，致使但丁永远不能返回故乡佛
　　罗伦萨。总之，卜尼法斯八世给基督教会、意大利、佛罗伦萨和但丁本人，都造成了极大伤
　　害，因此成为《神曲》中主要被批判的人物之一。关于卜尼法斯八世，我们在本书第六曲注
　　6中介绍过他，请参阅。

7　卜尼法斯八世死于1303年10月11日。但丁虚构的地狱之行始于1300年春，所以卜尼法斯八世
　　当时还活在人间。尼古拉三世这里所说的"天书"，注释家们看法不同，有人认为有，有人
　　认为无、认为那不过是一种预测未来的书而已。尼古拉三世似乎看过这种书，书上说卜尼法
　　斯八世应死于三年以后；尼古拉三世以为站在洞孔旁的不是但丁，而是卜尼法斯，所以他感
　　到被天书骗了：卜尼法斯没再等三年就来接替他了。另外在这里服刑的罪人，除了头朝下插
　　在那里，脚掌被火烧以外，还要等到下一个罪人来接替他的位置时，才被压到洞孔下面去，
　　一个挤一个地排在洞底。

为了发财致富

又把那权力玷污。"

我听完这段话，

感到困惑与尴尬，

仿佛是那种人：

没懂别人的话，

不知做何回答。

老师赶紧插话：

"你赶快告诉他：

快说'我不是他，

不是你指的那人'。"

我照此做了回答。

因此那个阴魂

双脚一起哆嗦，

然后哀叹着说：

"你要询问什么？

你走下堤岸来此，

是否想急于知道，

我曾经是何许人？

可否身着大法袍？[8]

8　指教皇的法衣。

我的确是熊的儿子；[9]

为使熊的子孙得势，

生前把钱财装入私囊，

现在陷入这里第三囊。

我的头顶下面[10]

压着一些前任，

都因买卖圣职

压在石洞底层。

等那人[11]来到此地，

我也会降到那里；

刚才我向你提问，

以为你就是那人。

我两脚被火燃烧，

倒插这里的岁月，

已经超过他将要

在此赎罪的年月。[12]

9　尼古拉三世俗姓奥尔西尼（Orsini），意大利语的意思是"小熊"。所以他自称"熊的儿子"。

10　因为尼古拉三世是头朝下插在那里，所以他下面压着的罪犯都在其头顶的下面。

11　指卜尼法斯。

12　尼古拉三世死亡的时间是1280年，到但丁虚构的游历地狱的时间1300年，被插在洞穴里已有二十年之久。而卜尼法斯八世死于1303年，1314年就被克雷芒五世接替，被插在洞穴里的时间只有十一年。所以此处说，他在这里赎罪的时间已经超过了卜尼法斯将要在这里赎罪的时间。

因为他的后面，

有个无法无天、

比他罪恶更大、

来自西方的罪犯 [13]

要来接替他；

会把我和他

挤压到洞底。

此人将会是

另一个伊阿宋；

欲知他的事迹，

请读《马加比传奇》: [14]

伊阿宋的皇帝

俯允他的心意；

当今法国国王

<hr />

13　指克雷芒五世（Clemente V，1305—1314年在位），生于法国加斯科涅（Gascogne）地区，
被选为教皇以前曾任波尔多大主教，所以诗中说"来自西方的罪犯"。尼古拉三世、卜尼法
斯八世和克雷芒五世都是买卖圣职者，他们会相继倒插在这同一洞穴里赎罪。

14　指《旧约》外经《马加比传》，原4卷，现仅存2卷，记载了公元前2纪希伯来民族英雄马加
比一家抗击叙利亚占领巴勒斯坦的事迹。伊阿宋是犹太教祭司长欧尼亚斯三世（Onias III）
的弟弟；《马加比传》第2卷第4节第7、8句说，他曾向当时巴勒斯坦统治者叙利亚王安条克
四世（Antiochus IV）行贿440银币，谋取祭司长的职务。克雷芒五世，为获得法国国王腓力
四世（Philippe IV）支持他登上教皇宝座，答应法国国王事成之后，把法国全国5年内的什
一税都归国王所有。他的这一行径和伊阿宋的故事如出一辙。所以诗中称他为"另一个伊阿
宋"。正如叙利亚国王安条克四世俯允伊阿宋的请求一样，法国国王腓力四世也将俯允克雷
芒五世的请求。

对待克雷芒五世，

会像那皇帝一样。”

对买卖圣职教皇的谴责

不知道我对他

是否过于责骂，

这样回答他说：

“现在请告诉我，

我们的主耶稣

把钥匙交彼得保管，[15]

向他交付钥匙之前

向他收了多少钱？

耶稣提的要求，

当然仅仅只有

‘来跟从我’[16]走，

此外别无他求。

15　指把天国的钥匙交给彼得保管，参见《新约·马太福音》第16章19句：“我要把天国的钥匙
　　给你。”

16　这句话是耶稣对彼得和安德雷阿说的，参见《新约·马太福音》第4章19句：“耶稣对他们
　　说：‘来跟从我！’”

当马提亚被遴选

替补犹大之时，[17]

彼得和其他圣徒

也未收他分厘。

你就安分守己吧，

这是你应得的惩罚；

看好你那些黑钱，

它曾让你胆大包天

去造查理[18]的反。

你在欢乐人间，

至高权柄在握，

这还制约着我，

否则我的语言

对你更加刻薄；

---

17 犹大原是耶稣的十二门徒之一，因出卖耶稣失去了使徒资格。圣彼得要求众兄弟们，从约瑟和马提亚中补选一人取代犹大，做第十二位使徒。于是大家抽签选出马提亚。参见《新约·使徒行传》第1章第13—26句。

18 即西西里国王查理一世。尼古拉三世想把自己的侄女嫁给查理一世的侄子，遭查理拒绝。因此尼古拉三世怀恨在心，一直与查理一世为敌：他取消了查理罗马元老院议员的头衔，还撤销了查理兼任驻托斯卡纳地区代表的职务。当时还有一种说法：尼古拉三世接受了拜占庭帝国的贿赂，参与了乔万尼·达·普罗齐达（Giovanni da Procida）密谋反抗查理一世统治的"晚祷起义"计划（即1282年8月31日西西里人民以晚祷钟声为号，在西西里发动起义，一举推翻了查理一世的统治）。但尼古拉三世死于"晚祷起义"事件前两年，他"接受重金，参与密谋"并非历史事实。维拉尼在其《编年史》第七卷第五十七章中记录了这个传说，看来但丁也相信此事为历史事实，所以这里说"看好你那些黑钱 / 它曾让你胆大包天 / 去造查理的反"。

由于你的贪婪，

世界悲惨不堪：

好人被踩脚下，

坏人被捧上天。

当那无耻娼妓

被圣约翰发现，

他就预见有你们

买卖圣职的牧师；[19]

那坐在众水之上

与众王行淫的娼妓，

生有七头十角，

只要夫君有美的爱好，

她就从这十个角里

一直吸取活力。

19　这段典故来自《新约·启示录》第17章第1—3句："拿着七碗的七位天使中，有一位前来对
我说：'你到这里来，我将坐在众水之上的大淫妇所要受的刑罚指给你看。地上的君王与她
行淫……'我被圣灵感动，天使带我到旷野去。我看见一个女人骑在朱红色的兽上，那兽有
七头十角……"《启示录》中大淫妇本来象征信奉异教的罗马，但中世纪许多人认为她象征
腐败的教会。但丁也属于后一种人，他把那女人和七头十角的野兽合并起来比喻教会。"坐
在众水之上"原指骑在罗马帝国统治地区的各民族头上，但丁这里指信奉基督教的各族人民
头上。"与众王行淫"指教皇与各国君主狼狈为奸，争夺权力。"七头"指圣灵给予教会的七
种恩赐（智慧、聪明、学问、训诲、幸运、怜悯、敬畏上帝），或者指教会的七种圣礼（洗
礼、坚信礼、圣餐礼、补赎礼、临终涂油礼、神职礼、婚礼）；"十角"指十诫；"夫君"指教
会的丈夫即教皇；"只要夫君有美的爱好，/她就从这十个角里/一直吸取活力"，意思是：只
要教皇有美的爱好，十诫就能忠实地被遵守，教会就会健康生长。

你们把金银当成神，

与偶像崇拜的人

又有什么差异呢？

也许你们的差异只是：

他们崇拜的

只有一个偶像，

你们崇拜的

却有上百偶像。[20]

啊，君士坦丁，[21]

这一罪过的起源

不是你皈依基督，

而是你的捐献：

你的馈赠造成了，

第一个富裕教父！"[22]

我这样谴责他时，

不知是出于愤怒，

20　意思是：偶像崇拜者（这里指金钱崇拜者）只崇拜金钱这一个偶像，而你们所崇拜的偶像更
　　多，金钱可以是你们的偶像，其他一切贵重物品都可能成为你们的偶像。因此，你们比偶像
　　崇拜者更加可恶。

21　"君士坦丁"指古罗马皇帝君士坦丁大帝（Constantine，306—337年在位）。相传，教皇希尔
　　维斯特罗一世（Silvester I）治好了他的麻风病，他皈依基督教并迁都希腊拜占庭，将其更
　　名为君士坦丁堡，把罗马城赠给教皇，史称"君士坦丁赠赐"（donazione di Constantino）。
　　这一事件直到1450年才被证明是子虚乌有，此前人们却一直认为那是史实。但丁相信这一史
　　实，认为"君士坦丁赠赐"是教皇掌握世俗政权的开端，也是教会腐败的根源，所以诗中说
　　"你的馈赠造成了，/ 第一个富裕教父"。

22　"富裕教父"即教皇。

还是受良心谴责，
他那两只脚一直
在不停地晃动着。
我确信我的老师

此时一定很高兴：
他一直面带笑意
倾听着我的坦陈。
因此他伸开双臂，

将我抱在怀里，
沿着下来的道
再把我抱上去。
他似乎不知疲劳，

一直把我抱到
下一个石桥桥顶
（那是第四道堤通向
第五道堤的途径），

然后把我轻轻放下。
因为那路崎岖陡峭，
即使是对山羊来说，
也是一条难行的道。

站在桥顶，另一条
壕沟呈现在我眼前。

第二十曲

（他）身躯发生锐变：
由男身变成女人，
肢体也随之变化；
之后需用那根木棍
将那做爱的蛇击打，
昔日男身才恢复。

　　地狱第八层第四囊里，收纳的是占卜家、魔法师、占星术士和预言家们的阴魂。他们生前预测未来，预言常人不应该知道的事情，触犯了上帝预知未来的专属权。所以，但丁在此给他们设计的惩罚是：下巴和胸腔发生形变，面孔不再与前胸保持一个方向，而是与脊背保持一个方向；因此他们只能退着向前缓慢行走，目光不能再向前看，只能向后看。虽然但丁出于人性方面的考虑，看到这种非人的变形时对他们也抱有同情之心，但维吉尔批评他"还不能脱俗"，还说："藐视神算的人，/ 不能对其怜悯。"

维吉尔向他介绍了古希腊的一些占卜家，如安菲阿拉俄斯、提瑞西阿斯和阿伦斯。他们的事迹在诗里已做介绍，这里不再赘述。值得一提的是，维吉尔介绍了他的故乡曼托瓦城的奠基者曼托。但丁安排这段陈述，大概是出于对维吉尔的尊重与爱戴吧。

最后本曲还介绍了古代和中世纪意大利的一些占卜家：欧利皮鲁斯、斯科特、博纳蒂、阿兹顿特和一些不知名的女巫。

占卜者

现在我要讲述
另外一种苦刑，
作为本书《地狱篇》
第二十曲的典型。

我已做好准备
察看壕沟沟底，
那里已经浸满
受罚者的泪水。

我见那些罪犯
沿着壕沟向前，
眼泪默默流淌，
步伐缓慢沉甸；

向下俯视的时候
我才惊奇发现，
他们下巴和胸腔
朝向非同一般：

面孔朝着脊背，
只能退着向前，

因为他们被罚

不许向前观看。[1]

也许有人患偏瘫，

发生过这种变形，

但我从来没见过，

也不信有此情形。

读者啊，假若我们上帝

让你从阅读中获得教益，[2]

你就该设身处地想一想，

我怎能抑制住眼泪流淌。

我看见身边人的

形象扭曲成这样：

泪水顺着脊梁

流向臀部中央，

浸湿整个屁股。

我靠在石桥上，

泪水夺眶而出；

"你还不能脱俗?"

1　占卜者、预言家、魔法师等，他们生前预测未来，预言常人不应该知道的事情，所以但丁在
　　此给他们设计的惩罚是：头颈扭曲向后，目视背后、沉默寡言、缓缓前行。
2　即从阅读我（但丁）的诗歌中获得教益。

肚皮后的是阿伦斯。[6]

他在卢尼大理石山麓、

卡拉拉人耕种的地区，

找到一个山洞栖居，[7]

从那洞里观察大海

与天空，没有任何障碍。

曼托和曼托瓦城的起源

还有那个女人，

散发双乳遮掩，

让你无法看清；

余处茸毛长遍。

定居在我故乡。

她就是那曼托。[8]

6　阿伦斯（Aruns）是意大利古埃特鲁斯地区（Etruria，今托斯卡纳地区）的占卜家，他曾预
　　言罗马将爆发内战，恺撒将击败庞培。参见卢卡努斯的史诗《法尔萨利亚》。诗中说"跟在
　　提瑞西阿斯／肚皮后的是阿伦斯"，因为这里的罪人前胸变成后背，脸的朝向不是与前胸而
　　是与后背一致，所以跟在后面的人与前面人的肚皮紧挨着。

7　卢尼或卢尼加纳（Lunigiana），埃特鲁斯地区的临海古镇，距意大利著名大理石产地卡拉拉
　　（Carrara）不远。卢卡努斯在《法尔萨利亚》一书中说过，阿伦斯居住在荒凉的卢卡（Lucae
　　或Lunae）山上。

8　曼托（Manto），提瑞西阿斯的女儿，也是著名的占卜家。移居意大利后建立了曼托瓦城。
　　关于她的身世，在维吉尔《埃涅阿斯纪》、奥维德《变形记》和斯塔提乌斯《忒拜战纪》中
　　都有记述。但丁这里的讲述，看来主要的依据是斯塔提乌斯的作品。

为寻安身之所，
曾经四处漂泊，

所以我想让你
听我说说此事。
她的父亲死后，
忒拜遭到奴役；

她到世界各地，
到处游历漂泊。
在美丽的意大利，
在阿尔卑斯山脉

（它在蒂罗尔[9]北边
隔开德意志诸国），[10]
山麓下有个湖泊，
名字叫作贝纳科。[11]

得有上千小溪
（我想也许更多），
注入这个湖泊，
它的流域广阔，

9　指蒂罗尔城堡，位于意大利北部边境城市梅拉诺附近。

10　这段阿尔卑斯山，恰好是意大利与北边日耳曼民族诸国的国界。

11　贝纳科湖（Benaco），即曼托瓦北边的加尔达湖，古罗马时曾叫贝纳库斯湖（Lacus Benacus）。

沐浴着加尔达、

卡莫尼卡山谷[12]

和阿尔卑斯山脉

这片广大地区。

湖的中央有个小岛，[13]

归特兰蒂诺、布雷西亚

和维罗纳三教区共管；

主教会在那里唱弥撒，

如果他们路过那里。

美丽坚固的佩斯基耶拉[14]

也在那里，与布雷西亚

和贝加莫人进行对峙。

那里的湖岸最低，

因此贝纳科湖

容纳不下的湖水，

就从那里流出，

12　即卡莫尼卡谷地（Val Camonica），位于加尔达湖西北，长约50公里。

13　指修士岛（Isola dei frati），现名莱齐岛（Isola Lechi），岛上有个教堂叫圣玛格丽塔（Santa Margherita）教堂，位于特兰蒂诺、布雷西亚和维罗纳三个教区的交界处，所以那三个教区的主教路过那里时，都可能在那里唱弥撒。

14　即佩斯基耶拉堡垒（il forte di Peschiera），是维罗纳僭主斯卡利杰里（Scaligeri）修筑的防御工事之一，用来防御布雷西亚人和贝加莫人。

形成一条河流，
沿着碧绿牧场
一直流淌下去。
湖水外泄出去，

不再属于贝纳科，
变成了明乔河，[15]
流往戈维尔诺洛，
向南注入波河。

那河流出不远，
遇到一片低地，
河面缓缓变宽，
形成一片沼泽地；

夏季缺雨干旱，
它也常常变干。
当那残酷处女[16]
途经沼泽中间，

见有这片荒地，
无人耕种栖居；

---

15 明乔河（Mencio）起源加尔达湖，流经曼托瓦，至戈维尔诺洛（Governolo）注入波河。
16 指曼托。

为避与人接触

便在此处留居，

与奴仆们一起

演练她的法术；

那里度过一生，

留下骷髅一副。

后来四周居民

也向此地移民：

此处沼泽环绕，

显得安全可靠，

在她遗骸之上

建起一座城市；

是她首选这个地方，

没有求助占卜术士，

起名叫作曼托瓦。

城内市民为数更众；

那时卡萨罗迪昏庸，

尚未受皮纳蒙特骗哄。[17]

---

17 卡萨罗迪（Alberto da Casalodi）是曼托瓦的僭主，为人昏庸，听从皮纳蒙特·德·波纳科尔西（Pinamonte de Buonacorsi）的建议，把城中许多贵族放逐，因此树敌过多。皮纳蒙特·德·波纳科尔西便乘虚而入，煽动民众起义，一举夺取了卡萨罗迪家族的政权。

但是，我要告诫你，
若听到我故乡起源的
其他说法，你都不能
允许它们以伪乱真。"

我："你的陈述，老师，
令我深信不疑，
其他说法在我面前
都将迅速消失。

其他占卜者

但是，请你告诉我，
这群人中有什么人
还值得我去关注，
因为我只关心他们。"

于是老师对我说：
"注意那个占卜家，
他肩膀上的胡须
从他的面颊垂下。

当全部希腊男人出征离家，
仅有那摇篮里的男婴留下，

他曾和卡尔卡斯一起

确定在奥利斯断缆时机；

他名叫欧利皮鲁斯。[18]

我的长诗《埃涅阿斯》

有一节曾把他歌颂，

你熟知该书每一个字。

还有个斯科特[19]

（两胯消瘦的那人），

他还真能利用

巫术去欺骗他人。

你看那是博纳蒂，[20]

那是阿兹顿特。[21]

---

18 欧利皮鲁斯（Euripylus），古希腊占卜家，维吉尔在《埃涅阿斯纪》卷二中对其有所记述。但丁熟知该书，应该了解维吉尔对欧利皮鲁斯的颂赞。这段话的意思是：当希腊大军出征特洛亚时，成年男性全都随军前往，国内仅剩下孩童。卡尔卡斯（Calchas）是希腊军队的随军占卜家，他预言特洛亚之战将是一场旷日持久的战争。奥利斯（Aulis）是希腊港口，传说希腊军队去攻打特洛亚时，是从这里登船出发的。欧利皮鲁斯曾和卡尔卡斯一起，共同推算决定了从奥利斯港（断缆）起航的时间。

19 指迈克尔·斯科特（Michael Scot，1175—1235年），苏格兰占卜家，曾服务于腓特烈二世宫廷，把亚里士多德的一些著作由阿拉伯文翻译成意大利文。

20 即圭多·博纳蒂（Guido Bonatti），意大利弗利人，曾做过西西里皇帝腓特烈二世的私人占卜师。

21 阿兹顿特（Asdente），意大利帕尔马鞋匠，生于13世纪下半叶。历史学家萨林贝内说，他本名叫本维努托，绰号阿兹顿特（意为"无牙"），喜好占卜，不务正业。后文说"但已悔之晚也"，指他因占卜未来要下地狱，现在想重操旧业已悔之晚也。

后者职业修鞋，

今想重操旧业，

但已悔之晚也。

你看那些女邪，[22]

放下针、梭和纺锤，

一心要做占卜者，

利用药草和假人，

实施诅咒坑害人。

现在你该向前，

时间已是六点；

月亮已经西斜，

落向两个半球交界

处的塞维利亚海里。[23]

昨日已是满月，

这点你应记得：

它在幽林深处，

---

22 这里泛指一般的巫婆。她们不攻女红，放下"针"即缝纫、"梭"即织布和"纺锤"即纺纱
等这些妇女应干的活儿，"一心要做占卜者"，利用"药草"制成药剂，或利用其他材料制成
"假人"，来诅咒或伤害他人。

23 意思是：月亮已经位于地球南、北两个半球交界处的地平线上，将没入西班牙塞维利亚
（Siviglia）附近的海中。因为但丁开始幻游地狱，恰是春分时节，月落的时间大概是早晨6点。

一度曾经给你

带来不小益处。"[24]

他一边对我叙说，

我们一边向前走。

24　指第一曲但丁身陷幽林之中，曾借助满月在密林中的余晖寻路，不过但丁在第一曲中并未明
显提及。

他们用百余钢叉
叉住他后补充道：
"这里你必须屈身
在下面偷偷地捞。"

　　但丁和维吉尔来到第五囊，他们站在拱桥上面观看，发现里面到处都是沥青，黑得像威尼斯的船厂。接着但丁描述了一下威尼斯渔民们冬季修理渔船的情形。地狱情景悲怆，但丁为缓解读者的悲痛心情，常常插入一些现实生活中的情景，同时也为了给读者一种现实感。现实生活的这种情景，在《神曲》中很多，以这一段尤为生动具体。

第五囊收纳的是贪官污吏的阴魂，生前他们为了钱财，贩卖公共职务或违背公平原则。他们受到的惩罚是被鬼吏用钢叉扎刺，或被按在液体沥青中间熬煮。但这一曲还没讲述具体罪犯，仅仅提到卢卡的一个贪官，还没说出他的名字。但丁在这贪官污吏囊里会"惩罚"哪些人，还要等下一曲揭晓。

这一曲特别介绍了作为管理者的"魔鬼"——马拉布兰卡们（Malabranca，即"恶爪"）：首先看看他们的称呼——"恶"（mala），因为他们是"恶鬼"；"爪"（branca，脚爪），因为他们除和其他小鬼一样长有尾巴外，还长有巨大的翅膀和锐利的爪子；他们除这个统一的称呼外，各自还有名字。但丁给他们起的名字都采用这种戏谑方式，如格拉菲亚卡内（Graffiacane，graffia "抓，抓破" + cane "狗"，即"抓破狗"）、马拉科达（Malacoda，mala "坏、恶" + coda "尾巴"，即"坏尾巴"）、卡尼亚佐（Cagnazzo，即"大狗、恶狗"）、巴尔巴里恰（Barbariccia，即"卷曲胡子"）等。描述他们的语言，但丁看来也费了一番心思，如"捅他屁股一下""也把自己屁股 / 当成号角吹响"，等等。

这些鬼吏对待但丁和维吉尔的态度也很凶狠，不愿和他们配合，等维吉尔同他们的头目解释后，态度才缓和下来，但仍然不是心甘情愿。

贪官污吏的恶囊

我们谈论着本书
不愿歌颂的人物,[1]
从一座桥梁走向
另外一座桥梁;

站在石桥高处,
观察桥下恶囊,
听犯人徒劳哭泣。
我觉得这个地方,

像威尼斯工地,
黑得令人惊奇:
冬天熬煮沥青,
涂抹坏损船只

（船既无法航行,
暂做其他事情;
有人船头忙碌,
有人船尾钉钉,

有人打造新舟,
有人修补旧船,

1　即在地狱里受罚的罪犯。

有人制作船桨，

有人制作船缆，

有人修补前帆，

有人修补主帆）。

在下面恶囊里，

沥青沾满内壁。

这里熔化沥青，

不靠大锅烈火；

煮沸坚硬沥青，

全靠上帝神功。

这里只有沥青，

没有别的东西，

沥青发泡隆起，

随后变瘪收起。

我正凝视下方，

老师对我叫嚷：

"你当心，当心啊！"

边说边拉我到身旁。

于是我回头转身

（茫然就像那种人：

争着抢着要看的

是该躲避的东西。

恐惧突然来袭，

急忙边看边离开），

看见身后有个黑鬼，[2]

顺着石桥奔跑上来。

啊，他的面目

多么恐怖！

他的动作

多么残酷！

他张着两只翅膀，

脚步轻快如飞，

又高又尖的肩膀

把一个罪人扛上，

紧握罪人双踝；[3]

来到我们跟前

2　指第八层地狱第五囊里的执法恶鬼。第五囊的罪人都浸泡在沥青中，所以这里的执法者也毫
　　无例外地都沾上了沥青，变成"黑鬼"。他们除了长有尾巴（鬼的特征）之外，还长了一双
　　巨大的翅膀。

3　原著注：黑鬼把罪人扛来的方式是——罪人脸朝外，头和半个身子朝下，在黑鬼的肩上耷拉
　　着；两腿并在一起伸到前面，被黑鬼紧紧握着双踝，就像屠户把屠宰好的牲畜扛到屠宰场去
　　剥皮和出售一样。

对他的同类说：

"你们快快来看，

马拉布兰卡们！⁴
他就是圣齐塔⁵的
一个行政长官，
快把他丢进囊里！

我还要返回那里去，
那里这种人多着呢：
除了那个邦杜罗，⁶
人人都是贪官污吏；

只要你肯行贿，
'不行'变成'可以'。"
他把罪人放下，
转身下桥辞离；

走得那么着急，
即便解开绳子

---

4 但丁为这一囊的恶鬼们起的称呼："Malabranca"（恶爪），指他们手上的爪和手中的叉。除
   这个共同名称外，每个恶鬼还有自己的名字。
5 圣齐塔（Santa Zita，1218—1272年）是一位虔诚的女仆，死后被卢卡城的市民尊为圣者。这
   里借她的名字指卢卡。
6 邦杜罗（Bonturo Dati）是14世纪初卢卡民众党的首领，长期把持卢卡政权。1308年他把城
   内贵族们驱逐出去后，吹嘘自己是个廉政官，其实他是卢卡最大的贪官污吏。但丁这里说的
   是反话，是说卢卡没有比他更坏的贪官污吏了。1313年后被流放到佛罗伦萨，1324年去世。
   就是说，但丁写这些诗句的时候，他还活在人世。

让狗去追小偷，
狗也没他迅疾。

马拉布兰卡们

那个罪犯先下沉，
浑身全都被染黑。
然后又躬身上浮，
于是桥下的鬼魅

喝道："这里不是
展示'圣颜[7]'的地方，
这里游泳的方式
与塞尔基奥河[8]不一样!

如果你不想尝尝
我们钢叉的厉害，
你就不要在沥青
的表面露出头来。"

7　"圣颜"指卢卡市内圣马丁教堂中供奉的一尊拜占庭式的耶稣被钉在十字架上的黑木雕像，相传其面部是由一位称为"神手"的雕塑家雕成的，故曰"圣颜"。该罪犯浮上来后面目全黑，小鬼们用"圣颜"来讽刺他。
8　塞尔基奥河（Serchio）在卢卡附近，夏季卢卡人常到那里去游泳。

他们用百余钢叉

叉住他后补充道：

"这里你必须屈身

在下面偷偷地捞。"⁹

这和厨师们无异，

让徒弟们用钩子

把肉块按到锅底，

不让它从汤中浮起。

维吉尔对话马拉科达

老师先对我说道：

"为让人看不见你，

你躲到岩石后去，

让岩石遮挡着你；

我若受到任何冒犯，

你都不要为我担心：

这种事我已经司空见惯，

以前也遇到过这种麻烦。"¹⁰

9　指捞钱、受贿。

10　指维吉尔曾经下到过地狱内城，恶鬼们也曾对他无礼。参见本书第九曲注3。

然后他走下石桥，

走到第六道堤上 [11]

（就像是职业需要，

面不改色心不跳）；

桥下那些魔鬼

迅猛跳蹿出来，

犹如一群恶狗

扑向乞食乞丐。

他们手持钢叉，

一起指向先生；[12]

先生厉声喝道：

"谁也不许犯横！

你们叉我之前，

先选一个代表，

听我把话说完，

再定是否叉我。"

他们齐声叫喊：

"去，马拉科达！[13]

11　即第五囊与第六囊之间的堤。

12　指维吉尔。

13　"马拉科达"（mala + coda，即"坏尾巴"）是但丁给这个恶鬼起的名字，看来他是这帮恶鬼
　　的头目。

去，马拉科达！"
只见众人中间，

一人走近老师，
对老师发问说：
"这对你有用吗？"
老师回答他说：

"喂，马拉科达，
若非上帝差遣，
难道你真以为
我能突破阻拦，

安全到达这里？
放我们过去吧，
因为这是天意，
我得引领着他

穿越这条险路。"
他气焰顿时低落，
放下手中钢叉，
对其他鬼卒们说：

"不要把他弄伤！"
老师转身对我说：

"不用再在石后躲藏，
你可以回到我的身旁。"

于是我移动脚步，
来到我老师跟前；
小鬼们也聚拢过来。
我仍担心他们违反

刚才他们的约定；
因为我曾经见过
卡普罗纳[14]的士兵，
也曾这样担心过：

士兵按照协议
撤出自己阵地，
走出城堡发现
身陷众敌中间。

我紧靠着老师，
目不转睛凝视，
他们神态模样，
不怀丝毫善意。

14 卡普罗纳（Caprona）是比萨境内的一个城堡，佛罗伦萨和卢卡的教皇党联军围攻这座城堡
八天八夜后，比萨守军在对方答应保证他们生命安全的条件下，于1298年8月6日宣布投降。
但丁曾参加过这次战役。

他们端着钢叉，

其中一个说道：

"捅他屁股一下，

你说好不好？"

另外一个答道：

"好，好，拿他取笑！"

与老师谈判的魔头

迅速转身说道：

"停，斯卡尔米利昂内！"

然后又对我们说道：

"沿着这道残崖 [15]

不能向前走了：

第六座拱桥已毁，

沉到壕沟底部。

你们若要前行，

请沿堤岸继续。

前面不远之处

另有一条道路。

昨天，比现在

晚五个多钟头，

15　即从第八层地狱绝壁延伸出来的残崖，由它构成了跨越各囊的拱桥。从后文来看，马拉科达
　　此话不实，说了谎。

这条石桥之路
已断一千二百
六十六年之久。[16]
现在我要派遣

手下人前去查看，
是否有罪人浮起。
你们可与他们同行，
他们会规规矩矩的。”

魔鬼巡逻队

他开始发号施令：
"你出来，阿利奇诺，
还有你，卡尔卡布里纳，
你也来吧，卡尼亚佐；

再叫上利比科科、
德拉吉尼亚佐、
格拉菲亚卡内和
长獠牙的齐里亚托、

16　关于"昨天，比现在／晚五个多钟头"这句，原著注："昨天"指1300年4月8日耶稣受难日；
　　"现在"指马拉科达对维吉尔说话的时间，据推算应该是4月9日早7点；拱桥是耶稣钉死在十
　　字架上时发生地震震塌的，耶稣死时34岁，即公元34年；从耶稣的死到但丁游地狱（1300
　　年），恰好过了1266年；另外，耶稣死的时候是正午，参见《路加福音》第23章第44句："那
　　时约有正午，遍地都黑暗了，直到申初。"就是说，比早7点晚了"五个多钟头"。

疯子卢比坎特

和法尔法雷洛；

最后让巴尔巴里恰

率领小队巡逻。

你们沿着壕沟

巡视查看一遍，

并且护送他们去

另一座拱桥旁边。

那座桥完好无损

横跨在壕沟之上。"[17]

接下来的情景

让我惊讶叫嚷：

"哎呀，我的老师，

我看见什么哪？

如果你认识路，

我们自己走吧。

就我个人而言，

无须别人护送。

你若像平时一般，

难道你没有发现，

---

[17] 这两句话是谎言，因为第六囊的拱桥已经坍塌。

他们在咬牙切齿，

想干坏事的样子?"

老师让我放心，

说:"你不用担心，

让他们咬牙切齿吧;

他们如此凶狠，

不是对待我们，

是对那些不幸罪人。"

他们转身向左，

沿着石堤离去，

但在离开之前

个个伸出舌头，

并用牙齿咬住，

表示准备就绪。

于是他们头目

也把自己屁股

当成号角吹响。[18]

18　小鬼们伸出舌头并用牙齿咬住，表示他们已经准备就绪，他们头目把屁股当号角吹响，号令出发。对这种粗俗的联络方式（或动作），注释家们较为一致的看法是，但丁想为《地狱篇》阴沉而恐怖的基调，添加一点滑稽气氛。据说这种"滑稽"情趣，是中世纪特有的写法。

第二十二曲

鬼吏们个个后悔，
造成这一过错的
悔恨得比谁都甚。
他跃起大喝一声：
"你是跑不掉的！"
可喊声已无济于事……

这曲开头但丁以自身的经历，再次嘲笑了恶鬼巡逻队的信号系统。

他、维吉尔与十个恶鬼一起前行，看见阴魂们在沸腾的沥青中受刑。犯人们为了减轻痛苦，不时露出头来喘气；当巡逻队临近时，则迅速下沉，避免魔鬼的钢叉和惩罚。令但丁惊奇的是，有个犯人并不下潜躲避；

一鬼吏正用钢叉叉住他胳膊，用力一扯，扯下一块肌肉。但丁请求维吉尔问问那罪犯是什么人。那人是纳瓦拉王国的人，名叫钱波洛，做过国王管家，因贩卖官职被罚在这里受刑。但丁想知道这里有没有意大利人的阴魂，钱波洛举出了葛米塔修士：一个撒丁岛人，是撒丁岛加鲁拉省总督的代理，卖官鬻爵，贪赃枉法，无所不用其极。

这曲最后但丁描述了一场罪犯与鬼吏之间斗智斗勇的滑稽游戏：但丁想知道更多意大利人的情况，钱波洛说可以叫出别的人来，条件是恶鬼巡逻队的队员们要离得远一点。鬼吏卡尼亚佐怀疑钱波洛的动机；另一鬼吏阿利奇诺却接受了他的请求，并与他打赌：如果钱波洛试图逃走，他保证不立即抓他，而是首先飞向空中，飞向较远的堤岸，然后再抓他；看看是钱波洛逃得快，还是恶魔们的翅膀飞得快，结果钱波洛赢了比赛。鬼吏卡尔卡布里纳气愤不过，与阿利奇诺厮打起来，双双跌入沥青沸腾的壕沟里，被沥青粘住，动弹不得。巴尔巴里恰队长立即命四个队员前往救援。

正当他们忙于救人时，但丁和维吉尔趁机离开第五囊前往第六囊。

魔鬼与贪官污吏

我曾经见过
骑兵队拔营，
或进攻或撤退
或举行阅兵。

啊，阿雷佐人哪，
我见过轻骑潜入
你们境内进行侦查，[1]
见过他们比武厮杀，

他们使用的信号，
有时是旗语、号角，
有时是钟鼓声响，
外国或本土制造。

从未见过用这种信号[2]
调动骑兵、步兵或舰船。
后者靠前方的陆地或
空中的星辰决定航线。

1　但丁曾在骑兵服役，1289年参加了佛罗伦萨与阿雷佐之间的战争，这里写的是他那场战争的亲身经历。
2　指前一曲鬼吏头目马拉科达用屁股当号角发出信号。

和十个魔鬼为伍，

对我们多么残酷！

在教堂有圣人陪伴，

在酒吧与酒徒为伍！[3]

不过我的目光

集中在沥青上，

想看到这个恶囊

和被煮罪人情况。

像海豚弓起脊背

向海员发出信息，

预告风暴就要来临，

让他们保护好舟楫。

为了减缓痛苦，

也有罪犯这样，

露出他们脊背，

仅仅一霎时光；

又像池边青蛙，

嘴脸露在外边，

3　这是意大利的一句谚语，相当于我们的"物以类聚、人以群分"。但这里更强调的是：是否
　与恶鬼们一起行走，但丁自己却无法选择，只能被动地接受。

把脚和那身躯
藏匿水的下边。

恶囊里的魂灵，
趴伏囊边如此；
巴尔巴里恰逼近，
顷刻潜入沥青里。

钱波洛·迪·纳瓦拉

我见到下面景象，
至今还让我心凉：
巡逻小队近前，
他却不往下潜，

独自面对巡查；
就像一只青蛙
孤单留在池边，
同伴已跳入水下。

格拉菲亚卡内
离他近在咫尺，
使用手中钢叉，
叉住他的发髻

（沾满沥青头发

浑然粘成一块），

像提一只水獭，

把他提了上来。

对于这些鬼吏，

我已得知名字，

挑选他们之初，

或相互称呼之时；

我都一一牢记。

"喂，卢比坎特，

用你利爪抓他的

脊背，剥他的皮！"

小鬼们齐声喝道。

我却对老师说道：

"老师，我请求你，

如果你觉得可以，

问问他是什么人，

那落入敌手的人。"

老师走到他身旁，

询问他来自何方。

他回答老师说道：

"我生在纳瓦拉王国，⁴

母亲安排我到

贵族家里干活；

因为我的父亲

是个知名浪子，

毁了全部家产，

也毁了他自己。

后来我做了国王

特巴尔多⁵的家臣，

以贩卖官职营生，

因此在这里受惩。"

那个像野猪一般

嘴边露着獠牙的

齐里亚托，让犯人们觉得，

仅用一颗牙就把他们撕碎。

4　纳瓦拉王国（Navarre）：历史上是法国南部的一个区域，9—14世纪为一独立王国，位于比利牛斯山南。16世纪初，其南部并入西班牙；17世纪初，北部被法国吞并。此人叫什么，但丁没有说，早期注释家们说他叫钱波洛（Ciampolo）。

5　特尔多（Thibut）国王，这里指特巴尔多二世。他原是法国香槟（Champagne）伯爵，1253年起为纳瓦拉王国国王，1270年逝世。

那犯人 [6] 恰似老鼠
被恶猫重重围住：
巴尔巴里恰从背后
用双臂把他圈住，

"你们暂且歇着，"
他对小鬼们说道：
"看我把他叉住。"
然后对老师说道：

"你若想从他嘴里
知道些其他信息，
那你就赶紧问吧，
趁别人还没干掉他。"

于是老师问道：
"现在请你说说，
在这沥青下面
你是否也见过

意大利籍的人吗?"
那个罪犯回答他：
"我刚离开的那人，
算是你们近邻吧；

6　指前面讲话的那个犯人。

我真想还和他
待在沥青底下，
免遭鬼吏们的
利爪以及钢叉！"

利比科科插话道
"我们不想再忍了"，
说着就用钢叉挑起
那罪人的一只手臂，

再用力一撕扯，
撕下一块肌肉。
德拉吉尼亚佐
也不甘心落后，

想朝下面试试，
扎扎罪人双腿。
看到这种情况，
巡逻小队队长

怒目制止他们。
待他们稍稍安静，
老师毫不迟缓
询问那个亡灵

（尽管那个罪犯
不住朝伤口观看）：
"你刚说的那个人
究竟是什么人？"

那犯人回答他说：
"他是葛米塔修士，
集众恶之大成，
加鲁拉的代理。[7]

主人把罪犯
交给他监管，
他却想方设法
博取犯人称赞。

如他自己承认，
拿了犯人财物，
潦草释放他们；
至于其他政务，

7 　葛米塔修士（fra Gomita），撒丁岛人，是撒丁岛加鲁拉省总督尼诺·维斯康蒂（Nino Visconti）的代理。当时撒丁岛并非意大利领土，所以前面说撒丁岛人是意大利人的"近邻"。比萨人占领撒丁岛后，将其分为四个省，加鲁拉是其中之一，位于该岛东北部，维斯康蒂任总督（1275—1296年在任），委任葛米塔为代理，平时掌管那里政务。据史料记载：总督捉住敌人后交给葛米塔看管，这些人都很富有，给了葛米塔很多钱；一天夜里，他打开牢房放走他们，佯称是他们自己逃跑的；后来总督发现他很富有，追查事实真相，发现他受贿，将他绞死。

照样贪赃枉法，

是个最大贪官。

洛戈多罗的总督

赞凯[8]常与他交谈。

说起撒丁岛来，

他们兴致满满，

话语滔滔不绝，

从不感到疲倦。

钱波洛的诡计和鬼吏们的内讧

哎呀，你们快看哪!

那个鬼吏切齿咬牙，

我本想再说下去，

却怕他把我痛打。"

法尔法雷洛怒目圆睁，

正准备惩罚此犯人；

他们头领对他说道：

"滚开，你这个恶鸟。"

---

8   即唐·米凯尔·赞凯（donno Michel Zanche），据说是撒丁岛西北角洛戈多罗省的总督。关
    于他的生平事迹，不见历史文献记载。

"你们若想见到
　　托斯卡纳的亡灵、
　　伦巴第的亡灵，
　　或听听他们罪行，"

　　那惶恐阴魂继续，
　　"我可叫几个上浮；
　　但那些巡逻队员
　　必须站得远一点，

　　别让他们担心
　　遭到鬼吏报复；
　　我虽只身一人，
　　并且留在原处，

　　只要一声口哨，
　　就能唤来七人。
　　我们习惯的做法
　　就是用口哨唤人。"

　　卡尼亚佐一听这话，
　　翘起鼻子、嘴巴，
　　摇着脑袋说道：
　　"你听，他多么狡猾！

　　编出这种鬼话，
　　是想潜入沥青下。"

诡计多端的罪人
立即做出回答：

"我可真是狡猾，
竟让同伴受罚！"[9]
阿利奇诺不甘寂寞，
却与众人意见相左：

"你若此时下潜，"
他对罪犯说道，
"我不把你追赶，
而会展翅飞到

沥青液面上边，
离开高处堤岸，
藏匿低堤后面；
我倒要看一看，

你仅独自一人，
能否胜过我们。"[10]

9　这是句反话。

10　阿利奇诺与钱波洛打赌：让钱波洛从巴尔巴里恰双臂围定中跃身腾空，然后下潜到沥青液面
　　之下；他和众鬼吏不急于去扑捉他，而是腾空飞起，离开第五道恶囊较高的堤岸（即与第四
　　道恶囊之间的堤岸）飞向较矮的堤岸（即与第六道恶囊之间的堤岸），然后退到低堤的后面。
　　他说这话的目的是，诱使钱波洛唤出其他犯人，像钱波洛吹嘘的那样；而阿利奇诺自恃人多
　　势众，毫不担心钱波洛独自一人能耍什么花招，或趁机逃脱。这里还应该说明一下：整个地
　　狱呈圆锥状，第八层的十个囊也是从外向里呈递降势态，所以靠里面的堤岸比靠外面的堤岸
　　要低矮一些。

读者啊，你将列席

这最新奇的游戏：

鬼吏全都转身，

盯着低矮石堤，

转身最快的是，

持反对意见的；

钱波洛把握时机，

两脚站定、纵身跃起，

摆脱了鬼吏们重围和

他们头目的双臂。

鬼吏们个个后悔，

造成这一过错的

悔恨得比谁都甚。

他跃起大喝一声：

"你是跑不掉的！"

可喊声已无济于事：

因为翅膀的速度

不敌犯人的恐怖。[11]

11　意思是：阿利奇诺飞得再快，也没有罪犯出于恐怖逃脱得快。

那个已潜入沥青下；

这个才刚飞入空中，

掉过头来向下扎。

犹如猎鹰凌空扑下，

野鸭突然潜入水中；

猎鹰气急败坏复回空中。

卡尔卡布里纳感到愤怒，

觉得受到阿利奇诺愚弄，

紧跟阿利奇诺后面，

巴不得犯人得以脱险，

好找个借口寻衅滋事，

与阿利奇诺较量一番：

贪官既已逃脱，

利爪转向伙伴，

相互扭打起来，

就在恶囊上面；

对手也很凶猛，

爪子也很锐利。

二人扭在一起，

跌入沥青池里。

烫得他们松开，
但却不能飞起，
因为池里沥青
粘住他们双翼。

巴尔巴里恰
和他那些手下，
都为他们惋惜。
队长迅速打发

四个鬼吏，带上
钢叉，迅速飞往
对面那道石堤，
降到指定地方，

利用钢叉叉起
被粘住的伙伴。
他们已被沥青
烫得皮开肉绽。

他们忙碌不迭，
我们正好离开。

第二十三曲

因为我的眼睛
被一阴魂吸引。
他像十字架那样，
被仨木桩钉在地上。

　　但丁和维吉尔逃离第五囊的鬼吏，来到第六囊，但他们仍然心有余悸，担心那些长着翅膀的鬼吏尾随而来。但丁一直担心地朝身后观看，发现马拉布兰卡们已经飞到他们头顶上，准备将他们扑捉。面对危险，维吉尔像母亲在危急时刻对待自己的儿子一样，一把抱起但丁，不顾一切地顺着堤岸的斜坡滑到第六囊的囊底，摆脱了第五囊的鬼吏们。因为上帝安排那些恶鬼只能待在第五囊并禁止他们离开那里，但丁他们才摆脱了危险。

第六囊收纳的是生前行为伪善的罪人的灵魂，他们要穿上外表闪闪发光却异常沉重的铅衣绕着壕沟行走。发光的外衣恰恰是他们生前外貌伪善的写照。但丁在这里重点揭露的是基督教教会的伪善，代表人物就是享乐修士卡塔拉诺和罗德林戈，他们的罪行见诗，这里不再赘述。通过揭露他们，也揭露了教皇克雷芒四世的伪善。

值得强调的是该亚法这个形象：该亚法是犹太人的祭司长，类似基督教的教士，出于教派的私利，蒙蔽群众，谋害基督耶稣；他受到的惩罚更重：不仅身着沉重的囚衣，还被木桩钉在地上，不论是谁经过那里，都要踩着他的身躯走过去。

最后但丁借卡塔拉诺之口揭露了恶鬼们的恶习——说谎，帮助我们更好地理解第二十一曲中的有关诗句。

但丁与维吉尔逃脱

摆脱恶鬼巡逻队，

我们孤独沉默行走，

像方济各修士那样，[1]

老师在前、我在后。

方才那场争斗

让我想起伊索的

一则寓言故事：[2]

青蛙与耗子。

如果你细心对比

它们的开头与结局，

那这件事和那个故事，

与 "mo" 和 "issa"[3] 无异。

犹如一个想法

牵出另一想法，

1　原著注：方济各修士走路时，职位高的走在前面，职位低的走在后面。

2　伊索（Aesop），古希腊寓言作家。这里指G. 安格利库斯（Galtierius Anglicus）的拉丁文译本《伊索书》（*Liber Esopi*），其中有个寓言：老鼠欲过水沟，请青蛙协助；青蛙心怀鬼胎答应了它，把它一条腿绑在自己腿上，打算游到沟中间时，自己潜入水下把老鼠淹死。但是，就在它准备潜入水下时，老鹰瞥见它们，扑下来把它们一起抓住。结果，青蛙阴谋未得逞，反而和老鼠一起做了老鹰的战利品。

3　"mo" 和 "issa" 都是早期意大利语，含义都是 "现在"。这里喻指，鬼吏想加害但丁未果，青蛙想加害老鼠也未得逞；两件事的原委（开头）虽不相同，结果（结局）却相同（都未得逞），就像这两个意大利语词汇，发音虽不同，意义却相同。

我的这个想法
让我倍感害怕。

刚才我这样想：
他们遭人嘲讽，
原因在于我们；
因此我又猜想，

他们对于我们
一定非常气愤；
怒气叠加恶意，
会来猛追我们，

他们凶猛的程度，
超过猎狗对野兔。
我已感到毛发悚然，
一心一意关注后边。

于是我对老师说：
"你我若不躲一躲，
我怕马拉布兰卡他们
很快就会追上我们。

我想象而且听见
他们的喊声和步伐。"

"我若是镜子一面，"
老师便立刻回答：

"照到你的外貌，
同时捕捉到了
你的内心想法。
现在你的想法

已进入我的思想，
我的态度和想法
和你的完全一样，
建议也完全一样。

假如右边堤岸的
斜坡，能让我们
下到另一囊囊底，
我们就能顺利地

摆脱他们的追赶。"
老师还没有讲完
他想到的主意，
我就看到鬼吏

张着翅膀飞抵
不太远的区域，

想把我们抓捕。
老师把我抱起，

就像火灾时母亲
被喧嚷声音惊醒，
看到身边起火，
抱起孩子逃脱。

母对子的关爱，
超过对她自己，
尽管逃得很急，
仅披一件单衣。

老师坐在堤岸高处，
仰面顺堤坡滑下去
（那堤岸也是屏蔽
下一囊的峭壁）。

水磨坊渠里的流水，
是为推动水磨转动，
飞速冲向水磨轮子，
其速度也不如老师

滑下斜坡那样迅疾，
怀里还搂抱着我，

像抱着自己的儿子，
而不像他的同伙。

他的脚刚刚触到
这一囊的囊底，
鬼吏们便已飞到
我们头顶上高堤。

我们不用再害怕，
因为天意已安排
他们看守第五囊，
且严禁他们离开。

伪善者

囊底我们看见
这里阴魂绕圈，
缓步行走哭泣，
样子疲惫不堪。

他们身着长袍，
风帽低垂眼前，
外层布料涂金，
属于克吕尼款，[4]

4　指法国勃艮第克吕尼修道院本笃会修士所穿的斗篷。原著注：这种衣服布料精细，款式繁缛。

金光闪闪耀眼；

里面灌满了铅，

其重非同一般。

（腓特烈的刑衣[5]

与其相比，好似

采用稻草充填。）

啊，这样的外衣

会让人疲惫不堪!

我们依旧向左转身，

随同他们缓缓而行，

同时还要倾听他们

悲惨凄凄的哭诉声。

他们身着铅衣，

疲惫移动迟缓，

我们每行走一步

都有新伙伴出现。

5　指神圣罗马帝国皇帝腓特烈二世使用的刑衣。据说他让罪犯穿上一件重约一吨的铅衣，并把
　　罪犯放进锅里，然后在锅底生火。铅遇热熔化，连同犯人一起熔化成铅液。

两个享乐修士

因此我对老师说：
"请你挑选几个人，
其事迹或姓名
应是世人皆闻。

请你一边向前走
一边注意身边魂灵。"
有个鬼魂听出
我讲话的口音，

从后面大声喊道：
"请你们停住脚步！
这里光线多么昏暗，
你们走得如此迅速！

也许你们想问的事，
都会从我这里听到。"
老师听他这样说，
便回身对我说道：

"请你稍微等一等，
然后随他一起行。"
我停住脚步且看见，
两个鬼魂焦急心情：

由于囊底狭窄，

加上铅衣沉甸，

他们欲快不能，

脸上露出难堪。

终于走到我跟前，

仰头默默把我看；

随后转身彼此交谈：

"这人的喉咙直动弹，

像一个活人一般；

假如他们是死人，

他们有什么特权

不穿这铅衣沉甸？"

接着对我说道：

"托斯卡纳人哪，

这里是伪善人群，

说说你的身份吧，

请不要鄙视我们。"

于是我回答他们：

"我生长的地方，

位于阿尔诺河旁

（那里数它最美丽）；

我就是活人躯体，

你们是些什么人？

我见你们的泪水

沿着面颊往下淌，

你们身上的刑衣

为什么闪闪发光？"

其中一个给我解释：

"这些黄色刑衣

都是用铅做的，

那些铅的重量

压得颈、脊作响。

我们是享乐修士，[6]

博洛尼亚人士，

我叫卡塔拉诺，

他是罗德林戈，[7]

6　享乐修士是圣马利亚骑士团成员的诨号。该宗教团体于1261年在博洛尼亚正式创立，以保护孤寡、维护教义、调节党派之争和家庭纠纷为宗旨。不过该团体教规松散，允许其成员居家、结婚、享乐，所以人们就给他们起了这种诨号。

7　卡塔拉诺（Catalano de' Malavolti，1210—1285年），生于博洛尼亚，教皇党人，曾任米兰、帕尔马、博洛尼亚、佛罗伦萨等地行政长官；罗德林戈（Loderingo degli Andalò，1210—1293年），也出生在博洛尼亚，皇帝党人，曾在艾米利亚和托斯卡纳地区多地任行政长官。二人有许多共同之处，1260年共同发起成立圣马利亚骑士团，1265年共同担任博洛尼亚最高行政长官，1266年佛罗伦萨选定他们二人共同担任佛罗伦萨最高行政长官。

被你的故乡选定

去那里维持和平，

通常这只选一人，

那次却选了两人。

我们的所作所为，

在加尔丁戈周围

至今还能够看到。"[8]

于是我开口说道：

该亚法

"修士呀，你们的祸……"

我没有再往下说，

因为我的眼睛

被一阴魂吸引。

---

[8] 1266年西西里国王曼弗雷迪（Manfred）在贝内文托战败，佛罗伦萨皇帝党陷入恐慌，教皇党则人心振奋，企图夺回政权，两党矛盾日趋激烈。时任教皇克雷芒四世设法使卡塔拉诺和罗德林戈被选为佛罗伦萨最高行政长官，表面上是调节两党党争，维持那里和平；通常只选一名最高行政长官的，这次却选了两名，因为他们分属两派，容易获得大家支持。然而克雷芒教皇的真正目的，是支持教皇党执政，驱逐皇帝党人。起初他们还不偏不倚、秉公办事，不久就改弦易辙，支持教皇党扩张势力。市民在教皇党挑唆下举行暴动，结果皇帝党贵族被驱逐，其首领乌贝尔蒂家族的住宅被毁，废墟当时依然存在。加尔丁戈（Gardingo），原是伦巴第人统治佛罗伦萨时建的一座城防碉堡，在现今市政广场（Piazza della Signoria）附近，乌贝尔蒂家族的住宅也在那附近，所以诗中说：他们的"所作所为，/ 在加尔丁戈周围 / 至今还能够看到"。据史学家记载，他们二人还涉及贪腐罪行，所以但丁将他们二人置于这里，与伪善者一起受刑。

他像十字架那样，

被仨木桩钉在地上。

他看见我走近，

开始全身使劲，

叹气、吹动胡须。

卡塔拉诺看见此人，

便开口对我说道：

"瞧那被钉着的人，[9]

他向法利赛人提议，

为救广大百姓，

宁可牺牲一人。

现在你已看清：

他赤身裸体，

横躺在囊底；

谁若经过这里，

都得踩他躯体。

他岳父和与会的人，

都在这一囊里受罚。

9　此人就是该亚法（Caiaphas），参见《新约·约翰福音》第11章第47—53句："祭司长和法利
赛人聚集公会，说：'这人（指耶稣——译者）行好些神迹，我们怎么办呢？若这样由着他，
人人都要信他，罗马人也要来夺我们的土地和我们的百姓。'内中有一个人，名叫该亚法，
本年做大祭司，对他们说：'你们不知道什么。独不想一个人替百姓死，免得通国灭亡，就
是你们的益处。'……从那日起，他们就商议要杀耶稣。"

就是因那次会议

导致犹太人被罚。" [10]

我见老师望着那人

（地上躺成十字架形

并永遭放逐）的样子，

脸上露出惊奇神情。

恶鬼的谎言

然后老师转身

问卡塔拉诺说：

"假若不违反规定，

您能否对我们说说，

右边有没有豁口，

可否从那里出去，

无须再强迫黑天使 [11]

把我们从这里带出。"

那修士回答说道：

"附近就有块岩石，

10　那次会议之后，犹太人杀害了耶稣，结果耶路撒冷被毁，犹太人长期被流放各地。因此说

　　"就是因那次会议 / 导致犹太人被罚"。

11　指鬼吏。因为但丁游历地狱是天意，必要的时候可强迫鬼吏帮忙。

近得出乎你所料；
它伸自外圈岩壁，

跨越所有恶囊，
仅在此囊之上
断裂无法跨越。
你们可以踩着

沟底堆积的碎石，
爬上堤岸的斜坡。"
老师低头思索，
片刻之后便说：

"那个用钢叉折磨
五囊罪人的家伙，
讲述这里情形时
把真实情况隐匿。"

卡塔拉诺接着说：
"我在博洛尼亚时，
就已经听人们说，
恶鬼有好多恶习，

说谎就是其一。
他们可以说是

编造谎言之父。"
老师迈着大步，

离开这里前行；
脸色由于愤怒
显得有些阴沉。
我便跟随其后，

离开重负之徒，[12]
沿其足迹前行。

12　即那些穿着沉重囚衣的犯人。

置身凶残蛇群，
赤身裸体阴魂，
惊恐万状狂奔；
找不到洞穴藏身，
找不到宝石疗伤……

　　本曲开头描述牧民早起，准备外出放牧。不料向外一看，发现遍地发白，误把白霜当成白雪。正发愁不知如何是好时，初春的太阳出来，温暖的阳光融化了地上的霜；牧民欢欣喜悦地赶着羊群去放牧。在《地狱篇》里，这是但丁最长的一段对现实生活的描述，语调欢快，与其对地狱和地狱酷刑的描写形成鲜明的对照，也是对他和维吉尔摆脱恶鬼骗局后喜悦心情的写照。

这种喜悦心情，一直延续到他们攀爬断裂岩石到达跨越第七道恶囊的拱桥时为止。这时但丁感到疲惫不堪，坐下来休息；维吉尔则劝诫他抛弃懒惰，并鼓励他振奋精神，再接再厉，因为他们后面的任务还很艰巨。尤其是维吉尔关于人不能无所作为、虚度一生的箴言，使但丁备受鼓舞。请看他是怎么说的："坐在羽绒垫上，/ 或在床上躺卧，/ 不会让你成名。/ 人若没有名声，/ 荒废虚度一生，/ 给世人留下的 / 只能是这种痕迹：/ 要么是风中云烟，/ 要么是水上泡沫。"

接下来他们游历了第七道恶囊。第七囊收纳的是盗窃犯的阴魂，他们受到的惩罚是被毒蛇缠身；毒蛇会引发他们着火燃烧，化为灰烬，但他们撒在地上的骨灰，会像凤凰涅槃那样重新聚集起来，恢复原形，继续忍受毒蛇缠身的刑罚。

最后但丁列举了皮斯托亚人瓦尼·符齐的罪行，作为这一囊盗窃犯的典型。

登上第七囊堤岸

新年之后太阳
为了锤炼射线，
移居宝瓶星座。
此时黑夜渐短，

快与白昼平分。[1]
当霜下在地上，
想用自己笔触，
临摹雪的形象

却没那么久长。[2]
贫寒农夫起床，
出门四处张望，
只见白色茫茫，

着急直拍大腿；
回屋踱来踱去，
只好怨天尤人，
不知咋活下去；

1　太阳位于宝瓶星座是1月21日至2月21日之间，那时白昼渐长，黑夜渐短，到了春分（3月20—21日），昼夜就一般长了。"为了锤炼射线"，指给自己光线加热，阳光从此会渐渐变得温暖起来。

2　比喻地上的霜像要模拟白雪那样绘画，但它的笔锋即它的图画，保存的时间有限，太阳一出来，霜就融化了。

不久门外情况

霎时变了模样，

心里充满希望，

驱赶羊群牧放。

我也和他一样，

看见老师愁眉，

我就有些惊慌；

现在有了良方。

我们到达断桥，

老师转身对我

和颜悦色微笑，

犹如我们初次

在那山下相遇。[3]

他先看看废墟，

心里拿定主意；

然后张开双臂，

一把将我抱起。

他像那种人士，

总是成竹在胸，

边思考边行动：

---

3 指本书第一曲但丁被山丘挡住去路、茫然不知所措时遇到维吉尔时的情形，参见本书第一曲
   "维吉尔"一节。

抱我登上这块巨石，

眼睛却盯着那一块，

同时劝诫我说道：

"你若攀登那一块，

先要将它试一试，

看它能否经受你。"

这条道路不适宜

身穿长袍的人士，

尽管他没有重量，[4]

却要抱着我前行；

我们只能艰难地

攀着巨石向前进。

假如这道堤岸

不比那道矮短，[5]

不知老师咋想，

我会缴械投降。

这里十道壕沟，

全都倾向井口，[6]

4　"穿长袍的人"指维吉尔，因为他是阴魂，没有重量。

5　即第六囊与第七囊之间的堤岸，和第五囊与第六囊之间的堤岸相比，要矮些、短些，原因就是整个地狱，包括第八层地狱的十个囊，都呈漏斗形，越向下越低矮。

6　即位于第八层中央、构成第九层地狱的深井井口。

每道壕沟俩堤，
一边高一边低。

然而我们终于
攀上矮堤顶端
那块岩石上面，
石桥在那折断。

我爬上矮堤时，
肺里空气耗尽，
立即坐了下来，
无法继续前进。

老师则对我说：
"你得抛弃懒惰；
坐在羽绒垫上，
或在床上躺卧，

不会让你成名。
人若没有名声，
荒废虚度一生，
给世人留下的

只能是这种痕迹：
要么是风中云烟，

要么是水上泡沫。

你必须战胜气喘，

快从地上站起，

用精神去战胜

你那沉重身体，

不让它压倒你。

这样你的精神，

就会战无不胜。

我们还需攀登

更长更高阶梯；[7]

离开伪善的人，

不是我们目的。

你若明白我的心意，

赶快打起你的精神。"

于是我从地上站起，

装出精力充沛样子

说："走吧，我现在

精神饱满，满怀勇气。"

7　指但丁和维吉尔还要从这里去游历第九层地狱，还要从那里攀上地面，继而攀登炼狱山的
　　阶梯。

我们取道石桥：

崎岖、狭窄、难行，

比起此前的石桥，

它显得更加陡峭。

盗贼的恶囊

我们边走边谈，

以免感到疲倦；

壕沟传来声音，

话语断续不清。

我虽站在（横跨

壕沟的）桥顶，

那声音在说什么，

我却分辨不清。

那人似乎在行走，

我便躬身看深沟；

尽管我的目光锐利，

却看不清昏暗沟底。

因此我对老师说：

"我们奔着堤坡

从这桥顶下去；
站在这桥顶高处，

我听也听不懂，
看也看不清楚。"
老师回答我说：
　"我给你的答复，

是按你说的去做，
因为你正当请求
应该以沉默的
方式给予满足。"

我下到拱桥桥头
　（连接第八囊之处），
壕沟里的情况
变得一清二楚。

我见毒蛇一堆，
形态百怪千奇，
至今若要回忆，
还会不寒而栗。

利比亚及其沙漠，
别再炫耀自我，

那儿枉有放烟蛇、

带翼蛇、画尾蛇、

直行蛇和双头蛇；[8]

还有埃塞俄比亚

以及红海沿岸国家，

你们都无这多毒蛇。

置身凶残蛇群，

赤身裸体阴魂，

惊恐万状狂奔；

找不到洞穴藏身，

找不到宝石[9]疗伤；

或双手背后被蛇紧捆，

或腰部被蛇前后穿透，

蛇的头尾在身前紧捆。

变形一例

瞧，就在我们身旁，

一条毒蛇飞速跃起，

8　这些蛇的名称均来自古罗马作家卢卡努斯的《法尔萨利亚记》。

9　指一种鸡血石（eliotropia），据中世纪一些宝石志（lapidari）记载，它有治疗蛇伤的功效，甚至还有隐身功能，参见薄伽丘《十日谈》第八天第三个故事。

刺穿一阴魂的肩膀

与脖子连接的地方，

比下笔写"o"或"i"[10]

都要来得更加迅疾。

那阴魂着火、燃烧、

倒下、化为一堆灰。

当他骨灰满地，

原形不存之时，

灰烬自行聚集，

顷刻复现原形。

这就像圣哲们所说，

凤凰涅槃死而复活，

五百年一个轮回；[11]

它不靠百草生活，

也不食人间五谷，

靠乳香和豆蔻

---

10 字母"o"或"i"，都是一笔就写出来了，比写其他字母都要快些。这里指那阴魂被毒蛇刺
穿脖颈之后，顷刻着火燃烧，化为灰烬，其速度之快，比落笔写这两个字母还要快。

11 关于凤凰涅槃，古代和中世纪的不少诗人和作家都有记述，但丁看来依据的主要是奥维德
的《变形记》："但是有一种鸟，它自己生自己，生出来就不变形了。亚述人称它为凤凰。它
不食五谷菜蔬，只吃香脂和香草。你们也许都知道，这种鸟活到五百岁就在棕榈树梢用脚爪
和嘴给自己筑个巢，在巢里堆起桂树皮、甘松的穗子、碎肉桂和没药。它就坐在上面，在香
气缭绕中死去。据说，从这个父体中生出一只小凤凰，也活五百岁。"参见奥维德《变形记》
第十五章。

的汁液来果腹。
等它死的时候，

薰衣草和没药
是它最后裹尸布。
恰如有人跌倒，
不知如何跌倒，

是魔鬼将他推倒，
还是因气血障碍，
身不由己倒地；
等他爬起身来，

定睛四处张望，
身上疼痛不已，
思想倍感迷茫，
只好唉声叹气。

那罪人复归原样，
站起来后这样想：
啊，上帝的威力
惩罚得如此严厉！

瓦尼·符齐及其预言

老师问他是谁，
他便回答说道：
"我从托斯卡纳
不久以前来到

这个恶囊服刑，
生前我是骡子，
讨厌人的生活，
名叫瓦尼·符齐，[12]

外号叫'野兽'，
皮斯托亚是我
当之无愧的窝。"
我则对老师说：

"请告诉他别溜，
再问问他为何
落在这里受苦；
我觉得他是个

---

12 瓦尼·符齐（Vanni Fucci）是皮斯托亚（佛罗伦萨西北）贵族符乔·德·拉扎里（Fuccio
    de' Lazzari）的私生子；他说自己是"骡子"，即杂种的意思。他性情暴躁、好斗，在皮斯
    托亚教皇党内讧中，作为黑党头目与白党进行了残酷斗争。死于1300年3月前不久，因此但
    丁是认识他的。

血腥易怒的人。"[13]

符齐听见我问，

既不假装糊涂，

也不惭愧害羞，

坦率回答我说：

"你看见我这现状，

让我倍感痛苦，

胜于我辞世死亡。

对于你的提问，

不能不予答复：

我潜入圣器收藏室，

盗走那里珍贵器物，

因此被罚在这

地狱的深层服刑。

可惜另外一人

被强加这一罪名；[14]

13　但丁这句诗的意思是：血腥易怒的人属暴力罪犯人，应该在第七层地狱服刑，不应该在第八层与欺诈罪犯人一起服刑。所以但丁要维吉尔问问他"为何 / 落在这里受苦"。

14　大约在1293年年初，瓦尼·符齐伙同瓦尼·德拉·蒙纳（Vanni della Monna）等人盗窃了皮斯托亚圣泽诺（San Zeno）大教堂的圣雅科波（San Iacopo）圣器收藏室的珍贵文物。事后逮捕了一些嫌疑犯，其中有个叫兰皮诺（Rampino）的差点被蒙冤处死。这里说："可惜另外一人 / 被强加这一罪名"，就是指兰皮诺。事发三年后，瓦尼·德拉·蒙纳被捕收监；他对自己的罪行供认不讳，并揭发了一些同伙，1296年被绞死。那时瓦尼·符齐可能已畏罪潜逃。

但是为了不让你

回到那阳光人世，

可能会幸灾乐祸，

我请你支起耳朵

听我郑重地宣布：[15]

皮斯托亚会驱逐

黑党而人口减少；

继而佛罗伦萨就

更换体制和领袖。

战神[16]从乌云密布

的马格拉河河谷，

请来锋利的雷电，

在皮斯托亚平原

展开一场恶战；

雷电将撕开云层，

击毙白党成员。

15　以下是符齐的预言，符合后来的史实：1301年5月皮斯托亚白党在佛罗伦萨白党援助下取得胜
　　利，从而驱逐黑党，导致人口减少；随后佛罗伦萨"更换体制和领袖"，指同年11月佛罗伦萨
　　黑党在教皇帮助下推翻白党统治，黑党上台，驱逐了包括但丁在内的白党领袖。

16　战神在这里指莫罗埃洛·马拉斯皮纳（Moroello Malaspina）侯爵，卢卡教皇党人，曾在
　　1288年率领佛罗伦萨教皇党军队与阿雷佐皇帝党军队作战，1301—1312年间经常为托斯卡纳
　　各地的黑党上阵杀敌。他的领地在卢尼加纳马格拉河（Magra）河谷一带，"请来锋利的雷
　　电"，指那一带的黑党势力。1302年马拉斯皮纳率领托斯卡纳地区和佛罗伦萨的黑党联军进
　　攻皮斯托亚，先是围困并占领塞拉瓦勒城堡（castello di Serravalle），后于1306年4月占领皮
　　斯托亚。皮斯托亚白党的失败也标志着佛罗伦萨白党的失败与被放逐。

我说此话的目的

是让你肝肠寸断。"[17]

---

17 符齐是皮斯托亚黑党代表，但丁曾是佛罗伦萨白党。他们之间有派系之争，相互仇视。这句话反映出符齐对但丁的仇视。同样，在下一曲，但丁也表现出对符齐的仇视。

第二十五曲

另外那两个阴魂
一旁观看着他们，
不禁惊叫："妈呀，
阿涅尔，你咋变成
现在这个样子！"

符齐做出侮辱上帝的手势，并口出狂言谩骂上帝。上帝对他的惩罚也立即兑现：一条蛇缠住他的脖子，一条蛇缠住他双臂，让他伸不出手做侮辱性手势，也张不开口谩骂。符齐的狂妄举动甚至引起了怪兽肯陶罗斯的不满。

接着，但丁详细描述了第二种变形：一个叫钱法的佛罗伦萨人和一条六脚蛇相互结合，他们的两个头变成一个头，两张脸变成一张脸，最后变成一个既不像人也不像蛇的怪物。

最为有趣的是，但丁描写的第三种变形——蛇与人的形体相互转换：蛇的尾巴分叉，变成人的两条腿，人的两条腿合拢变成蛇的尾巴；蛇的前足变长，长得和人的手臂一般，而人的手臂缩短，直至缩进腋窝消失；蛇的两只后脚合并缩小，变成男人的生殖器，而人的生殖器分叉变长，变成蛇的后脚；蛇的身上长出人的毛发，而人的身上毛发脱光；还有鼻子耳朵也发生相应的变化。最后变成人的蛇，像人一样站起来；变成蛇的人趴到地上，像蛇一样发出嘶嘶声响逃走。

但丁为此嘲笑古罗马诗人卢卡努斯和奥维德，说他们虽然也描述过变形，但他们描述的仅限于单一的、由一种物质向另一种物质的变形，"没把两种／互不相干的物种／同时改变如此迅速"。

最后但丁简单交代了一下另外两个佛罗伦萨人：一个是瘸子普乔，一个是弗兰切斯科·德·卡瓦尔坎蒂。然后准备离开第七恶囊。

符齐的侮辱手势和但丁对皮斯托亚人的诅咒

那贼话音刚落，
随即举起双拳
做出侮辱手势，[1]
嘴里不住呼喊：

"我操你，上帝，
看我怎么收拾你！"
从那个时候起，
众蛇成了我知己：[2]

有条蛇缠住他脖子，
"你住嘴！"它仿佛在说；
另一条缠住他双臂，
头尾在他胸前紧锁，

让他双手不能动弹。
啊，皮斯托亚人哪，
你作恶超过你祖先[3]
为啥不化为灰烬呀，

1　即握住拳头并把拇指从食指和中指间伸出，是象征性行为的一种猥亵手势。

2　意思是：蛇仿佛成了但丁的朋友，仿佛在帮助但丁，见下面诗句："有条蛇缠住他脖子，/ ⋯⋯另一条缠住他双臂"，让他不能讲话诅咒上帝，也不能做出侮辱上帝的手势。

3　公元前62年，古罗马政治家卡提利纳被其政敌西塞罗击败，战死在现今皮斯托亚附近。相传他的残部都是些罪犯和盗贼，由他们建立了皮斯托亚城。维拉尼在《编年史》第一卷中指出："如果说皮斯托亚人过去和现在都是一些好战、狂暴、残忍的人，不论在他们相互之间还是对待别人，他们都是如此，那就不足为奇了，因为他们是卡提利纳血统的后裔。"

以此了却你的一生？

我游过的地狱层层

没人像你这样狂妄，

卡帕纽斯[4]也不这样。

肯陶罗斯卡库斯

那个贼慌忙逃脱，

一句话也没再说；

我见有个肯陶罗斯[5]

怒容满面跑过来说：

"那家伙真狂妄，

他躲在啥地方？"

肯陶罗斯背上

缠满爬虫多种；

要说爬虫数量，

马雷马海滩上[6]

也无法与它背上

盘踞的蛇相比。

4　卡帕纽斯是"七将攻忒拜"故事中的七将之一，性情傲慢，藐视宙斯，参见本书第十四曲
　　注9。

5　肯陶罗斯是古希腊神话中人首马身的怪物。瓦尼·符齐的狂妄甚至引起了它的不满，所以跑
　　过来气愤地问："那家伙真狂妄，/ 他躲在啥地方？"

6　即托斯卡纳地区西边沿海的马雷马（Maremma）。

就在它的背上，

在它脖颈后方，

盘着一条飞龙，

展开翅膀一双；

不论遇到什么，

就朝什么喷火。

"它就是卡库斯，"[7]

老师指着它说，

"阿文迪诺山丘

石洞之中隐居，

经常在那山下

造成一片血湖。[8]

它不与众兄弟

走同一条道路，[9]

采取欺诈方法

偷了大力神的牛。

7　卡库斯（Cacus）是古罗马神话火神武尔坎的儿子，是个半人半妖的怪物，栖居罗马市内七座山丘之一的阿文迪诺山的山洞里，嘴里能够喷火，祸害百姓。他偷了大力神拉克勒斯的牛，被大力神杀死。为掩盖盗窃行为，他采取欺诈方法，拽着牛尾巴把牛拉进山洞，好像牛是朝着相反的方向离开了。但丁的这个形象来自维吉尔的《埃涅阿斯纪》卷八，不过但丁将其描述成人首马身的肯陶罗斯，喷火的地方也改成了盘踞它背上的飞龙嘴里。

8　即它经常祸害百姓，制造流血事件，血流成河，聚集成湖。

9　这里的众兄弟，指第七层地狱第一环弗列格通河畔监管犯人的米诺陶洛斯，它们也是半人半马的怪物，参见本书第十二曲；而这个肯陶罗斯与它们不同，它因犯盗窃罪成了罪犯，被罚在这里受刑。

也许那大力神

要罚它一百鞭，

它丧失知觉前

仅仅挨了十鞭。"[10]

五个佛罗伦萨盗贼以及第二种变形[11]

我们谈话的时候，

肯陶罗斯已跑走；

三个阴魂抵达

我们堤岸之下，

然而我们师徒

都未察觉他们，

直到他们呼喊：

"你们是什么人？"

我们终止谈话，

转而关注他们；

我不知他们姓名，

赶巧此时他们

10　就是说，大力神本来要打它一百鞭，打到第十鞭它就死了。

11　这里所谓的第二种变形和后面的第三种变形，是相对古罗马诗人卢卡努斯和奥维德描述的变
　　形而说的。他们描写的变形，是单一物质（物种）的变形，而但丁这里描述的变形是不同物
　　质间的变形，详见诗歌中的具体内容。

一人呼叫另一人：

"钱法[12]，你在哪里？"

为引起老师注意，

我赶紧竖起食指，

放在嘴前面提醒。[13]

啊读者，你若不信

我将说出的事情，

那我也不会吃惊，

因为我刚看到时，

也很难信以为实：

当我凝视他们时，

有条六脚蛇窜出，

窜到一阴魂面前

把他完全缠住：

蛇中间的两只脚

抱住他的腹部；

前面的两只脚

缠住他的臂膀，

12　钱法（Cianfa），佛罗伦萨贵族多纳蒂家族的成员，出生年月不详，死于1283—1289年间，有注释家说"他好偷牲畜，抢商店，把钱柜倒空"。

13　但丁听到"钱法"这个名字，立即明白他们是佛罗伦萨人，因此竖起食指，示意维吉尔别讲话，专心听听他们在说些什么。

并用牙咬他脸庞；
然后蛇分开后脚，

伸到他大腿上，
蛇尾巴则伸向
他的大腿中间，
再拐到后腰上。

常春藤缠绕树干，
也不像这个蛇精
利用自己的肢体
死死缠住那魂灵。

然后他们一起
像热蜡般熔化，
都丧失原来形体，
颜色也合二为一。

正如燃烧白纸，
先是呈现黄色，
然后转为黑色，
最后变白消失。[14]

14　化为灰烬。

另外那两个阴魂

一旁观看着他们，

不禁惊叫："妈呀，

阿涅尔[15]，你咋变成

现在这个样子！

瞧你现在身躯，

既不像你自己，

也不像你们之一。"

他们俩的头

变成一个头，

他们俩的脸

变成一张脸；

他俩原来的样子

现在都已消失；

还有人的双臂

和那蛇的前腿，

融合变成怪物的臂膀；

人的大腿、小腿、胸腔

15　阿涅尔（Agnel 或 Agnello），早期注释家认为，此人是阿涅洛·布鲁内莱斯基（Agnello Brunelleschi），佛罗伦萨皇帝党家族后裔，于1300年加入教皇党黑党。据佛罗伦萨无名氏注释家说，他自幼喜欢偷窃，偷自己父母钱袋，偷家里店铺的钱柜；长大后常扮成老人或乞丐行窃。

和腰腹，变成的新肢体，
都是未曾见过的模样。

原来的形状全被破坏，
现在这怪物模样，不像
人，不像蛇，又都有点像。
最后那怪物缓慢地离开。

第三种变形

犹如在三伏天
阳光暴晒之下，
蜥蜴从一道篱笆
窜向另一道篱笆，

穿越中间路面，
迅疾犹如闪电；
一条铅灰小蛇
口中吐着火舌，

向俩阴魂袭来，
也是这般迅疾：
瞄准一人肚脐，
用力进行穿刺，

然后倒向地面，

躺在那人面前。

被它穿刺的罪犯

两眼盯着那小蛇，

一言不发站着，

而且双脚并拢，

不住打着哈欠，

仿佛睡眼惺忪。

他盯着小蛇，

小蛇盯着他；

一个从伤口，

一个从嘴巴，

各吐一股浓烟；

浓烟相互混合

形成烟雾一片。

让卢卡努斯沉默，

暂不讲纳西迪乌斯

和萨贝鲁斯的故事，[16]

16　卢卡努斯在《法尔萨利亚》一书中讲了萨贝鲁斯（Sabellus）和纳西迪乌斯（Nasidius）两个
人的故事。他们都是卡托（Catone，参见本书第十四曲注2）军中的士兵，在利比亚沙漠中
各被一种毒蛇咬伤，前者身体溃烂化为脓水肉泥而死，后者身体肿胀直至撑破铠甲，爆炸成
一堆碎骨烂肉而死。

等着听我诗兴大发；

让奥维德的阿蕾图莎

和卡德摩斯的故事，[17]

同样也暂时打住

（他把后者变成毒蛇，

把前者变成溪流）。

我丝毫也不羡慕，[18]

因为他没把两种

互不相干的物种

同时改变如此迅速。

人、蛇遵循相同法规：

蛇把尾巴分裂成叉；

受伤阴魂并拢双腿，

大腿小腿黏合一起，

不露出丝毫痕迹；

分叉的蛇尾取代

17　卡德摩斯（Cadmus）和阿蕾图莎（Arethusa）是奥维德《变形记》中的两个故事：卡德摩斯
　　是忒拜城的创建者，因为杀死战神马尔斯的龙，受罚变成了蛇（参见《变形记》第四章）。
　　阿蕾图莎是一位水仙，她在河里洗浴时，被河神阿尔斐俄斯（Alpheus）看见。河神爱上了
　　她，跑去追她；她向月神求救，月神将她变成清泉溪流。
18　但丁在这里说，奥维德在《变形记》里把卡德摩斯变成蛇，把阿蕾图莎变成清泉，是分别由
　　一个物种变成另一物种的。而但丁他在这里写的是人与蛇两个"互不相干的物种"，在互不
　　接触的情况下面对面地变形，变成对方的形状。所以，但丁说"丝毫也不羡慕"奥维德。

已经消失的人腿；
蛇皮变软如人皮，

人皮变硬像蛇皮。
我看见人的双臂
渐渐缩进腋窝里；
蛇的前足则变长，

长得与人臂一般；
然后蛇的两后脚
相互缠绕且缩短，
变成男人生殖器官；

可怜那个罪犯，
把自己生殖器官
劈成两半再伸展，
变为蛇的两只足。

当那两股浓烟
颜色相互变换；
蛇身生发长毛，
人身毛发全掉；

蛇变成人站起，
人变成蛇倒地。

双方依旧盯着对方，
看着对方变换形状。

站起来的[19]把嘴脸
向太阳穴处压缩，
多出的那点材料
变成面颊旁耳朵；

未能压缩进去的、
留在原处的材料，
变成脸上的鼻子
并适度加厚嘴唇。

躺下去的那个，[20]
把嘴脸向前延长，
还要把耳朵缩进
脑壳，像蜗牛模样；

还有那个舌尖，
原来是完整的，
可用来讲话的，
现在裂成两半。

19　即前面说的蛇变成了人。
20　即前面说的人变成了蛇。

而那蛇的嘴里

原本分叉舌头，

现在合为一体。

至此变形终止。

变成蛇的阴魂

发出嘶嘶响声，

沿着沟底逃走；

变成人的畜生

则在他的后面，

朝他吐着唾沫。[21]

接着那个阴魂

对另一阴魂说：

"我希望布奥索，[22]

像我刚才那样

顺这条小路，

匍匐着逃亡。"

---

21 人变成蛇，行走时像蛇一样发出嘶嘶响声；蛇变成了人，看见蛇时像人一样吐唾沫。有注释
家认为，吐唾沫是一种辟邪防灾的行为；中世纪有种迷信认为，人的唾沫对蛇有毒，吐唾沫
可驱蛇，防止被蛇咬伤。

22 布奥索（Buoso），佛罗伦萨人，姓氏不详，有说他是阿巴蒂（Abati）家族的，有说他是多
纳蒂家族的。他所犯的盗窃罪也不详，大概死于1285年前后。

这就是第七囊

我看到的情形：

犯人们在那里

变形、相互变形。

假如我的笔触

显得有点杂乱，

但因题材新颖，

恳请读者包涵。

尽管我的眼睛

有点模糊不清，

心神恍惚不定，

另外那俩魂灵

也未逃过我注意：

我还是认出普乔

外号叫瘸子的：[23]

他是前面说的、

三个伙伴当中

唯一没变形的；

23　瘸子普乔（Puccio Sciancato）属于佛罗伦萨加利盖（Galigai）家族，皇帝党人，瘸腿，1268
年遭放逐。1280年与其他皇帝党人一起和教皇党人签订和平约。他虽和其他盗窃犯一起被
放在第七囊里，但未变形，因为有注释说："他是个有礼貌的贼，……白天偷，晚上不偷，被
人看见，他也满不在乎。"

再一个就是你，

加维勒人为之

哭泣的那个人。[24]

---

24 "再一个"指弗兰切斯科·德·卡瓦尔坎蒂（Francesco de' Cavalcanti），绰号"斜眼"（Guercio），属佛罗伦萨卡瓦尔坎蒂家族，被加维勒市镇（Caville）的居民杀死。卡瓦尔坎蒂家族为他报仇，杀死了许多加维勒人。"加维勒人为之／哭泣"就是指他们为杀死弗兰切斯科·德·卡瓦尔坎蒂而带来的灾难哭泣。

第二十六曲

老师对我说:"这些
燃烧着的团团火球
都包裹着阴魂一个。"

　　但丁离开第七囊,但那里的佛罗伦萨人的罪行依然令他感到痛心。他
警告佛罗伦萨当心周边的中小市镇,因为它们随时都准备报复佛罗伦萨。
　　但丁与维吉尔艰难攀爬来到第八囊。第八囊沟底里无数火球在闪烁,
仿佛夏季农夫坐在山上看到山谷里时明时暗的萤火虫。这里每一团火焰都
包裹着一个罪犯,他们因在人世犯下了欺诈策划之罪,被罚在这些火球里

遭火焰烧烤。

　　火球向他们移动过来，其中有个火球与众不同：它上面的火焰一分为二，形成一大一小两个火苗。但丁好奇，问维吉尔那里面躲的是谁。维吉尔回答他说："那团火焚烧的／是尤利西斯和／狄奥墨得斯。"尤利西斯和狄奥墨得斯，都是希腊人的英雄，他们在特洛亚战争中共同设计了"木马计"，巧妙地把希腊战士送进特洛亚城里，最终攻陷特洛亚。这就是他们犯下的欺诈策划之罪，因此他们被共同罚在这里而且是待在同一个火团里受刑。除此之外，他们还共同设局：1.把阿喀琉斯骗到特洛亚战场，导致戴伊达米娅公主悲痛而死；2.盗走特洛亚保护神帕拉斯（即雅典娜）女神像。

　　最后但丁还借尤利西斯之口，叙述了他们一伙人离开加埃塔海湾，游历西地中海的城市与海岛，直至直布罗陀海峡的过程。而且尤利西斯还鼓动同伴，别在乎年纪衰老、行动迟缓，要"前往那太阳背后／无人世界"去探险。尤利西斯描述自己探险精神的语言，也感人至深："对儿子的慈爱，／对父亲的孝敬，／还有那使妻子／欢欣喜悦的钟情，／所有这些情怀／都不敌我那热情：／阅历整个世界、／体验炎凉世态。"

诅咒佛罗伦萨

得意吧，佛罗伦萨！
你是那么伟大，
不论陆地还是海上
你都展翅翱翔。

你的英名现在
又在地狱传颂，
那里盗贼之中
有你五位民众。

我为此感到羞愧；
他们绝不会为你
带来更大光荣。
假如凌晨的梦

常常能够成真，
那你不久就会
知道，普拉托以及
其他几个小城市，

渴望你遭受厄运。
假如厄运已经降临，
那也算不上太早：
既然厄运注定来临，

那就让它早日来到。
因为时间等得越久，
我的年岁也会越高，
承受打击能力越小。

欺诈策划者的恶囊

我们离开那里；
老师拉着我手，
顺着下来时的
台阶又爬上去，

沿着荒僻小道前进，
在岩石与碎砾间穿行。
如果没有手的帮助，
仅依靠脚，寸步难行。

那时候我很痛心，
现在回忆那情形，
依旧令我很伤心；
还必须约束才情

违背美德指引。
这样我的天资，

（感谢吉星[1]和上帝

给予我的恩赐，）

才不会被我滥用。

当太阳光照大地

时间最长的季节，[2]

苍蝇让位给蚊子，

农夫在山上休息，

看到下面山谷里

萤火虫时明时暗

（也许那里恰恰是

他收获葡萄造酒

或耕耘土地之处）。

我已来到桥顶上，

看清囊里的情况：

这第八个恶囊里

点点烟火闪烁，

1　吉星这里指双子星座，但丁即属双子星座（参见本书第十五曲注8）；据占星学家的说法，双
　　子星座的人，生来就有才。上面说的"还必须约束才情／违背美德指引"，意思是：在第八囊
　　服刑的人都是犯欺诈策划罪的人，他们聪明过人，都有才气，但他们滥用自己的才情，为非作
　　歹。但丁联想到自己，觉得自己应该约束自己的才情，不违背美德（道德）的指引，不去做任
　　何违背美德的事情。

2　意即昼长夜短，蚊子猖獗的夏季。

它们的数量之和，

堪与谷中萤火相比。

此时我想起以利沙：[3]

当以利亚乘车离开时，

拉车的马腾跃升空，

他只能以目光相随；

只见火焰一团，

像云朵飘然升空。

壕沟里的火焰

也这样在沟底移动。

每团火焰里面

藏着一个罪犯，

火团不会显露

它们包裹之物。[4]

我站在拱桥上，

探身向下看去，

若不扶着它岩石，

不推也会跌下去。

3　以利沙（Elisha）和以利亚（Elijah）都是《圣经》中的人物，后者是前者的老师。《旧
　　约·列王纪下》第2章第11—12句说："他们正走着说话，忽有火车、火马将二人隔开，以利
　　亚就乘旋风升天去了。以利沙看见，就呼叫说：'我父啊！我父啊！以色列的战车马兵啊！'
　　以后不再见他了。"
4　即那些火球包裹着的阴魂。

见我如此关注火球，
老师对我说："这些
燃烧着的团团火球
都包裹着阴魂一个。"

尤利西斯与狄奥墨得斯

"我的老师啊，
听你这么说，
我更加相信了，"
我回答老师说，

"其实我已想到，
而且还想问你，
朝我们过来的
那一团火焰里，

究竟谁在里面？
那团火的顶端
分叉，现出两个尖，
就像厄特俄克勒斯

和他兄弟的尸体，
一起被火葬时

从火堆上升起。"[5]

老师回答我说：

"那团火焚烧的

是尤利西斯和

狄奥墨得斯；

他们一起震怒上帝，

也一起受罚于此；

他们在火焰里，

为采用木马伏兵，

继续痛苦呻吟[6]

（他们这一诡计，

也为罗马先人

打开出逃之门）。[7]

但他们在这里，

5　厄特俄克勒斯（Eteocles）和他弟弟波吕尼刻斯（Polynices），是忒拜国王俄狄浦斯（Oedipus）的两个孪生儿子，他们长大后强迫父亲退位并离开忒拜。俄狄浦斯祈求诸神，让他们兄弟二人永远相互仇视。两兄弟约好逐年轮流执政，但厄特俄克勒斯任期一年期满后，拒不让位；其弟波吕尼刻斯请求阿尔戈斯国王阿德拉斯托斯（Adrastus）帮助他夺回王位，因而发生了"七将攻忒拜"的战事。战争中兄弟二人相互杀死，他们的尸体被放在同一柴火堆上火化，上面升起的火焰一分为二。但丁看到那个火团上的火焰分成两道叉，想起了这个典故。古罗马作家斯塔提乌斯的《忒拜战纪》卷十二和卢卡努斯的《法尔萨利亚》卷一，对此都有描述。

6　尤利西斯（Ulysses）是荷马史诗《奥德修纪》中的奥德修斯（Odysseus）的拉丁化名字，是特洛亚战争中的希腊英雄之一；狄奥墨得斯（Diomedes）也是特洛亚战争中的希腊名将，他们二人共同设计了木马计（关于木马计这里就不再赘述），即共同犯下了欺诈策划者罪，因此一起被罚在这囊受刑。

7　指他们这一计策导致特洛亚城沦陷，然后埃涅阿斯携父子出逃意大利，谋求建立新的国家。

还要为戴伊达米娅

哀悼已故阿喀琉斯、

为盗走帕拉斯像[8]

继续为这些事赎罪。"

"他们如能在那

火焰里面讲话,"

我说道,"老师,

我恳切请求你,

求你千遍万遍,

让那分叉的火球

来到我的面前,

别让我等得太久,

让我的愿望实现。"

"这请求值得称赞,

我肯定为此努力,"

老师进一步解释,

---

8 他们的罪行还包括:1.设计骗走阿喀琉斯,导致公主戴伊达米娅(Deidamia)悲痛而死。古希腊英雄阿喀琉斯小的时候,有位预言家说,特洛亚城注定要被希腊人毁灭,但是要征服特洛亚,非得有阿喀琉斯参战。阿喀琉斯的母亲知道这会危及儿子的生命,就把他打扮成女孩,送到斯库洛斯岛的王宫里寄养。他长大后与该国国王的女儿戴伊达米娅相爱,并与其生了一个儿子。特洛亚战争爆发后,希腊联军统帅派尤利西斯和狄奥墨得斯去邀请他参战。阿喀琉斯打扮成女人,混在公主和侍女们中间,让他们认不出他来。尤利西斯心生一计,将一矛一盾放在屋里,然后吹起军号,公主和侍女们都逃走了,唯有阿喀琉斯留了下来,还拿起矛和盾玩耍。阿喀琉斯被识破后,只得和他们一起去参战。阿喀琉斯离开后,戴伊达米娅公主悲痛而死。2.策划盗走特洛亚保护神帕拉斯(Palladium,即雅典娜)女神像。据说那座女神像是特洛亚城安全与兴旺的保障和象征。

"不过你得注意
把你的舌头管住。
我来替你开口：
我了解你的祈求；

他们都是希腊人，[9]
不屑于听你提问。"
当那火球来到跟前，
老师认为时间地点

适合讲话的时候，
我便听见老师
以这种方式开口：
"啊，你们两位

同处一团火焰，
假如我在生前
创作的那部诗篇，[10]
对你们有所贡献，

尽管贡献微薄，
也请你们留步。

9　中世纪时人们认为，希腊人异常高傲。热那亚无名氏曾注释说："一般来说，几乎每个希腊
　　人都是傲气十足的。"但丁当然也受这种看法影响，所以这里安排维吉尔直接向他们提问。
10　即维吉尔的《埃涅阿斯纪》，其中也叙述了尤利西斯和狄奥墨得斯的一些事迹。"对你们有所
　　贡献"，即宣传了他们的事迹。

请你们谁说说，

最终命丧何处。"[11]

尤利西斯的最后旅程

分叉火焰当中

那个较大火舌，[12]

仿佛被风吹动，

开始摇曳晃动：

火舌晃来晃去，

就像人舌言语，

发出声响说道：

"当我离开魔女[13]

（她曾强迫我留居

加埃塔一年有余，

这事发生时埃涅阿斯

还未赐名给那里），[14]

11　荷马史诗《奥德修纪》最后只讲到奥德修斯（尤利西斯）回到家里，并未讲他死在何处。

12　指分叉火焰中代表尤利西斯的那个火舌，因为尤利西斯的名气大，火舌也较大。

13　即魔女喀耳刻（Circe）。喀耳刻是古希腊神话故事太阳神赫利俄斯的女儿，能用巫术把人变成动物。尤利西斯漂流来到喀耳刻居住的小岛，被她留在岛上并与其同居一年多，才被她放走（见《奥德修纪》卷十）。

14　喀耳刻居住的小岛位于意大利加埃塔（Gaeta）海湾北边；现在加埃塔是那不勒斯西北约72公里处的一座港口城市，埃涅阿斯的乳母加埃塔死于该地，埃涅阿斯为纪念其乳母便以乳母的名字为它命名（见《埃涅阿斯纪》卷七）。

对儿子的慈爱，

对父亲的孝敬，

还有那使妻子

欢欣喜悦的钟情，

所有这些情怀

都不敌我那热情：

阅历整个世界、

体验炎凉世态。

于是乘一只孤船，

带着一小队伙伴

（他们从那以后

与我生死相伴），

沿着海岸一处处游览，

到西班牙、摩洛哥参观，

还有地中海沐浴的

撒丁岛和其他城市。

当我和我的同伴

已经衰老迟钝时，

来到直布罗陀海峡

（大力神留有标记，[15]

警示世人别再前行），

左岸的休达城已过，

右岸塞维利亚后掠。[16]

'啊，兄弟们，'我说，

'你们历经千难万险，

终于到达西方边缘。

当余生所剩无几时，

希望你们不要放弃

前往那太阳背后

无人世界[17]去体验。

想想你们的起源，

生来不是做禽兽，

---

15 指直布罗陀海峡两岸的悬崖，北岸的悬崖名叫卡尔佩岬（Calpe），南岸的悬崖名叫阿比拉岬（Abyla）。相传这两个悬崖原是一座大山，被大力神赫拉克勒斯劈成两半，称为赫拉克勒斯门柱，即诗中说的"大力神留有标记"。中世纪时人们认为那里就是世界的尽头，所以后文说"到达西方边缘"，人们到达那里后就不能再前行了。

16 休达（Ceuta）是摩洛哥海岸临海城市，西班牙一飞地；塞维利亚（Sevilla）是西班牙一地区。对从东向西的船只来说，前者位于左岸，后者位于右岸。休达的地理位置，比塞维利亚更靠东一些，所以尤利西斯他们乘船应该先路过休达城，再经过塞维利亚。

17 "无人世界"这里指南半球。但丁《神曲》的地理概念大致如此：地球分为南、北两个半球；北半球以耶路撒冷为中心，东至印度恒河，西至直布罗陀海峡，所以前面说"到达西方边缘"；北半球为陆地，南半球为水，被海洋覆盖，无人居住，只有高高的炼狱山耸立其上。有注释家称："太阳背后"不是指船的航向，是指南半球的方位，因为太阳高悬在天空中时，在北半球的人看来，南半球处在太阳的背后。

而是要一生探索
人类美德与知识。'
我这番简短言语
让他们备受激励，

急切切渴望启程。
即便我随后反悔，
也无法阻拦他们。
那一天清晨时分，

我们调整航向，
船桨当作翅膀，
保持西南方向，
像飞一般速航。

夜间已能看见
南半球的星辰，
北半球的星辰
低得不露海面。

自从开始探险，
月亮圆缺五遍；
远处影影绰绰
出现山峰一座：

高得有些出奇，
平生从未见过。
我们无限欢喜，
忽而转为哭泣：

因为这片陆地，
一阵旋风突起，
刮向我们船头；
海水夹带船只

一起旋转三次；
等到第四次时，
船尾向上掀起，
船头沉向海底，

仿佛上天安排，
直到那大海把
我们完全掩盖。"

第二十七曲

我是尚武人士，
现在做了修士，
系上这根绳子，
相信能够赎罪。

尤利西斯离开之后，另一团火焰接踵而至。火球里的阴魂，即圭多·达·蒙特菲尔特罗，听出维吉尔说伦巴第话，认定他是伦巴第人，便请求他介绍罗马涅地区的现状。

圭多·达·蒙特菲尔特罗出生在罗马涅地区东南部的亚平宁山区，是意大利人。于是维吉尔请但丁出来回答他的问题："你来说吧，/ 他是一个意大利人。"前面因为和希腊人尤利西斯谈话，但丁回避，维吉尔主谈，现在和意大利人谈话，但丁就不必再回避了。而且但丁是"刚从那里"来到地狱的，对那里的情况了如指掌，便胸有成竹地详细介绍了罗马涅地区博洛尼亚以东，包括拉文纳、弗利、里米尼等城市的现状。

最后，但丁要求圭多·达·蒙特菲尔特罗做个自我介绍，并说说他为什么沦落到这第八层地狱第八囊，与欺诈策划罪的犯人们一起受刑。

圭多·达·蒙特菲尔特罗是当时皇帝党军队的著名统帅，与但丁代表的教皇党军队作战多年，晚年认识到自己的罪过，向教皇妥协，皈依基督教，做了方济各会的修士。本想从此金盆洗手，不再掺和党派之争，像个托钵僧那样，保持沉默，了却此生。可是，卜尼法斯八世为了巩固自己的皇位，讨伐政敌科隆纳家族，问计于他；他迫不得已给卜尼法斯献了个"短守约、长许诺"的计谋，清除了卜尼法斯的政敌，巩固了他的权位，也因此重犯了欺诈策划者之罪，被黑天使缉拿到这第八层地狱第八囊服刑。

圭多·达·蒙特菲尔特罗

那团火不再说话，
火舌也不再摇摆，
在老师许可之下，
离我们慢慢走开。

此时另一火团
尾随其后向前，
发出模糊声响。
我们转过视线，

望着它的顶尖。
它那吱吱声音，
像西西里铜牛[1]
首次发出哞音，

那是制作者本人。
铜牛有这权利：
制作它的匠人
常用锉刀修理，

---

[1] "西西里铜牛"指雅典能工巧匠佩里路斯（Perillus）制作的刑具，把罪人放在铜牛肚子里活活烤死，因为造得巧妙，铜牛被烧红后，受刑者的惨叫声就能变成牛的哞声。他把这种刑具送给西西里岛阿格里真托（Agrigento）暴君法拉里斯（Phalaris，公元前570—前554年在位），法拉里斯命人首先把佩里路斯关进去试验，结果他就成了第一个受害的人。

它虽黄铜制作，

也有伤痛感觉，

发出来的声音

就是锉刀回音。

火球里那些罪犯，

因球顶没有通道，

他们的悲惨语言

变成了火苗呼啸。

后来在火球顶端

找到自己的通道，

火苗像舌头那样

颤抖，我们便听到：

"喂，你，我在问你，

你刚用伦巴第话[2]

是不是说：'你走吧，

我不想把你留下。'

我虽来此较晚，

请你不必厌烦，

2　这里指维吉尔。维吉尔是伦巴第人（参见本书第一曲维吉尔的自我介绍），讲伦巴第话。中世纪伦巴第泛指意大利北方广大地区，包括罗马涅地区在内，所以火球内的阴魂，即圭多·达·蒙特菲尔特罗（见后注3），便请求维吉尔介绍罗马涅地区的现状。

留下和我交谈；

我也不会厌烦，

而且还在被火烧！

在美丽的意大利

我犯下一切罪过，

既然你刚从那里

堕入这黑暗地狱，

那我就请你告诉，

现在罗马涅地区

是和平还是战争。

因为我生在那里的

蒙特菲尔特罗领地，

乌尔比诺和亚平宁之间，

台伯河就发源于那里。"[3]

3　讲话的人是圭多·达·蒙特菲尔特罗（Guido da Montefeltro），1220年出生于罗马涅地区的
亚平宁山岭地带，介乎于乌尔比诺（Urbino）和台伯河发源地——亚平宁山脉的科罗纳罗山
（Coronaro）之间，那里正是蒙特菲尔特罗伯爵的领地。圭多是蒙特菲尔特罗家族的重要成
员，著名的军事家，皇帝党军队的重要统帅，曾率领皇帝党军队多次战胜教皇党军队，战功
显赫。1275年率博洛尼亚皇帝党军队击败该地教皇党军队；1281—1283年率领弗利皇帝党军
队与教皇的军队作战并战胜他们，取得辉煌战果。1286年与教会妥协，但仍遭教皇放逐到皮
埃蒙特（Piemonte）。1289年逃离皮埃蒙特来到托斯卡纳，率领托斯卡纳地区皇帝党军队与
教皇党作战，获得赫赫战果。1296年再度归顺教皇，做了方济各会的修士。1298年死于阿西
西（Assisi）。

罗马涅的状况

我正听得聚精会神，
老师捅我腋下一把，
并且说："你来说吧，
他是一个意大利人。"[4]

我早做好准备答话，
毫不迟疑开始回答：
"隐藏在火球里的
阴魂哪，你出生的

罗马涅，暴君们心里
不论过去还是如今，
从来没有放弃战事。
不过我离开那里时，

还没有公开的战事。[5]
拉文纳多少年来都是

4 　刚才与希腊人尤利西斯谈话，但丁回避，维吉尔主谈。现在要与一个意大利人谈话，维吉尔
　　邀请但丁主谈。
5 　但丁地狱之旅始于1300年春。1299年4月，罗马涅地区各城市与各地的暴君达成"全面和解
　　协议"，不过那也只是一纸协议，所以但丁说"还没有公开的战事"。

受达·波伦塔苍鹰庇护，

它还向切尔维亚[6]提供保护。

弗利经受住了考验，

它让法国人尸体成堆，

现在受绿色爪子保护，

奥尔德拉菲家族族徽。[7]

达·维鲁基奥

老少两只恶狗，

通常把牙当钻头，

残酷处置囚徒。[8]

6　罗马涅地区重要城市拉文纳从1270年起就受达·波伦塔（da Polenta）家族统治，他们家族的族徽是一只苍鹰。切尔维亚（Cervia）是拉文纳东南亚得里亚海滨的一个小城市，曾隶属拉文纳，因经营盐业非常富庶。

7　弗利是罗马涅地区另一重要城市，当时政权掌握在皇帝党手中。罗马教皇马丁四世派意法联军围困弗利，久攻不下；弗利的皇帝党军队在圭多·达·蒙特菲尔特罗率领下顽强进行抵抗（参见本曲注3）。1282年5月1日，圭多指挥守军突围出击，击溃敌军主力，然后回击驻守市内的法国骑兵，使"法国人尸体成堆"。当时统治弗利的是奥尔德拉菲（Ordelaffi）家族，他们的族徽是黄底绿狮子；"绿色爪子"这里指绿色狮子的爪子，意思是受奥尔德拉菲家族的保护，在奥尔德拉菲家族统治之下。

8　这里讲罗马涅地区另一重要城市里米尼。里米尼原由皇帝党人蒙塔尼亚·德伊·帕尔齐塔蒂（Montagna dei Parcitati）掌权，1295年被马拉特斯塔·达·维鲁基奥（诗中称其为il mastino vecchio，意即老恶狗）击败，与他的长子马拉特斯蒂诺·达·维鲁基奥（Malatestino da Verrucchio，诗中称其为il mastino nuovo，意即小恶狗）相继掌权，他们对待政敌十分残暴，所以说他们"通常把牙当钻头"。相传老维鲁基奥俘虏蒙塔尼亚后，将其交给儿子小维鲁基奥看管。后来父亲问起他是怎样对待蒙塔尼亚的，儿子回答说："他被看守得非常好。虽然他离海很近，但是，即使他想跳海自杀，也是不可能的。"老维鲁基奥最后对儿子说："我看你并不知道怎样看守他。"小维鲁基奥会意，就杀害了蒙塔尼亚及其他几个与他一起被俘的囚徒。

那白色窝里的小狮子，

统领着桑特尔诺河畔

与拉莫内河畔两座城池，

随季节变换自己派系。[9]

萨维奥河从一边

流过的那座城市，

在平原和山区之间

比别处有较大自治。[10]

现在请告诉我们，

你到底是什么人，

像我一样回答提问，

让你英名与世长存。"

9　"小狮子"指马基纳尔多·帕加尼·达·苏西那纳（Maghinardo Pagani da Susinana），他们家族的族徽为白底（诗中称"白色窝里"）蓝色狮子，统治着拉莫内河畔的城市法恩扎（Faenza）和桑特尔诺河畔的城市伊莫拉（Imola）。他在罗马涅地区支持皇帝党，但他幼年丧父，受过佛罗伦萨政府监护，所以又始终和佛罗伦萨教皇党站在一起。原诗说他"muta parte da la state al verno"（从夏天到冬天改变派系），有注释家解释为他"常常从一个季节到另一个季节就转变阵营，站到另一个党派去"。这里按这种解释翻译。

10　这里指弗利与里米尼之间的城市切塞纳（Cesena），它位于亚平宁山脉北麓的平原上，萨维奥河沿城西侧由南向北流过。1300年时切塞纳由加拉索·达·蒙特菲尔特罗（即我们前面提到的圭多的堂兄弟）领导，他的身份是人民党领袖和市长，但他不是残酷压迫人民的暴君，所以诗中说那里"比别处有较大自治"。

圭多的罪与罚

那火焰发出咆哮，
然后就摇晃火苗，
晃过来，晃过去，
最后吐出以下话语：

"假如我相信你
终将回到人世，
那么这个火舌
就会停止摇曳；[11]

但是我听人说，
没人能从这里
生还回到人世；
如果此话属实，

我就不再担心，
回答你的问题
会导致名誉扫地。
我是尚武人士，

11　即不再讲话了。圭多本想采用沉默为上的策略，不愿多谈，但考虑到没人能够生还人世，最
　　后还是决定说下去。

现在做了修士，

系上这根绳子，[12]

相信能够赎罪。

我的这个心愿

完全可以实现，

假如那大祭司[13]

不来进行干预，

（但愿他不得好死！）

是他逼迫着我

重犯原来罪过；

如何迈出这一步，

请听我仔细表述：

当我活在人世时，

载着母亲赋予的

骨架和肉体，我的

行为并不像狮子，

而像一只小狐狸。

我熟知阴谋诡计，

应用得如此得体，

为此我名扬各地。

12　即方济各修士腰间系的腰带，意思是做了方济各会修士。

13　指教皇卜尼法斯八世。

但是当我发现，

我已岁至暮年

（人在这个年纪

都会落帆收缆），

过去喜欢的事情，

现在会令我厌弃；

经过悔罪和忏悔，

做了方济各修士。

啊，我真的很可怜！

这样也许让我安宁。

新法利赛人的头领

点战火于罗马附近，

敌人不是犹太人，

也不是萨拉森人，

而是全体基督徒。[14]

他们当中没有人

---

14 "新法利赛人的头领"指卜尼法斯八世，而"新法利赛人"指一切卑劣的教士和僧侣。但丁把他们比作陷害耶稣的法利赛人，称他们为"新法利赛人"。"点战火于罗马附近"，指1297年卜尼法斯八世对科隆纳（Colonna）家族发动的战争：这个家族拒不承认切莱斯廷五世退位（参见本书第三曲注7）有效，因而也不承认卜尼法斯当选合法；卜尼法斯将他们开除教籍，限他们十天内降服；他们逃避到罗马附近的帕勒斯特里纳（Palestrina）城堡抵抗了一年半之久。这次战争的对象不是犹太人，也不是萨拉森人（即信奉伊斯兰教的阿拉伯人），而是基督徒。

围攻过阿卡城，

也没有任何人

去苏丹国做生意；[15]

而他却毫不顾及

自己那至高无上

的地位和圣职，

也不念及我身上

令人消瘦的绳子，

像君士坦丁大帝

从希拉蒂山洞里

召回希尔维斯特罗，

以医治麻风顽疾，[16]

他把我也当作医生，

为他治疗狂妄热症：

他征求我意见，

我却缄口不谈，

因为他说的话

像醉汉的呓语。

然后他又说道：

'你心不必恐惧，

现在我赦你无罪；

你给我拿个主意，

把帕勒斯特里纳

城堡 [17] 夷为平地。

我能打开天堂之门，

同样能够将它关闭，

这一点你是知道的，

我掌握着两把钥匙。

可惜我的前任

却不珍惜它们 [18] 。'

他的言论让我感到

献计也许比沉默好，

于是我回答他说：

‘圣父啊，既然你赦免我，

那我就再犯旧的罪过：[19]

短守约、长许诺，

只要遵循这种策略，

就能御敌坐稳宝座。’

我死后圣方济各

来到这里找过我，

一个黑色天使[20]

站出来对他说：

‘别把他带出去，

也别来责怪我；

他应到下面去

和罪犯在一起，

因为他献了那条

坑害他人的诡计；

从那时起我随时

都准备将他拘羁；

19　即给教皇出谋划策，犯下欺诈策划罪。下面就是他提的建议："短守约、长许诺"，即多答应对方提出的要求，少履行自己的诺言。卜尼法斯八世采纳了圭多的建议，答应宽恕科隆纳家族，恢复他们的地位和职务。他们信以为真，交出帕勒斯特里纳城堡，向教皇投降。事后卜尼法斯八世公然背信弃义，将帕勒斯特里纳夷为平地，并且继续迫害科隆纳家族。

20　即追随魔王卢齐菲罗叛变的天使，他们也被打入地狱，可称为魔鬼，也可称为黑天使。

人不悔罪不得赦免，
也不能又悔罪又重犯，

因为这是两种
自相矛盾的行动，
不允许相互兼容
并存于一人之身。'

啊，我真的很痛心！
当他抓住我时说道：
'我是个讲辩证法的人，²¹
也许你从来没有想到！'

他这话让我十分震惊。
他带我到弥诺斯跟前，
弥诺斯把尾巴在背上
绕了八圈，并怒气冲天

地咬着尾巴说道：
'他应受贼火²²焚烧！'
所以你现在看见
我在这里受劫难，

---

21 指上面的话：人"不能又悔罪又重犯"，说明他是个能用辩证法看问题的人。
22 "贼火"在这里指火焰把罪犯包裹起来，不让人看到，即这一囊的火球。

包在火球里受煎熬。"
当他这席谈话结束,
那火焰就收缩火苗,
摇曳着痛苦地离去。

我们继续向前,
顺着岩石爬上
另一座桥顶端;
桥下沟壑里面,

犯离间罪的亡灵
在那里受到报应。

有一个无头躯干，
悲惨如其他罪犯；
抓着自己头发，
提着自己头颅，
仿佛打着灯笼
照亮前行道路。

　　第九囊的情况非常悲惨：这里收纳的罪犯是制造不和与分裂罪的犯人阴魂，他们肢体残破、内脏外流，惨不忍睹。但丁看到这种情况，觉得用散文都难以描述出来，自己却要用诗歌来描述它，担心难以胜任。

首先映入他眼帘的是穆罕默德和阿里：前者的躯体从下巴到腹部全都劈开，内脏都露在外面；后者的脸从前额到下巴被劈开。因为但丁认为他们制造了分裂：前者创立伊斯兰教，分裂了本来应该统一的基督教；后者创建"什叶派"，又分裂了伊斯兰教。所以把他们都置于第八层地狱第九囊和挑拨离间、制造不和与分裂罪的犯人一起服刑。

接下来但丁讲述了皮埃尔·达·梅迪奇纳，他因在罗马涅地区僭主们之间散布不和，在这里受到的惩罚是："喉咙已被刺穿，/ 眉毛下鼻子被砍，/ 仅留下耳朵一片。"

然后是建议恺撒渡过卢比康内河向罗马进军、挑起内战的卡约·库里昂内，他被割掉了舌头，不能讲话；在佛罗伦萨播下内乱祸根的莫斯卡·德伊·兰贝尔蒂"双手都被砍去，/ 昏暗中举着残臂，/ 污血玷污面部"；最后是贝尔特朗·德·鲍恩，他曾建议自己的幼主、英国年轻的国王反对其父亨利二世，致使他们父子反目成仇，他的情况更加悲惨："抓着自己头发，/ 提着自己头颅，/ 仿佛打着灯笼 / 照亮前行道路。"他意识到自己罪大恶极，感慨地说："我离间了亲情骨肉，/ 所以躯体分离头颅。/ 呜呼！报应的法则 / 在我身上得到灵验。"

挑拨离间者

谁能利用散文
描述我的见闻:
这血腥悲惨场面,
并且要重复多遍?

即使我竭尽所能,
也无法全部说明;
因为人的语言和记忆
容纳不下这么多事情。

在意大利的南方
普利亚那个地方,
罗马人曾在那里
进行过残酷战事。[1]

如能聚齐全部
死伤者的尸骨,
如史学家李维说的,
他们遗弃的戒指

---

1 普利亚(Puglia)曾泛指意大利半岛那不勒斯以南的广大地区,罗马人在统一意大利半岛的过程中,曾与当地部落萨姆尼乌姆(Samnium)进行过战争(公元前343—前290年),与希腊移民厄皮鲁斯国王进行过战争(公元前280—前272年),还在那里进行了第二次布匿战争(公元前218—前202年)。

收集起来一大堆；²

加上那些为抵抗

罗伯特³而死亡的

尸骨仍然堆放

在切普拉诺的人，⁴

还有尸骨堆放在

老阿拉尔多用计谋获胜

的塔利亚科佐⁵附近的人，

不论他们的躯体

已伤残成什么样，

2　古罗马历史学家李维（Livy，公元前59—公元17年），在其《罗马史》卷二十三第四章记载，迦太基人从阵亡的罗马将士手指上掠去了大量金戒指，"为了证明这样重大的胜利，他（汉尼拔）下令将金戒指统统倒在罗马元老院门口。金戒指成了那么大的一堆，据某历史学家说，计量时足有3.5摩狄乌斯之多（1摩狄乌斯约合9092升）"。

3　即英国人罗伯特·圭斯卡德（Robert Guiscard）。11世纪前普利亚属东罗马帝国（拜占庭帝国），罗伯特·圭斯卡德是诺曼底公国的骑士，他来到意大利南部，击败了东罗马人，夺取了普利亚和卡拉布里亚（Calabria），成为那不勒斯王国和诺曼王朝的开创者。

4　"尸骨仍然堆放／在切普拉诺的人"，指在贝内文托战役中死亡的人。1266年，法国安茹伯爵查理一世（Charles d'Anjou）入侵西西里王国，西西里国王曼弗雷迪命令普利亚贵族们把守教皇领地和西西里王国交界处的切普拉诺（Ceprano），因为那里的利里河（Liri）上的桥梁是通往西西里王国的交通要道。但那些普利亚将领们背叛了国王曼弗雷迪，听任敌军过河，不加阻击，致使敌人侵入西西里王国国境，并占领了　些战略要地。曼弗雷迪被迫退到贝内文托，在决战中阵亡。

5　塔利亚科佐（Tagliacozzo），意大利中部城镇，位于阿布鲁佐大区拉奎拉市（l'Aquila）东南约30公里。曼弗雷迪死后，西西里王国被查理夺去。曼弗雷迪之侄康拉丁（Conradin）企图从查理手中夺回应由自己继承的王位，率军从德国来到意大利与查理作战。查理在准备作战方案时，采纳了足智多谋的老将军艾拉尔·德·瓦勒里（Erard de Valery，即诗中说的老阿拉尔多）的建议，把后备军布置在阵后伺机出击。两军在塔利亚科佐刚一交战时，康拉丁的军队击败了查理的军队，但在追击时遭到对方后备军袭击，伤亡惨重，溃不成军，康拉丁本人也被俘，后在那不勒斯惨遭杀害。

都无法胜过这
第九囊的惨状。

穆罕默德与阿里

我看见一个阴魂，
从下巴劈裂至屁眼，
即便酒桶烂掉底板，
也不像他伤损不堪：

肠子垂在两腿间，
胸腔腹腔都破烂，
内脏裸露在外面，
包括那个臭皮囊，[6]

把食物变成粪便。
当我注视着他时，
他便盯了我一眼，
用手撕着胸腔演示：

6　指肠胃。

"看我怎样进行自残！

把穆罕默德[7]劈成两半！

阿里[8]哭诉着走在我身前，

他的脸从下巴劈至额前。

你这里看到的其他人，

生前都是散布不和

或制造分裂的犯人，

所以他们都这样劈裂。

有个鬼吏跟在后面，

他对我们如此凶残，

每当我们走完一圈，

他就将我们再劈开。

因为我们的伤残，

在走完一圈之前，

都能够愈合封闭。

但是你，你是谁？

7   穆罕默德（Mohammed，约570—632年），伊斯兰教创始人。中世纪欧洲人传说，穆罕默德
     原为基督徒，甚至是枢机主教，后来背叛基督教，创建伊斯兰教，破坏了基督教的统一。但
     丁受时代局限，相信这一传说，认为穆罕默德是制造分裂者，所以把他放在这里与其他制造
     分裂的犯人一起受刑。
8   阿里（Ali, 全名Ali ibn-Abi-Talib，约600—661年）是穆罕默德的堂弟与女婿，656年当选为
     哈里发（意为安拉使者的代理人），创建"什叶派"，分裂了伊斯兰教，所以他也被但丁放
     在这里受刑。有些注释家认为，他和穆罕默德所受刑罚相反：穆罕默德是从下巴到屁股（从
     上到下）被劈成两半，象征他从事的是国与国之间的分裂活动；阿里则是从下巴到额前（从
     下至上）被劈开，象征教派内部的分裂活动。

站在岩石拱桥上面
探身凝视我们受刑，
是否为了拖延前往
领受已判定的酷刑?"

"死亡绝触不到他，
罪过未让他受罚，"
老师回答他说，
"但是为了让他

有个完整体验，
由我这个亡灵
领他地狱游览，
一层层地察看。

我说的这些话
句句都是实话。"
一百多个阴魂
听见老师的话，

个个惊奇地停下，
站在沟底望着我，
忘却了所受惩罚。
"既然你还要返回

阳光灿烂人世，
那就请你转告
多尔奇诺修士，[9]
假如他不想要

很快就来这里，
就请他储备衣食；
即使大雪封山，
也不能把胜利

轻易送给诺瓦拉人；[10]
他们想战胜这些人，
并非那么轻而易举。"
穆罕默德举着足，

一直没有离开，
等他说完这番话，
才把那只脚放下，
迈开健步离开。

9　即多尔奇诺·托尔尼埃利（Dolcino Tornielli），诺瓦拉人，为使徒兄弟会（Fratelli
　　Apostolici）领导人、帕尔马人杰拉尔多·塞加雷利（Gerardo Segarelli）的继承人。塞加雷
　　利于1260年创立使徒兄弟会，主张财产共有，反对教会腐化，遭教皇迫害，1300年被捕，并
　　以异端罪处以火刑。方济各会修士多尔奇诺继承了他的事业，异端运动最后发展成农民起
　　义：1304年起义在皮埃蒙特地区爆发。1305年教皇克雷芒五世宣布组织十字军，由诺瓦拉
　　主教率领讨伐。1306年多尔奇诺率信众躲入诺瓦拉（Novara）和韦尔切利（Vercelli）之间
　　的山区。冬季奇寒，大雪封山，又受到敌人围困，粮食断绝，饿死者甚众，战斗力被削弱。
　　1307年多尔奇诺被俘，不久被处以火刑。穆罕默德这段话是作为预言对但丁说的，因为说这
　　话的时间是1300年，而多尔奇诺领导的起义，如上所说，发生在1304—1307年间。
10　即诺瓦拉主教率领的十字军。

皮埃尔·达·梅迪奇纳

另有一个阴魂，

喉咙已被刺穿，

眉毛下鼻子被砍，

仅留下耳朵一片。

和其他阴魂一起

惊奇地一直观看；

别的阴魂开口前，

他张开那血红般

的喉管抢先说道：

　"哦，你不是到这里

接受惩罚的鬼魂，

我在意大利土地

一定曾经见过你。

如果你的长相

与那人如此相似，

让我认错了你，

那就请你记住皮埃尔·

达·梅迪奇纳这个名字。

如果你有朝一日

能够回到人世，

看到那波河平原

从韦尔切利开始

倾斜向下伸延，

到马尔卡勃[11]终止；

如果你回到那里，

请你告诉法诺的

两位名人：圭多

以及安乔列洛：

除非这里预见不准，

他们将被一个暴君

背信弃义扔进海里，

在卡托利卡附近淹死[12]。

---

11 波河发源于皮埃蒙特山区，韦尔切利属该地区，虽然不是波河的发源地，也算代表了波河的
 源头；马尔卡勃城堡（castello di Marcabò），是波河入海口处的一座城堡，1309年时已被毁，
 现已不存。但丁用这两个地名代表从西向东延伸的整个波河平原。
12 皮埃尔·达·梅迪奇纳（Pier da Medicina），生平事迹不详。有注释家认为，梅迪奇纳位于
 伊莫拉与博洛尼亚之间，从前是一块领地，曾有城堡，由当地贵族统治，但丁曾去过那里，
 受到隆重礼遇，皮埃尔大概在那个场合见过但丁。"圭多"，即圭多·德尔·卡塞罗（Guido
 del Cassero），"安乔列洛"，即安乔列洛·迪·卡里尼亚诺（Angiolello di Carignano）。他
 们是法诺（Fano，里米尼南边的海滨城市）的两位贵族，属相互对立的党派。梅迪奇纳对
 他们二人的预言是："他们将被一个暴君 / 背信弃义扔进海里，/ 在卡托利卡附近淹死。"其
 大意是：当时里米尼僭主马拉特斯蒂诺（诗中所说的暴君，参见本书第二十七曲注8）想
 兼并法诺，借口调解他们二人之间的不和，邀请他们乘船到里米尼叙谈。船行至卡托利卡
 （Cattolica）附近，水手按照马拉特斯蒂诺的密谋，将他们二人推入海中淹死，但这段史实并
 无史料佐证。但丁认为，上面穆罕默德的预言和这里皮埃尔的预言，都是散布不和的言论，
 所以都将他们放在这里赎罪。

从马略卡岛

到塞浦路斯，

这么大的罪行，

海神涅普图努斯 [13]

从来没见证过；

希腊人与海贼，

也都未曾见过

如此猖獗行为。

那背信弃义的人，

独眼统治的城市，[14]

这里和我一起的人，[15]

宁愿从未去过那里。

那暴君将召唤

他们前去谈判，

然后设法让他们

不必向佛卡拉许愿。" [16]

13　塞浦路斯在地中海东部，马略卡（岛）属西班牙，在地中海西部，但丁用这两个地点代表
　　整个地中海地区。涅普图努斯（Neptune）是古罗马神话中的海神。

14　"那背信弃义的人"指马拉特斯蒂诺，因为他瞎了一只眼睛，所以称"独眼"；"统治的城市"
　　指里米尼。

15　"和我一起的人"指下面即将说到的库里昂内（见后注17），因为他犯下的离间罪与里米尼有
　　一定关系，此时悔恨自己曾经来到过那里，打心眼里想"宁愿从未去过那里"。

16　佛卡拉岬（Focara），位于卡托利卡和佩萨罗（Pesaro）之间，那里风暴猛烈，又无港湾，航
　　行非常危险。船舶经过那里时，水手们都要祈祷、许愿，以免翻船。皮埃尔这里说"他们不
　　必／向佛卡拉许愿"，意思是：圭多和安乔列洛在到达那里之前，就已被马拉特斯蒂诺谋害。

库里昂内

我对他说："如果你
要我把你的信息
带到人世间去，
那就请你指出

那个见到里米尼
就感到伤心的人，
他究竟是什么人？"
于是他把自己的

手放到同伴腮上，
掰开那人的嘴巴
大声说："就是他，
但是他不会说话。

他被逐出罗马后，
敦促恺撒早决断，
宣称：有备之人
不应被迟疑羁绊。"[17]

17　此人是卡约·库里昂内（Caio Curione），曾任罗马保民官，支持庞培，后来被恺撒收买。庞
培与恺撒分裂后，他被逐出罗马。据卢卡努斯的《法尔萨利亚》卷一叙述，他用"有备之人 /
不应被迟疑羁绊"这句话，敦促恺撒渡过里米尼附近的卢比康内河（Rubicone），进军罗马，
结果引发了内战。所以但丁把他也作为散布不和者放在这里赎罪。

啊，库里昂内，

当初大胆进言，

现在割掉舌头，

似乎吓破了胆。

莫斯卡·德伊·兰贝尔蒂

另有一个鬼魂，

双手都被砍去，

昏暗中举着残臂，

污血玷污面部。

他在这样大声呼叫：

"你一定记得莫斯卡，[18]

他曾建议'一了百了'，

给托斯卡纳栽下祸苗。"

---

18 即莫斯卡·德伊·兰贝尔蒂，关于他的事迹请参见本书第六曲注12。1216年年初，佛罗伦萨
庞德尔蒙蒂家族的庞德尔蒙特（Buondelmonte de'Buondelmonti），与阿米德伊（Amidei）
家族的女儿订婚，后违背婚约，娶了多纳蒂家族的女儿为妻。当阿米德伊家族开会商讨对
策时，莫斯卡说了这么一句挑衅的话："Cosa fatta capo ha"，相当于我们的"冤有头，债有
主"，也可以理解成是"把他干掉算了"或"（杀了他）一了百了"。阿米德伊家族在他挑唆
下，为给家门"雪耻"，杀死了庞德尔蒙特，从而导致佛罗伦萨贵族家庭分裂成教皇党与皇
帝党两大派别，揭开了两派长期对立和流血斗争的历史，莫斯卡家族也深受其害。所以后文
诗中说"给托斯卡纳栽下祸苗"。维拉尼在《编年史》第五卷对此有所记载。但丁也因此将
莫斯卡作为散布不和者放在这里受刑。

我替他补充说道：

"你家也惨遭迫害。"

于是他痛上加痛，

悲痛欲绝地走开。

贝尔特朗·德·鲍恩

我留下观察囊底，

看到这样一件东西，

即使不让我举证，

仅说出来就感惊奇；

但良心给我壮胆：

良心是个好侣伴，

让人得到庇护，

让人感到坦然。

我确确实实看到，

他仿佛仍在眼前，

有一个无头躯干，

悲惨如其他罪犯；

抓着自己头发，

提着自己头颅，

仿佛打着灯笼

照亮前行道路。

那颗悬空头颅

望着我们说："呜呼！"

它自己给自己照路，

一双眼睛、一颗头颅，

既是一体又分成两部。

结果怎么会如此，

只有上帝自己清楚。

当他走到桥下时，

把提着头的手臂

高高、高高地举起，

让他要说的话语

更贴近我们耳际。

他说的话如下：

"你活着来探望

受惩罚的阴魂，

看我多么悲怆！

你记住我的名字，

贝尔特朗·德·鲍恩，[19]

以便把我的消息

带回到人世间去。

他曾向年轻国王

进献了有害谗言，

让他们父子反目。

亚希多弗也没如此阴险，

在押沙龙与大卫间

进行挑拨离间；[20]

我离间了亲情骨肉，

所以躯体分离头颅。

呜呼！报应的法则

在我身上得到灵验。"

---

19 贝尔特朗·德·鲍恩（Bertran de Born，约1140—1215年），法国佩里高尔郡（Perigord，当
   时隶属英国金雀花王朝）和奥特福尔（Hautefort）城堡的领主，曾任英国国王亨利二世的陪
   臣。传说贝尔特朗曾煽动亨利亲王背叛他父亲，所以但丁把他放在这里受刑，但此事在史书
   中也找不到佐证。
20 亚希多弗（Ahithophel），大卫王朝基罗城人，是以色列王大卫的谋士，后来大卫的儿子押
   沙龙（Absalom）背叛大卫，大卫被迫逃遁。据说亚希多弗给押沙龙出谋划策追杀大卫，他
   的计谋被挫败后，自缢而死。参见《旧约·撒母耳记》下第15—17章。

为什么你的双眼
仍旧流连那下面,
望着那些悲惨的
残缺不全的尸体?

　　第九囊里的悲惨状况,引起但丁深深同情,他"真想痛哭一场";更让他放心不下的是,那里应该还有他的一位亲人,但他却未能见到这位亲人。维吉尔告诉他说,当他和贝尔特朗·德·鲍恩交谈时,他那位亲人走过去了,不仅不愿理睬他,似乎还做出种种手势威胁他。但丁表示理解,因为这位亲人因他们迟迟不为他报仇一事，对他们尚心存芥蒂。

维吉尔提醒但丁，现在"剩下的时间很短，/还有很多东西要看"，要求他集中注意力，抓紧时间观看第十囊。

第十囊里收纳的是造假贵重金属者的阴魂，他们受到的惩罚是患麻风病，身上长满疮痂，奇痒难忍，要用手不住地去搔挠。这里患者众多，其悲惨的情形不亚于奥维德在《变形记》第七章记述的埃伊纳岛：众神之王朱庇特爱上了水仙埃伊纳，引起天后朱诺的嫉妒。天后降下可怕的瘟疫，使埃伊纳岛上的人和动物全都死了；只有国王埃阿克斯一人幸免，他看见一队蚂蚁往一棵橡树上爬，就祈祷朱庇特赐给他像那队蚂蚁那么多的臣民。朱庇特答应了他的请求，让那些蚂蚁变成了人。

这里的犯人中，但丁认出了阿雷佐人格里弗利诺·德·阿雷佐和锡耶纳人卡波基奥·达·锡耶纳，他们都因为犯造假贵重金属罪被罚在这里服刑。另外，但丁还借他们之口抨击锡耶纳人虚荣浮华的秉性。

杰里·德尔·贝洛

众多受难阴魂，

种种奇异创伤，

让我视线迷茫，

真想痛哭一场。

但老师对我说：

"你还在看什么？

为什么你的双眼

仍旧流连那下面，

望着那些悲惨的

残缺不全的尸体？

参观别的恶囊，

你却没有这样：

你若以为能估算

他们有多少人数，

那就请你算一算

它有二十二里方圆。[1]

---

1 但丁在这里说，这个恶囊"有二十二里方圆"，在下一曲即第三十曲又说第十囊"方圆十一英里"，这些都是但丁虚拟的数字，不应看作真实的数据，不应被用以计算但丁设计的地狱的大小。

再说月亮现在已

移至我们脚下面：[2]

剩下的时间很短，

还有很多东西要看。

于是我回答道：

"假如你已猜到

我为什么滞留，

也许你会允许

我再少许停留。"

老师不住前行，

我紧随他身后，

做出上面回答后，

又做以下补充：

"我刚才凝视的

那个壕沟之中，

应该有个我的

<hr />

2　但丁在《地狱篇》里一直是用月亮的方位来表示时间。这里说"月亮现在已 / 移至我们脚下面"，表示月亮已经升至南半球正中炼狱山的上空。但丁进入地狱时恰逢"满月"，也就是说那是个望日。每逢望日，月亮傍晚6点左右出现在地平线上，半夜升至中天，即到达炼狱山的上空，这对于下到地狱深层的两位诗人来说，正好在他们脚下。如果考虑到但丁他们离开第八层第四囊时，是早晨6点（参见本书第二十曲末尾），现在的时间应该是中午1点。再考虑到但丁他们应该在24小时之内游览完整个地狱，这时剩给他们的时间也就五六个小时了。所以诗中说"剩下的时间很短，/ 还有很多东西要看"。

亲属，也在那里

为自己罪过赎罪。"

老师却对我说：

"别把你的心思

分在他的身上；

今后你要多想

别的事情，让他

留在那沟底吧。

因为我看见他

在桥下指着你

做出各种威吓，

还听别人叫他

杰里·德尔·贝洛。[3]

那时你正关注

奥特福尔的领主，[4]

你未朝他看哦，

3　杰里·德尔·贝洛（Geri del Bello），是但丁父亲的堂兄弟，生平事迹不详。从仅有的文献
　　来看，他1280年因斗殴伤人被普拉托法庭缺席审判。据但丁的儿子雅科波说，他好挑拨离
　　间，散布不和，所以但丁将他置于这里第九囊赎罪。但丁的另一个儿子彼埃特罗说，他是被
　　佛罗伦萨萨凯蒂（Sacchetti）家族的人杀死的，后来他的侄子们为他报仇，杀死了萨凯蒂家
　　族的一个成员。有注释家考证，报仇的事大约发生在1310年，即他死后三十年。
4　"奥特福尔的领主"，即贝尔特朗·德·鲍恩，见本书第二十八曲注19。

直到他离开那里。”
我说：“啊，老师，
对于他的横死，
至今尚无族人

为他进行报复，
让他感到愤懑；
他独自扬长而去，
不愿意与我交谈。

我想这就是原因。
正因为这个原因，
我对他更加怜悯。”
我们这样交谈着

一直走到桥顶上，
看到另一个恶囊；
假如光线稍强，
就可看到囊底。

造假贵重金属者

我们来到恶囊的
最后那封闭环里，[5]

5　即呈封闭状态的恶囊。

见到关闭在那里

赎罪的众多阴魂，

悲惨奇异的哭喊

射向我像箭矢般，

引起我的哀怜；

我只好用双手

捂住我的耳朵眼。

这里悲惨的景象，

正如七至九月间

以下各地的医院，

如瓦尔迪基亚纳、

撒丁岛和马雷马[6]

这些地方的医院；

如把那里的病患

都聚集一条沟里，

二者情形堪相比：

---

6 瓦尔迪基亚纳（Valdichiana），即Val di Chiana，基亚纳河河谷。基亚纳河原在阿雷佐、科尔
托纳（Cortona）和丘西（Chiusi）之间，因河水缓慢，淤积成沼泽地带。15世纪后该河已被
疏浚，土地被改良，河水部分被导入阿尔诺河，部分导入台伯河。基亚纳河不复存在，但河
谷尚存；马雷马即托斯卡纳沿海的沼泽地带，还有撒丁岛上的许多沼泽地。这些地方都是当
时疟疾盛行的地区，7—9月疟疾病患者众多。

阴魂们散发的臭气，

犹如病人腐烂肌体。

我们向下行走，

依旧沿着左手，

下到漫长石桥的

最后一道沟堤。

这时我俯视沟底，

看得更加清晰；

那里正义女神

（上帝忠实使臣），

正在惩罚那些

在册的[7]造假者。

我认为这里的情形

比埃伊纳[8]更令人同情：

当那里的空气

充满有毒瘴气，

7　即分配到这里来的造假者。但丁对于造假者分得很细，有伪造金属者（即炼金术士）、假扮
　　他人者、伪造货币者等，他们按不同罪行结伴而行，接受不同的疾病折磨，如炼金术士患上
　　麻风病或疥癣，躺倒在地或匍匐而行。

8　埃伊纳岛（Aegina）位于雅典西南萨罗尼克湾（爱琴海海湾）内，因水仙埃伊纳居住在岛上
　　而得名。后文"据诗人们记忆"指奥维德在《变形记》第七章的记述：众神之王朱庇特爱上
　　了水仙埃伊纳，引起天后朱诺的嫉妒。天后降下可怕的瘟疫，使埃伊纳岛上的人和动物全都
　　死光；只有国王埃阿克斯一人幸免，他看见一队蚂蚁往一棵橡树上爬，就祈祷朱庇特赐给他
　　像那队蚂蚁那么多的臣民。朱庇特答应了他的请求，让那些蚂蚁变成了人。

一切动物和人，
包括小小虫蛆，

全都中毒丧生；
后来人类再生，
据诗人们记忆，
来自弱小蚂蚁。

恶囊里的魂灵，
一堆堆一群群，
那悲惨的情形
着实令人怜悯：

他们有的趴着，
有的肩并着肩
相互依靠坐着，
有的沿着沟底

匍匐向前爬行。
我们默默缓行，
望着不能直立的
病人，听其哭泣。

我见两个犯人
肩并着肩坐着，

就像两个平锅

在灶上斜支着；

他们从头到脚

长满斑驳疮痂，⁹

由于奇痒难耐，

他们都用指甲

在自己身上乱抓。

我从未见过马童，

当主人着急用马，

如此挥动马刷；

也未见过马夫

不想终夜守护，

这样急促刷马。

病人使用指甲

搔挠身上疮痂，

也像厨师剥刮

鲤鱼，或者其他

的鱼鳞片较大。

9　这里的阴魂患麻风病，并且浑身生癞，奇痒难耐。

老师对一阴魂说：
"喂，你使用指甲
剥自己的疮痂，
仿佛拾掇铠甲

使用铁制钳子；
告诉我们，这里
是否有意大利人，
但愿你的手指

永不磨损，任你抓挠。"
其中一个哭诉答道：
"你看我们二人
都是意大利人，

我们被这里酷刑
折磨得面目难认；
但你是什么人，
细心询问我们?"

老师回答他道：
"我陪这个活人
走过地狱层层，
为了让他看到

地狱真实面貌。"
于是他们二人
不再相依互靠，
包括其他的人，

听到此话之后，
先是一愣，然后
全都转身看我。
老师也靠近我，

和善地对我说：
"你想知道啥啊，
就向他们问吧！"
我遵师意接着说：

"愿你们的记忆
不在人间消失，
反而能够延续。
我请你们如实

告诉我你们的姓名，
都是什么地方的人；
别因为这肮脏酷刑
妨碍你们向我说明。"

"我是阿雷佐人，"[10]

其中一人回答，

"阿·达·锡耶纳

请求判我火刑；

不过我来到这里，

并非我被判火刑，

而是我开玩笑说

'我能够凌空飞行'。

那个阿尔贝托，

好奇但理智薄弱，

让我教他飞行技艺，

因未变成代达罗斯，[11]

请求他的保护人

判我处以火刑。

但我来到这个

最后恶囊服刑，

---

10 这个阿雷佐人名叫格里弗利诺（Griffolino），是著名的炼金术士，1259年在博洛尼亚加入托斯卡纳人会（Società dei Toschi），1272年被打成异端，判处火刑。后文的阿·达·锡耶纳，即阿尔贝托·达·锡耶纳（Alberto da Siena），是锡耶纳贵族，家里很有钱，但头脑简单。格里弗利诺和他交朋友，为了骗他钱，有一天对他说自己能凌空飞行。阿尔贝托信以为真，要跟他学习飞行技术，结果当然失败了。阿尔贝托大怒，指责他是异端术士，进而请求其保护人锡耶纳主教判处他火刑。

11 代达罗斯，希腊的能工巧匠，曾制造出人工翅膀飞上天空。参见本书第十七曲注16。

是因为我在阳间

从事虚假炼金术。[12]

弥诺斯[13]每一判罚

从来都不会有误。"

锡耶纳人的虚荣

我对老师说：

"世上难道说

有比锡耶纳人

更讲虚荣的人？[14]

爱虚荣的法国人

不比他们更甚！"[15]

另一个麻风病人，

听了我的话说：

---

12 炼金术在中世纪分为两种：1.合法炼金术（alchimia lecita），即力图寻找最好的方法从矿石中提取贵重金属（金、银）；2.虚假炼金术（alchimia sofisticata），即所谓"点石成金"的骗人方法。

13 地狱里的判官，参见本书第五曲注2。

14 但丁认为锡耶纳人虚荣心很重，不仅在这里这样说，在《炼狱篇》第十三曲末尾也这样说，参见《炼狱篇》第十三曲注22。

15 本维努托注："高卢人（法国人）是自古以来最虚荣浮华的人，尤里乌斯·恺撒常这样说。今天，这已为事实所证明：……他们脖子上戴着项圈，手腕上戴着镯子，穿着尖鞋和短衣服……以及其他浮华无用的东西。"

"把这些人排除吧：

花钱节制的斯特里卡、[16]

将花园里的丁香花

最先入味的尼科洛、[17]

还有那浪子俱乐部

里的卡恰·达沙努 [18]

（挥霍掉庄园和森林），

以及阿巴利亚托 [19] 头领

（俱乐部里表现明智）。

但为了让你知道，

谁在这里支持你

抨击锡耶纳浪子，

请你睁大双眼，

看着我的脸面，

---

16 斯特里卡（Stricca）可能是乔万尼·德伊·萨林贝尼（Giovanni dei Salimbeni）的儿子。其父曾于1276年和1286年两度担任博洛尼亚行政官，给他留下的遗产丰厚。但他铺张浪费，他参加的俱乐部叫浪子俱乐部（brigata spendereccia）。诗中说他"花钱节制"是反话。

17 尼科洛（Niccolò）是斯特里卡的兄弟。据注释家说："他慷慨大方，挥霍无度，是那个俱乐部的成员。他是第一个想出烤野鸡和鹧鸪时把丁香塞进它们肚子里去烤的人。"

18 卡恰·达沙努（Caccia d'Asciano），即来自阿沙努的卡恰。阿沙努（也可译成阿沙诺，但这里为了押韵，译成阿沙努）是锡耶纳东南的一个小城镇。卡恰为了在浪子俱乐部大吃大喝，把自己拥有的葡萄园和大片森林都卖掉了。

19 阿巴利亚托（Abbagliato）是个诨名，意思是"头昏眼花"的人；此人的真名是巴尔托洛梅奥·德伊·弗尔卡基埃里（Bartolommeo dei Folcacchieri），也是浪子俱乐部的成员。他曾在锡耶纳担任要职，并担任过托斯卡纳教皇党联盟的首领。这里说他在"俱乐部里表现明智"也是反话。

你就会清楚看到：

我是阴魂卡波基奥，[20]

生前以炼金术

造假贵重金属；

你仔细看看我，

应该还记得住，

因为我天生就

是个乖巧的猴儿。"

20　卡波基奥（Capocchio），其籍贯是佛罗伦萨还是锡耶纳，注释家们看法不一。但大家一致
　　的看法是，他曾与但丁一起在佛罗伦萨求过学，因此但丁应该认识他。据佛罗伦萨无名氏记
　　载：他生前善于模仿他人，并以炼金术行骗，1293年在锡耶纳被判处火刑。

第三十曲

一个扑倒卡波基奥，
咬住他的脖子，
拖着他肚皮朝地
沿坚硬沟底前移。

这一曲一开始，但丁便援引古希腊神话故事中的一个典故：众神之王朱庇特之妻朱诺发怒，先惩罚了塞墨勒，然后又惩罚了塞墨勒的妹妹伊诺。

接着但丁描述了这一囊中的两个犯人：佛罗伦萨人斯基奇，因假扮他人伪立遗嘱骗取一匹马；以及塞浦路斯国王的女儿密耳拉，因假扮别的女人与其父合欢。他们在地狱里受到的惩罚是变成疯子（疯狂行为的受害者），同时又以自己的疯狂行为折磨其他阴魂（惩罚疯狂行为的工具）。

接下来但丁比较详细地描述了伪造金币者亚当师傅。他在这里受到的惩罚是患上水肿病，口中干渴难忍，腹水却难以消释，肚子越肿越大，手、脚和面孔却日益消瘦。更令他难受的是，他伪造金币之地——卡森蒂诺城堡附近清凉的溪水和勃兰达泉的泉水，这些形象总呈现在他眼前。

亚当师傅旁边躺着的是以假话骗人的希腊人西农和诬陷约瑟的波提乏的妻子。他们在这里受到的惩罚是患上热症，浑身冒热气，气味难闻。

本曲最为精彩的部分当属亚当师傅与西农之间的争吵：他们相互咒骂、相互揭短，语言生动活泼，让但丁听了"入迷"。

最后维吉尔有点不高兴了，谴责但丁不该偷听别人谈话；但丁感到惭愧。

假扮他人者：斯基奇和密耳拉

由于塞墨勒的缘故，

朱诺[1]曾经迁怒

忒拜城的王族，

然后使阿塔玛斯

变成一个疯子：

看见自己妻子

一手抱着一个

儿子走过来时，

他便大叫大嚷：

"让我们张开大网

捉住那头母狮

和两个小狮子！"

随即伸出无情的手

抓住儿子莱阿尔库斯，

---

1 朱诺（Juno），古罗马神话故事对众神之王朱庇特（即古希腊神话中的宙斯）之妻的称呼。朱庇特爱上了忒拜城主、国王卡德摩斯的女儿塞墨勒（Semele），与她生有一子，引起了朱诺的愤怒。朱诺为了报复，怂恿塞墨勒要求朱庇特显现真容；朱庇特现出真容时，真容发出雷电将塞墨勒烧死（见奥维德《变形记》第三章）。塞墨勒死后，其子由塞墨勒的妹妹伊诺（Ino）收养。朱诺仍不满足，进一步加害伊诺：朱诺使伊诺的丈夫阿塔玛斯（Athamas）精神失常变成疯子；当阿塔玛斯看见伊诺抱着两个儿子（Learchus 和 Melicertes）走过来时，把妻子看成"母狮"，把儿子看成"小狮子"，命人张网捕捉。他抓住一个儿子（Learchus），做了个投掷动作，将儿子投向一块岩石摔死；伊诺则抱着另外一个儿子（Melicertes）投海自尽（见奥维德《变形记》第四章）。

举起来旋转一下
投向一块岩石；

其妻怀抱另一儿子
投海自尽而死。
当时运女神转动法轮，
让妄为的特洛亚人时运

倒转，走向倒霉时，²
他们的王国和国王
便同时遭到灭亡。
悲惨可怜的女王

赫库巴，看到女儿
波利塞娜被杀死，
儿子波利多鲁斯
海边遗弃尸体，

便像狗那样狂吠
因为已失去理智；

2　"妄为的特洛亚人"，指特洛亚国王雇用海神为他建造城堡，雇用太阳神为他放牛，事后却不
　　愿付给他们工钱，而特洛亚王子胆敢拐走斯巴达王的妻子海伦，引起特洛亚战事。这时时运
　　女神转动时运法轮，让他们的时运倒转，由盛变衰，于是"他们的王国和国王／便同时遭到
　　灭亡"；王后赫库巴（Hecuba）和她的女儿波利塞娜（Polyxena）成为俘虏，在押赴希腊的
　　途中，女儿被杀死来祭奠希腊英雄阿喀琉斯的亡灵，被寄养在色雷斯国王王宫里的儿子波利
　　多鲁斯（Polydorus），也被该国王杀害，尸体被海浪冲到海滩上。赫库巴看到这些，悲愤交
　　集，以致发了疯，像狗一般狂吠起来（见奥维德《变形记》第十三章）。

但忒拜人发疯
杀死那小狮子；[3]

特洛亚人发疯
抠出国王眼珠，[4]
他们都不如我这里
见到的阴魂残酷：

两个惨白阴魂
边奔跑边撕咬，
犹如冲出圈的
猪猡边跑边咬，

一个扑倒卡波基奥，[5]
咬住他的脖子，
拖着他肚皮朝地
沿坚硬沟底前移。

阿雷佐人[6]留在原地，
战战兢兢对我解释：

3　指阿塔玛斯发疯，杀害儿子（小狮子），见前注1。
4　指赫库巴发疯像狗一样狂吠，用手抠出了杀害他儿子的色雷斯国王的眼珠（见奥维德《变形记》第十三章）。
5　卡波基奥，造假贵重金属犯，见本书第二十九曲注20。
6　即格里弗利诺，见本书第二十九曲注10。

"那恶鬼叫斯基奇[7]

就这样折磨别人。"

"但愿另一个恶鬼,"

我挪揄地对他说,

"不这样咬住你;

请你费心告诉我,

这个恶鬼又是谁?"

于是他这样回答:

"她是荒淫无耻的

古老阴魂密耳拉。[8]

她超出正当情分,

假扮成另一女人,

要与其父亲乱伦。

刚离开的那个阴魂[9]

和这女人也一样,

为得到那匹牝马,

---

7   斯基奇,即詹尼·斯基奇(Gianni Schicchi),佛罗伦萨人,善于模仿别人的声音和动作,死
    于1280年。其友西蒙内·多纳蒂(Simone Donati)在父亲布奥索(Buoso Donati)死后,担
    心父亲生前立下遗嘱,把财产分赠给别人,便和斯基奇密谋暂不发丧,由斯基奇模仿布奥索
    的声音、但按照西蒙内的愿望伪造遗嘱。斯基奇在遗嘱中还顺便夹带"私货",加上了"把
    我名贵的牝马赠予詹尼·斯基奇"。
8   密耳拉(Mirrha),塞浦路斯国王基尼拉斯(Cinyras)的女儿,由于其母夸口说她比爱神阿
    佛洛狄忒(Aphrodite)更美,因此触怒了爱神。爱神阿佛洛狄忒向她施咒,令她对父亲产生
    淫念。一天夜晚,趁母亲不在家时,她扮作另一女人潜入父亲寝室,与其父寻欢作乐。
9   指前面提到的斯基奇,见前注7。

冒充布奥索·多纳蒂，

把合法遗嘱立下。"

伪造金币者：亚当师傅

我目送两个狂人

远远离开我们，

再把目光转向

别的不幸罪人：

看到其中一魂灵，

只要不看他下肢，

上身像个琵琶琴；

因为患上水肿病，

腹水难以排除，

使得肢体变形：

面部与其腹腔

显得很不对应。

这病使他像那

患肺痨的病人，

嘴巴张得很大，

因为口渴难忍：

上唇向上翘，

下唇向下垂。

"我真不知道，"

他对我们说道，

"在这悲惨世界，[10]

你们又是为何

不受任何惩罚，

偏要看我这个，

亚当师傅[11]，这里

受折磨的惨状。

生前我所拥有的，

多于我所想要的；

现在，可怜的我，

只祈求滴水解渴。

而我眼前总呈现着

卡森蒂诺[12]那些小河，

10　指地狱。

11　亚当师傅（maestro Adamo），据现代学者考证，他是英国人，1270年侨居博洛尼亚，是罗梅纳（Romena）城堡的主人圭多（Guido）伯爵家的门客。圭多伯爵怂恿他用铜或其他金属与黄金制作合金，伪造当时在欧洲各地流通的佛罗伦萨金币弗罗林，黄金含量为21开，真正的弗罗林的黄金含量为24开。一日，他来到佛罗萨，在使用自己伪造的弗罗林时被查出是赝币而被捕，1281年被处以火刑。

12　卡森蒂诺（Casentino）位于阿尔诺河上游，风景秀丽，当时属圭多家族统治。许多小溪发源于此，流入阿尔诺河。亚当师傅想到那里清凉的情景，更加感到口渴。

从青翠山坡下淌，

注入阿尔诺河里，

滋润沿途的土壤

变得柔软而清凉。

这种徒然幻觉

让我备感口渴，

远胜于这疾病

让我面容干瘪。

对我严正的惩处，

从我犯罪的地点

寻找惩罚的凭据，

这让我备感不安。

我就在罗梅纳城堡，

伪造佛罗伦萨金币，

为此我被判处火刑，

肉体焚烧留在那里。

如果我能看到圭多、

亚历山德罗及其弟[13]

13 罗梅纳城堡的领主圭多一世有四个儿子：圭多二世、亚历山德罗（Alessandro）、阿吉诺尔
弗（Aghinolfo）和伊尔德勃兰蒂诺（Ildebrandino）。诗中提到了前两个人的名字，"及其弟"
指后面二人。后文中的"勃兰达泉"指罗梅纳城堡附近的一口泉。亚当师傅因伪造佛罗伦萨
金币而堕入地狱受刑，他非常希望看到怂恿他伪造金币的圭多伯爵及其兄弟也在地狱受苦。
他虽然渴望得到勃兰达的泉水解渴，但绝不会因此而放弃看到圭多兄弟在地狱受苦的乐趣。

的阴魂也在这里赎罪，

我不会为勃兰达泉水

能够为我解渴，

而放弃看到他们。

假如那些绕着

圈子走的阴魂们，

说的话真实可信，

他们中的一个人

已经在这里服刑。

但是我肢体难行，

岂能前去找他？

我若躯体尚轻，

哪怕百年能移一寸，

肯定已登上那小径，

搜寻他于畸形罪人之中，

尽管他们分散在恶囊中，

方圆十一英里，

宽也有半英里。

因为他们的原因，

我陷入这帮鬼魂：

让我伪造弗罗林，

每枚相差三开金。"

说谎者：西农

于是我询问他说：

"紧挨着你右边

躺着的那两个阴魂，

浑身冒热气，像冬天

手掌刚沾过凉水。[14]

他们究竟是谁？"

他则回答我说：

"从我坠入这里起，

就见他们在这里，

从未见他们翻身。

现在我可以肯定，

他们绝不会翻身。

一个是诬陷约瑟的

那个奸诈的女人，[15]

---

14 这些罪人患热症，浑身冒热气，就像冬天人的手从凉水中刚抽出来时会冒热气一般。

15 "诬陷约瑟的／那个奸诈的女人"，指埃及法老的护卫长波提乏（Potiphar）的妻子，她勾引约瑟不遂，反而诬陷约瑟强奸她。参见《旧约·创世记》第39章第6—23句。

一个是向特洛亚人

使诈的西农——希腊人。[16]

他们患急性热症，

散发着臭气难闻。"

其中那个男人，[17]

听人不怀好意

正在议论他们，

不禁勃然大怒，

使用拳头用力击打

亚当师傅鼓胀腹部。

亚当师傅与西农二人的争吵

肚皮作响酷似鼓；

亚当师傅不示弱，

挥臂还击他面部，

这拳不比那拳弱，

16　西农（Sinon），希腊奸细。当希腊将领们设计出木马计，把造好的木马留下，全军撤离大陆，隐蔽在泰涅多斯岛（Tenedos）的海滩上时，西农留了下来，故意让特洛亚人俘虏。然后装出一副可怜的样子，并伪称是希腊人遗弃了他。他骗特洛亚人说，只要把木马拉进城去，特洛亚人必胜。特洛亚人听信了他的话，中了希腊人的奸计。

17　即西农。

并且回敬他说：

"我虽躯体发沉，

胳膊还算灵活。"

西农讽刺他说：

"你赴刑场的时候，

手臂却被捆绑着；

你铸造假币的时候

也许它们还灵活。"

患水肿病者[18]说：

"你说得没有错；

你被特洛亚人询问时，

却没这样实话实说。"

西农接着回答：

"我是说了假话，

你也造了假币；

我被打入这里，

仅仅因为这个错，

你的罪过却很多。"

18　亚当师傅。

肚子肿胀的人[19]说：
"喂，发假誓的家伙，

别忘了那匹木马；
你用它阴险使诈，
世人皆知你的罪行，
你应感到疾首痛心。"

那个希腊人[20]说：
"但愿口渴让你
舌头干裂，腹水
腐烂，让你肚皮

鼓得像道篱笆
遮住你的眼睛。"
制造伪币者[21]说：
"但愿你的疾病

让你嘴巴常张；
我口渴腹水肿胀，
你发热头痛难当；
假如有人让你舔

---

19 亚当师傅。
20 西农。
21 亚当师傅。

那喀索斯镜面，[22]

对你无须多求，

你自己就会去干。"

我正全神贯注

倾听他们争吵，

忽闻老师说道：

"你就继续看吧，

我该和你争吵啦！"

听他愤怒讲话，

我就转身向他，

内心感到羞愧，

至今记得那一霎。

就像有人做梦，

梦见不幸事情，

常常内心祝愿

那不过是梦境。

我当时的心情

就像梦中情形，

---

22 "那喀索斯镜面"，指水。有关那喀索斯（Narcissus）的神话有多个版本，以奥维德《变形记》所载的版本最为流行：那喀索斯是个美少年，许多仙女追求他，包括仙女厄科（Echo），但那喀索斯不为所动。厄科见拒，悲痛万分，日益消瘦，最后化为林间的回声。为惩罚那喀索斯的无情，复仇女神让他在池边饮水时，顾影自怜，最后也日见消瘦，憔悴而死。参见《变形记》第三章。

本想向老师道歉，
却没用恰当语言。

其实我的行动
已向老师致歉，
只是没有意识到
自己已经道了歉。

老师对我说：
"再大的过错，
知耻便能洗净；
再说你的过错，

并非那种大错，
不必过于懊悔。
你若再次经过
这种争吵之地，

你应牢牢记住：
我在你的身旁
会不住地提醒你，
偷听是卑鄙愿望。"

第三十一曲

幸好安泰俄斯
轻轻把我们放到
科奇土斯湖底……
他没在那里停留，
随即直起身体，
如桅杆一样挺起。

　　但丁与维吉尔离开第十恶囊里的阴魂，向第八层地狱中央的竖井前
进。昏暗中但丁仿佛看见竖井周围屹立着许多碉堡，而且听到响亮的号
角。维吉尔告诉他说，那些不是碉堡，而是巨人；巨人站在竖井四周，上
身露出井外。走到附近但丁才看清楚，那个吹号角的就是《圣经》中说的

"猎户"宁录。

宁录身材高大，仅那张脸就有罗马圣彼得大教堂的"铜松塔"那么长（约四米），肚脐至脖颈"足有三十拃高"。这么高大的身材委实吓人，可喜的是大自然已不再产出这样的巨人。虽然大自然中还有大象和鲸鱼这样的庞然大物，象和鲸却无智力，对人类不会构成威胁。而巨人和人类一样，有力量，有智慧，如果他们恶意伤人，那就无法抵御他们了。所以但丁认为，大自然停止出产巨人，但未停止出产其他大型动物，是明智之举。

宁录说的话，现在无人能懂：因为他试图建造"巴别塔"通天，让犹太教的神耶和华感到担忧，便来到世人中间，变乱了古代人统一的语言，并将古人发放到世界各地，令其彼此言语不通。

但丁和维吉尔继续前行，刚走出约一箭路程，便看到第二个巨人——厄菲阿尔特斯，被一条铁链捆绑着：他在巨人族攻打奥林匹斯山时，曾移山造云梯，受宙斯如此惩罚。但丁很想在这里见到布里阿留斯。但维吉尔告诉他说，他离此处太远，建议他见见就在附近的安泰俄斯。

安泰俄斯也是个巨人，但他没有参加巨人族攻打奥林匹斯山的战役，虽也被放在这里，但未被捆绑，另外他会说人们能听得懂的话。维吉尔请求安泰俄斯把他和但丁送到竖井下面去，安泰俄斯满足了他们的请求，把他们送下地狱底层。

巨人

同一人的言辞[1]
先对我进行责备，
让我满脸羞愧，
然后再给我安慰；

就像我听说的
阿喀琉斯及其
父亲的长矛[2]那样，
先伤人再为其疗伤。

我们转身背向
这凄惨的恶囊，
登上环形堤岸，
沉默无言向前。

这里的光线
暗不像夜晚，
亮不如白天，
所以我的视线

1　指上一曲末尾，维吉尔先是责备但丁，然后又安慰他。
2　阿喀琉斯（参见本书第五曲注10）从其父亲珀琉斯（Peleus）继承的长矛，有神奇的功效，刺伤人后，再一刺伤口就愈合了。参见奥维德《变形记》第十三章。

无法投射得很远；

且听号角声回旋，

声音异常洪亮，

比雷鸣还要响；

号角传来的方向，

吸引了我的目光。

那声音让我想起

昔日的查理大帝：[3]

战场遭遇败绩，

牺牲众多武士；

罗兰吹响号角

传递可怕噩耗。

我朝那边望了一望，

似乎看到许多碉堡，

于是我问老师说道：

"这是啥地方，向导？"

---

[3] 778年，法兰克王查理大帝率军征讨被阿拉伯人占领的西班牙，遭遇失败。撤退途中，后卫队伍在比利牛斯山中遇袭，几乎全军覆没，指挥官罗兰（Roland）战死。据法国史诗《罗兰之歌》记述，法军撤退途经比利牛斯山脉时，在隆斯沃（Roncevaux）要隘被敌军包围。查理大帝的十二武士之一奥利维埃（Olivier）劝罗兰吹号角向前军求救，被罗兰拒绝。结果十二武士和部下寡不敌众，全军只剩下六十人幸免于难。这时罗兰吹起号角，但为时已晚，等查理大帝援军赶到时，罗兰已全军覆没。

“你在昏暗地点，”
老师回答我说，
　“眼睛想看得太远，
视觉就可能出错；

你若走近去看，
自然就会发现：
待在远处的时候
视觉受距离欺骗。”

老师拉住我手
亲切对我说道：
　“我们走近之前，
我应让你知道，

那些都是古代巨人，
并非你说的碉堡阵；
这样你走到附近
就不觉难以置信；

他们沿井边站立
下身隐藏在井里。”
雾霾弥漫之时，
景物无法看清；

雾霾逐渐消散时，

视力就能慢慢地

看清那些被雾气

曾经掩盖的景物。

当我一步一步

靠近竖井边缘，

目光穿透昏暗，

看清那里景物。

错觉渐渐消散，

恐惧逐步增添，

竖井四周的堤岸

如同蒙特雷卓尼古堡：[4]

环形城墙上面

碉堡巍然屹立。

这里也是这般，

巨人可怕身体

屹立像碉堡那样，

令人望而生怯，

4　蒙特雷卓尼（Montereggioni）是锡耶纳人为抵御佛罗伦萨人侵于1213年建的一座城堡，1260—1270年间又在城墙上加盖了14座高约20米的瞭望塔。今瞭望塔已毁，城墙残存。

所以宙斯从天上

鸣雷将他们震慑。[5]

宁录

我看到其中一位的

面孔、肩膀和胸腔，

还有他大部分腹腔，

沿两肋下垂的双臂。

大自然停止出产

这样的庞然大物，

这样做非常正确：

让战神帮手全无。

大自然并不悔恨

出产大象和鲸鱼，

但明眼人会承认

它的公正与谨慎。[6]

5　据古代神话传说，远古时曾有巨人，他们妄图篡夺宙斯至高无上的神位，集体向奥林匹斯山
　　发起进攻。宙斯在大力神赫拉克勒斯帮助下打败了他们。至今，宙斯还用雷电震慑他们。参
　　见奥维德《变形记》第一章。

6　大自然停止出产巨人，让战神马尔斯没了像巨人这样的庞然大物做他的帮手。但是，大自然
　　并未停止产出大象、鲸鱼这样的大型动物，因为象和鲸躯体虽大，却无智力，对人类不会构
　　成威胁。而巨人和人类一样，有力量，有智慧，如果他们恶意伤人，那就无法抵御他们了。
　　所以，但丁认为，大自然停止出产巨人，却未停止出产其他大型动物，是明智之举。

因为，如果智力

加上恶意和威力，

这样合成的力量

任何人无法对抗。

他的脸又大又长，

我觉得那张脸就像

罗马圣彼得大教堂

的铜松塔[7]那般模样；

身躯的其他骨骼，

与脸的比例相当，

井岸就像块围裙

把他的下身遮挡；

上半身露在外面，

三个大汉叠罗汉

也不敢口出狂言，

准能摸着他头发：

因为他的上身，

从斗篷系扣子

7　铜松塔曾是古代人造喷泉的一部分，从层层鳞片上往外喷水；5世纪、6世纪时被移到旧圣彼得大教堂前，现位于梵蒂冈内的"松塔庭院"，顶部已残破，通高约四米。但丁见到它时，可能比这还高些。

那个地方算起，

足有三十拃高。[8]

　"拉法尔，麦阿伊，

阿麦克扎比，阿尔弥。"[9]

凶残嘴巴开口叫喊，

无法唱出优美诗篇。

老师对他说道：

　"你这个愚蠢魂灵，

还是吹你的号角

来表达你的心情！

摸摸你的脖颈，

你这个糊涂魂灵，

有条皮带在下面

把号角系在胸前。"

然后老师对我说：

　"他的名字叫宁录，

在这里自我揭露；

由于他的缘故

8　有人计算，他的上身约有28米高。

9　原文是："Raphèl maí amècche zabí almi"，这里是音译。说这句话的巨人叫宁录（Nimrod），
据《旧约·创世记》第10章第8—9句说："他为世上英雄之首。他在耶和华面前是个英勇的
猎户。"但《圣经》没有说他是巨人，后来圣奥斯丁在《论上帝之城》一书中提到宁录时，
说他是个巨人。因为他是"猎户"，但丁在这里给他加了个召唤与聚集羊群的"号角"，用
皮带系在脖颈上，挂在胸前。

世上才停止使用

古时的统一语言。[10]

还是离开他吧，

别再浪费时间：

因为他不懂

别人的语言，

别人也不懂

他那种语言。"

厄菲阿尔特斯与布里阿留斯

于是我们向左转身，

继续我们的行程；

走出约一箭路程，

看到第二个巨人，

比起那个巨人模样，

他显得更凶且更大。

10　据《旧约·创世记》第11章第1—9句说，洪水之后，世人又繁衍众多，同地居住，语言一致。当人们东迁到示拿地时，见到一片平原，便在那里筑城（巴比伦），并要修建一座通天的高塔（巴别塔），用来聚集世人，以免分散到各地去。上帝生怕世人像神一样无所不能，不等他们把塔建成，便降临那里，变乱人的语言，使他们彼此语言不通，并将他们分散到世界各地。传说宁录就是这个计划的制订者。诗中说他"在这里自我揭露"，意思是他说的话，别人无法听懂。而且正是"由于他的缘故"（修城建塔），上帝才变乱了人们古时统一的语言。

我说不出哪个铁匠
用铁索将他捆绑啦：

只见捆住他的
是条铁质锁链，
右臂捆在身后，
左臂捆在身前；

身躯外露的那半，
从他脖子往下看，
铁链足绕了五圈。
老师接着对我说：

"这个巨人狂妄，
想凭借自己力量
与朱庇特对抗，
因此受这种奖赏。

厄菲阿尔特斯[11]
就是他的名字，
巨人攻打众神时
付出了自己努力；

---

11 厄菲阿尔特斯（Ephialtes），古希腊神话故事中的巨人，力大无穷，参与了巨人攻打奥林匹斯山的战斗。战斗中他把俄萨山（Ossa）摞在佩利昂山（Pelion）之上，作为云梯攻打奥林匹斯山上的众神。后文诗中所说的"巨人攻打众神时 / 付出了自己努力"，就是指巨人攻打奥林匹斯山时，他移山造云梯。诗中"奖赏"一词是反话，即"惩罚"。

那时挥动的双臂，

现在被牢牢捆绑。"

于是我对老师说：

"我还真诚地希望，

在这里亲眼见识

巨人布里阿留斯，[12]

他身躯无比巨大，

如果有可能的话。"

老师回答说道：

"你这里会看到

安泰俄斯[13]，能言谈，

未捆绑，离此也不远；

他会带着我们

下到地狱底层。

你想看的那妖魔

离我们要远得多，

12　布里阿留斯（Breareus），古希腊神话故事中的巨人埃盖翁（Aegaeon）的意大利语名字，也参加了攻打奥林匹斯山的战斗。维吉尔在《埃涅阿斯纪》卷十中说他有一百只手，五十个头，"他能使用五十面盾牌，操五十柄宝剑，去抵挡朱庇特的雷霆"。

13　安泰俄斯（Antaeus）是海神涅普图努斯和地母盖亚的儿子，住在北非，是个摔跤能手，只要他身子不离地，即不离开他的母亲，他就能所向无敌。"能言谈"即他会说人们能听得懂的话；"未捆绑"，因为他出生时，巨人族与奥林匹斯众神的战争已经结束，他没有参战，因此不被捆绑。

他和这个妖魔

一样被捆绑着，

长相也差不多

也许更加凶恶。"

厄菲阿尔特斯

一听老师这话，

便狂摇强壮身体，

即便地震时，高塔

摇晃得也没他激烈。

这让我担心起死亡，

若未看见他被捆绑，

这担心会让我命丧。

安泰俄斯

于是我们继续前行，

来到安泰俄斯附近；

他露在井外的上身，

不算头，与宁录接近。

"啊，你那幸运的河谷[14]

成就了西庇阿的荣誉，"

老师这样对我说道，

"却让汉尼拔败逃；

那里你的猎物

有上千头狮子。

当初你若参加了

你兄弟们的战事，

至今人们还相信，

巨人们也许能赢。[15]

请你不要嫌弃，

送我们去冰湖底；

别让我们去求助

提替俄斯[16]，或是

14　指巴格拉达斯河（Bagradas，今名梅杰尔达河）河谷，位于突尼斯北部扎马（Zama）附近，安泰俄斯居住的山洞就在那里。"成就了西庇阿的荣誉"，指第二次布匿战争中，古罗马将领西庇阿（Publius Cornelius Scipio）率罗马军队进攻迦太基本土，公元前202年在扎马附近与汉尼拔决战，西庇阿大胜，汉尼拔溃败。战后西庇阿获得了"亚非利加的西庇阿"光荣称号。

15　这几句诗的意思是：假如安泰俄斯和其他巨人一起参加了攻打奥林匹斯众神的战事，巨人们就会赢得那场战争。卢卡努斯在《法尔萨利亚》卷四中说："她（地母）厚待了天神们，没有把安泰俄斯用在弗莱格拉战场上。"维吉尔说这些话，目的是讨好安泰俄斯，请求他将他们二人带到最后一层地狱去。

16　提替俄斯（Tityus），古希腊神话故事中的巨人，他企图强奸太阳神阿波罗的母亲拉托娜（Latona），被太阳神用雷电击毙，葬身地狱底层。

求助提弗乌斯。[17]
这个人能够给你

你们渴望的东西。[18]
因此我请你俯身，
别噘嘴拒绝此人；
因为他是个活人，

能帮你流芳千古。
上帝若不提前招呼，
他一定能够长寿。”
那巨人听到以后，

急忙垂下双手臂
（那双曾使赫拉克勒斯[19]
感受巨大握力的手），
抱住我的老师。

老师对我说：
“快来我这里，
让我抱住你。”
随即把我抱起。

17 提弗乌斯（Typhon），也是古希腊神话故事中的巨人，口中能够吐火，在攻打奥林匹斯山的战斗中被宙斯用雷电击毙，葬在埃特纳火山下。

18 “这个人”指但丁；“你们渴望的东西”，指地狱里的这些巨人都希望能够在世上留名。

19 赫拉克勒斯，即大力神。曾与安泰俄斯搏斗，被后者紧紧抓住时，感到安泰俄斯的手劲的确很大。参见卢卡努斯《法尔萨利亚》卷四。

于是我们二人

紧紧抱在一起，

抬头望那巨人

像在博洛尼亚城里

抬头向上望那

加里森达高塔：[20]

如遇一块云朵

从它上面掠过，

云彩移动的方向

和高塔倾斜方向，

二者如果不一样，

就会产生这印象：

高塔正向你倒下。

安泰俄斯弯腰向下，

我就有这样感觉；

那一刻我如此害怕，

真想寻道而逃掉。

幸好安泰俄斯

20　加里森达（Garisenda）高塔，是博洛尼亚市内两座高塔中较矮的一个，现高47.51米，建于
　　1110年。但丁见到它时，比现在还要高些，因为14世纪末塔顶已经残破。塔的高度很大，当
　　浮云飘来时，站在塔下的人仰望，就会产生错觉，好像云是静止的，塔则向云靠拢，像顷刻
　　就会倾倒下来似的。

轻轻把我们放到
科奇土斯湖底。

犹大和卢齐菲罗
都关押在那里。
他没在那里停留，
随即直起身体，

如桅杆一样挺起。

第三十二曲

上面那个罪犯
下牙咬的地点，
恰是下面那个罪犯
脖颈连接头的地点；
当年提德乌斯盛怒，
咬住梅纳利普斯头颅，
啃颅骨、吸脑髓，
那样子与此无异。

　　但丁来到地狱底层——科奇土斯冰湖。冰湖分成四个同心圆，第一个同心圆称为该隐环，以亚当大儿子的名字该隐命名：这一环收纳的罪人都是杀害亲属者，因该隐出于嫉妒杀害了自己弟弟亚伯，犯下杀害亲属罪，所以这第一环名曰该隐环。

该隐环的罪人身子被冻在冰里，头露在外面，脸却朝下，皮肤冻得青紫，牙齿冻得咯咯打战。因为他们生前心肠冷酷，犯下伤天害理、灭绝人性的罪过，死后被置于寒冷的冰湖中受罚，无脸见人。

但丁在这里首先向我们介绍的是，佛罗伦萨德利·阿尔贝尔蒂家族的同胞兄弟拿破列昂内和亚历山德罗，他们因遗产分配不均，以及分属不同政治派别，相互仇杀而死，在这里冰冻在一起。当但丁问他们是什么人时，他们抬起头，但"他们眼睛／原本泪水潮润，／此时夺眶而出，／滚滚流向嘴唇，／严寒将泪水冻住"，无法言语，也无法看清，只能像山羊那样相互顶撞。旁边那个阴魂卡密乔内·德伊·帕齐替他们做了回答。

卡密乔内生前与其亲属乌贝尔蒂诺共有一些城堡，他想独占这些城堡，便杀死乌贝尔蒂诺，犯下杀害亲属罪，也被罚在这里服刑。但他认为他的罪行，还有和他在一起的其他几个阴魂的罪行，都比德利·阿尔贝尔蒂同胞兄弟互相残杀的罪行要轻一些。

冰湖第二环称为安特诺尔环。安特诺尔本是荷马史诗《伊利昂纪》中的人物，特洛亚人，但在特洛亚战争中主张把海伦交还给希腊人。荷马并未说他这一行为是背叛，但在中世纪的传说中，他的形象却是个叛徒，背叛了特洛亚人，帮助希腊人攻克特洛亚。

地狱第九层第二环收纳的就是这些叛国、叛党者的阴魂，所以但丁便以他的名字命名。这一环的罪人也被坚冰冻着，但他们面部朝前，而非向下。

但丁进入第二环，不小心踩到一个阴魂的头顶；但丁怀疑他是博卡·德利·阿巴蒂，在蒙塔培尔蒂战役中杀害本派军队的旗手、反水投靠敌对派别的那个博卡。但丁问他是谁，他无论如何也不肯说；但丁抓住他头发，威胁他要拔掉他全部头发，即使这样他也不肯说出自己的名字。因为这里的阴魂担心说出自己名字，会加重人们对他们的仇恨，所以都选择沉默。当博卡听到别人无意透露了他的名字时，便对那人反唇相讥，谴责说他就是布奥索·迪·杜维拉：1265年法国安茹伯爵查理进军意大利，前去攻打西西里王国时，他因收了法国人的"银子"，让法国人不费一枪一弹通过伦巴第，是个地地道道的卖国贼。博卡还揭示了第二环另外几个叛国、叛党者。

但丁再向前走，看见两个阴魂冻在同一个坑里，他们应该是乌戈利诺伯爵和鲁杰里大主教。对他们二人的情况，但丁在下一曲才做详细介绍。

科奇土斯冰湖

我若有适当诗句
描述这凄惨冰湖
（它上面还压着
一层一层地狱），

不管诗句多么难听，
我也愿意使用它们
说出我那构思结晶；[1]
可惜这样的诗句

我并没有掌握，
只能心怀恐惧
开始我的描述，
因为若要说透

地狱底层的事，
不是一件儿戏，
使用日常语言
那是无济于事。

但愿女神缪斯
也给予我帮助，

1　即地狱的底层，第九层地狱。但丁遵照托勒密天文体系的说法，认为地球为宇宙中心，并设想第九层地狱位于地心，这就是他的"构思结晶"。

就像建造忒拜城时

给予安菲翁帮助，[2]

让我的叙述诗句

不至与事实不符。

啊，你们这些不如

生为绵羊的罪人，[3]

你们赎罪之地

让我难以描述。

我们置身暗井，

比巨人立身处

还要低矮一些，

你们所在位置

比这里还要低。

我正仰望高处时，

忽听有人对我说：

"你走路要提防，

别让你的脚掌

踩到我兄弟头上。"

2　缪斯（Muse）指古希腊神话故事中掌管文艺、音乐、天文等的九位女神。传说宙斯的私生
子安菲翁（Amphion）建造忒拜城墙时，得到了缪斯女神的帮助，她们奏出的琴声异常甜
美，把契泰隆山（Cithaeron）上的石头吸引过来，自动垒成了忒拜的城墙。

3　意思是：你们若生为绵羊，就不会犯罪，也不会被打入地狱。

于是我转过身子，

看见我脚下前边

有个湖⁴，湖面无水，

冻得像一面镜子。

奥地利的多瑙河

和俄罗斯的顿河，

即使寒冷的冬天，

结冰也没这样坚。

就是皮埃特拉帕纳山，

或者坦贝尔尼基山，⁵

倒在这冰湖湖面上，

边沿都不会咯吱响。

该隐环：谋杀亲属者

犹如收麦季节，

村姑常能看见，

青蛙趴在水里，

嘴巴露在外面，

4　即科奇土斯湖，魔王卢齐菲罗被关在那里。在但丁的设想中，魔王翅膀扇的阴风使湖水冻成
　　坚冰，象征这里犯背叛罪的罪人心肠冷酷，生前犯下伤天害理、灭绝人性的罪过，死后应放
　　在寒冷的冰湖中受罚。

5　对这两座山，注释家众说纷纭，我以为具体是哪两座山，对一般读者意义不大。总之，这里
　　湖面结的冰如此坚硬，即使大山塌在冰面上，边沿最薄的地方也不会咯吱作响。

呱呱叫声不止。
这里悲惨阴魂
身子埋在冰里，
冻得浑身发紫，

牙齿咯咯敲打，
酷似鹳鹤敲喙；
他们脸面朝下：
用他们的嘴巴

表达寒冷感受；
用眼中的泪水
表达内心悲愁。
我向四周环视，

然后凝视脚下，
看到两个罪犯
身躯靠得很近，
头发相互粘连。

于是我就发问：
"你们两个罪人，
身子靠得那么近，
你们都是什么人？

请你们告诉我。"
他们抬起脖颈，
再把脸转向我；
我见他们眼睛

原本泪水潮润，
此时夺眶而出，
滚滚流向嘴唇，
严寒将泪水冻住。

铁箍紧固木桶，
木板粘连牢固；
寒冰封住眼帘，
粘连更加牢固；

眼睛看不清楚，
不禁产生怨怒，
于是像对山羊
开始相互顶撞。

那里有个阴魂，
双耳已经冻掉，
面孔仍然朝下，
他对我们说道：

"你们为啥盯着我们?

假如你们是想知道

他们俩是什么人,

毕森齐奥[6]以下那条

河谷,曾属于他们和

他们父亲阿尔贝托。

他们曾是一母所生,

在该隐环[7]不论如何

寻找,你找不出

别的阴魂,像他们

这样罪有应得:

亚瑟王刺死的那人[8]

6　毕森齐奥河(Bisenzio),阿尔诺河支流,经同名河谷流过普拉托(Prato),在佛罗伦萨西边的锡尼亚(Signa)流入阿尔诺。佛罗伦萨贵族阿尔贝托·德利·阿尔贝尔蒂(Alberto degli Alberti)伯爵,在毕森齐奥河流域有许多城堡。他死的时候把十分之九的财产分给次子亚历山德罗和幼子古列尔莫(Guglielmo),仅把十分之一的财产分给长子拿破列昂内(Napoleone)。诗中所说的两个阴魂就是亚历山德罗和拿破列昂内。他们是一母所生,可以说是骨肉亲情最深,却因遗产问题产生怨恨。另外,在政治上他们属于不同派别,亚历山德罗属教皇党,拿破列昂内属皇帝党,党派之争也使他们矛盾重重。1286年前他们互相残杀而死。

7　按照但丁的构思,地狱第九层分为四个区域,形似四个递降的同心圆(称为环),一环套着一环。从外往里数,第一环叫该隐环。这一名称来自"该隐":该隐是人类始祖亚当的长子,务农;次子亚伯,放牧。他们以自己的产品给上帝献祭,上帝喜欢亚伯的祭品,看不上该隐的祭品。该隐出于嫉妒将亚伯杀死,犯下杀害亲属罪。第九层地狱第一环收纳的都是杀害亲属者的阴魂,故也称为该隐环。

8　指亚瑟王(Arthur)的外甥摩德瑞德(Mordred)。他企图杀死亚瑟王,篡夺王位;交战时反被亚瑟"国王一矛刺穿胸膛,矛一拔出,日光就透过伤口从身子的一边照到另一边,使他的影子上也出现了一个洞"(见佛罗伦萨无名氏的注释)。中世纪法国传奇故事《湖上的朗斯洛》,对此亦有记载。他也犯谋杀亲属罪,谋杀的对象却是自己的舅舅。

（刺穿他胸膛和身影）、

那个叫弗卡恰[9]的人、

这个叫马斯凯罗尼[10]的人

（他的头挡住了我眼睛，

让我无法看到别人，

如果你是托斯卡纳人，

你现在一定能知晓

他的罪孽是什么了），

这些人也被罚该隐，

为他们的罪孽服刑，

都不如那兄弟亲情深。

为让你不必多费辞令，

现在我就告诉你，

我叫卡德伊·帕齐，[11]

9　弗卡恰（Focaccia，一种烤饼），是皮斯托亚人万尼·德伊·坎切利埃里（Vanni dei Cancellieri）的绰号，为帮助妻子家族报仇，杀死自己的堂兄弟，犯下谋杀亲属罪，被置于这里受刑。他谋杀的对象是其堂兄弟。

10　此人全名萨索尔·马斯凯罗尼（Sassol Mascheroni），为谋取遗产，杀死了一名亲属；罪行暴露后他被装进布满钉子的木桶里，滚动着游街示众，然后被处死。此事当时在托斯卡纳地区可谓人人皆知（见佛罗伦萨无名氏的注释），所以诗中说"如果你是托斯卡纳人，/ 你现在一定能知晓 / 他的罪孽是什么了"。马斯凯罗尼也因犯了谋杀亲属罪，被置于这里受刑。他谋杀的亲属是谁，是堂兄弟，是叔父、伯父，还是侄子？注释家们众说纷纭，莫衷一是。

11　即卡密乔内·德伊·帕齐（Camicione dei Pazzi）。他与其亲属乌贝尔蒂诺（Ubertino）共有一些城堡，卡密乔内想独占那些城堡，便将乌贝尔蒂诺杀死，犯下杀害亲属罪，被罚在这里服刑。

正等着卡尔林诺[12]兄弟

来为我的罪责开脱。"

安特诺尔环：叛国、叛党者

接下来我看见

那里阴魂上千，

冻得面容青紫，

让我寒噤不止；

至今见到冰面

都会不寒而栗，

以后直到永远

这感觉都会重现。

我们继续走向圆心，

那个重力的集中点。[13]

不知道是因为天意，

还是因为命运、机缘，

12　卡尔林诺（全名Carlino dei Pazzi），卡密乔内的胞弟，政治上属于白党。1302年佛罗伦萨黑党围攻皮安特拉维涅城堡，他率领白党流亡者守卫该城堡。据维拉尼《编年史》第八卷记载，他于1302年7月15日背叛白党，将该城堡拱手献给黑党围攻者，换得返回佛罗伦萨的权利，并得到大笔赏钱。他犯的罪行属于政治上的背叛，背叛党派利益，比背叛、杀害亲属的罪过更重，该入第二环：叛国、叛党罪犯者环。所以诗中说：我"正等着卡尔林诺兄弟 / 来为我的罪责开脱"，意思是：等他来到地狱后，卡密乔内会觉得自己的罪责比他的罪责轻一些。

13　"圆心"指第九层地狱的中心。按照但丁的理解，地狱第九层位于地心，也就是"重力"即地球引力的集中点。

当我从那些人头

中间穿过的时候，

我的脚竟然踢上

一个阴魂的脸庞。

博卡·德利·阿巴蒂

他哭诉着责骂我：

"你为什么踩我？

是为蒙塔培尔蒂 [14]

来加倍报复我？

不然为啥伤害我？"

我先对老师说：

"请你等会儿我，

我有一个疑问

需要问问这个人；

此后你想走多快，

我都随你心愿。"

14　这里讲话的人是博卡·德利·阿巴蒂（Bocca degli Abati），教皇党人士。蒙塔培尔蒂（Montaperti）是锡耶纳附近的一座小山，1260年9月，佛罗伦萨和锡耶纳的皇帝党联军与佛罗伦萨的教皇党军队在此交战。战斗开始时博卡一剑斩断了教皇党旗手（即自己派别旗手）的手，教皇党的骑士和士兵看到战旗落地，阵势大乱，教皇党军队溃败。也就是说，博卡背叛了教皇党。但丁听他的话，怀疑他就是博卡·德利·阿巴蒂，因此想停下来问问他。后面的情节证明，但丁的怀疑是正确的。

老师停了下来，

我便向他提问
（他却仍在那里
恶狠狠谩骂不止）：
"你是什么人呢，

这样辱骂别人?"
他说："你是什么人?
穿越安特诺尔[15]环，
还踢别人脸面；

假如你是个活人
你踢得也过分沉。"
我回答："我是活人；
如果你想扬名，

我将把你的名字
写入我的记录里，
这对于你来说
也许是件惬意事。"

15　安特诺尔（Antenor），荷马史诗《伊利昂纪》中的人物，特洛亚人，但他主张把海伦交还
　　给希腊人以结束特洛亚战争。荷马并未说他是叛徒，然而在中世纪的传说中，他的形象却是
　　个叛徒，背叛特洛亚人，帮助希腊人攻克特洛亚。地狱第九层第二环收纳叛国、叛党者的阴
　　魂，所以但丁便以他的名字命名这第二环。

然而他却回答说：

"我的愿望恰好相反；

请你赶快离开这里，

不要再来找我麻烦。

因为你毫不知道，

在这里如何讨好。"

于是我抓住他后颈

上的头发，对他说道：

"你必须说出名字，

否则我让你这里

一根头发留不下。"

"我不会说出我是谁，

即便你拔光我头发，"

他这样回答我说，

"即使你踩我一千下，

我也不会对你说，

更不让你看到我脸。"

我紧握他的头发

在手上又拧又缠，

不止一绺头发拔下，

疼得他狂吠乱叫，

眼睛拼命向下瞧。

此时有人喊道：

"博卡，你怎么了？

你牙齿咯咯敲打，

难道这还不算啥，

还要学狗狂叫。

你这是怎么啦？"

"够了，"最后我说，

"你这个无耻叛徒，

我不需要你再说，

我会把你的耻辱

向大家真实揭露。"

他答道："去吧！

你想怎么揭露，

就怎么揭露吧！

但是你出去以后，

对在这儿嚼舌的家伙，[16]

---

16 指布奥索·迪·杜维拉（Buoso di Dovera），伦巴第地区克雷莫纳（Cremona）僭主之一。
1265年法国安茹伯爵查理进军意大利，前去攻打西西里王国；西西里国王曼弗雷迪雇用他在
伦巴第组织抵抗，他却因收了法国人的"银子"，让法国人不费一枪一弹通过。参见维拉尼
《编年史》第七卷。

却不能一字不说，

他收法国人贿赂，

也在这里悔过。

你可以这样说：

'我在那个冰湖，

看见杜维拉家族

也有一个罪人，

连同其他犯人

在受冰冻之苦。'

如果有人再问

'那里还有啥人？'

你身边的那人，

属贝凯里亚一家，

被佛罗伦萨捕杀；[17]

我想，再往前一些是

詹尼·索尔达尼耶里、[18]

---

17 即泰扫罗·德伊·贝凯里亚（Tesauro dei Beccheria），帕维亚人，教皇亚历山大四世委任的
驻托斯卡纳地区特使。1258年佛罗伦萨皇帝党被驱逐出境后，他被指控曾与皇帝党勾结、背
叛佛罗伦萨而处死，见维拉尼《编年史》第六卷。

18 即詹尼·德伊·索尔达尼耶里（Gianni dei Soldanieri），佛罗伦萨贵族，属皇帝党，但在
1266年11月的动乱中，他背叛皇帝党，依附当权的教皇党，犯下叛党罪。参见维拉尼《编年
史》第七卷。

加内洛内 [19]，同他们一起

还有特巴尔德洛。[20]

后者是法恩扎人，

因怀恨一些同城人，

当大家熟睡的时候，

为敌人打开城门。"

乌戈利诺伯爵与鲁杰里大主教

离开博卡前行，

走了一段距离，

我看见两个人

冻在一个坑里。

一个人的头搭在

另一人的头上，

就像一顶帽子

戴在那人头上；

19　加内洛内（Guenelon），法国查理大帝时代骑士文学中典型的叛徒。《罗兰之歌》中，沙拉古
　　索国王求和投降，他被查理派去商谈投降的条件。他却被敌人收买，为敌人出谋划策，袭击
　　以罗兰为首的法国军队，犯下背叛祖国罪。

20　即特巴尔德洛·德伊·赞布拉西（Tebaldello dei Zambrasi），法恩扎人，属于皇帝党。因流
　　亡在法恩扎的博洛尼亚皇帝党某些人嘲笑他，而怀恨在心。为了报复，他于1280年11月13日
　　夜间打开门，把法恩扎献给了博洛尼亚教皇党人，犯下叛国（家乡）、叛党罪。

也像一个饿汉，

正在啃食面点。

上面那个罪犯

下牙咬的地点，

恰是下面那个罪犯

脖颈连接头的地点；

当年提德乌斯盛怒，

咬住梅纳利普斯头颅，[21]

啃颅骨、吸脑髓，

那样子与此无异。

"喂，你残忍咬人，

说明你对他仇恨，

告诉我是什么原因。"

我说，"我们来个约定：

告诉我你们是谁，

告诉我他的罪行；

你若控诉有理，

待我回到阳世，

一定为你洗雪耻辱，

只要我舌头不干枯。"

---

21 提德乌斯（Tydeus）是围攻忒拜城的七将之一，和忒拜将领梅纳利普斯（Menalippus）作战
    时为其所伤。临死前他奋勇杀死梅纳利普斯，劈开后者脑袋，吸食其脑髓。

第三十三曲

为避免他们悲泣，
我极力保持镇定……

　　但丁在上一曲末尾，看到一个罪人残酷地啃噬另一阴魂的头颅，感到奇怪。于是和他约定："告诉我你们是谁，/ 告诉我他的罪行；/ 你若控诉有理，/ 待我回到阳世，/ 一定为你洗雪耻辱。"这一曲一开始，乌戈利诺便怀着沉痛的心情讲述，他如何被鲁杰里欺骗入狱，以及他和他的两个儿子、两个孙子在监狱里担惊受怕，受到的非人待遇：除精神上的折磨外，他的四个子孙先后活活被饿死，而他自己也在悲痛和饥饿折磨下，最后也和孩子们饿死在一起。

整个这一曲，尤其是乌戈利诺的那一大段陈述，堪称整个《神曲·地狱篇》中人性味最浓、文字最优美的部分。但丁仇恨人间罪恶，对这些罪犯的可悲遭遇也常常赋予同情，像在第五曲中对弗兰切斯卡·达·里米尼爱情遭遇的同情，像这一曲中对乌戈利诺及其子孙们被饿死的遭遇的同情。但丁对这些情节的描述充满人性，在对比萨人和热那亚人的谴责中，更是旗帜鲜明地表达了但丁思想中人性化的一面。但是，但丁对他们野蛮、残忍的行为也不放过，像上一曲对乌戈利诺啃噬鲁杰里头颅的描述，以及这曲乌戈利诺陈述结束后，说他又恢复原来姿态啃住鲁杰里头骨等等，都充分表达了但丁对这些人间罪恶毫不留情的鞭笞。

但丁和维吉尔继续前行，来到托勒密环。托勒密环收纳的罪人是杀害宾客者，他们受到的惩罚与前面二环罪人受到的惩罚不同：他们冻在冰里，但"不是俯首向下，/ 而是仰面朝上"，眼泪结成冰，"无法流淌"，脸上的皮肤冻得失去知觉，像结了老茧一样，无法表达痛苦和其他感受。

作为托勒密环收纳的杀害宾客的代表人物，但丁在这一环里揭露了杀害自己亲属的阿尔贝里戈修士，以及杀害自己岳父的布兰卡·多里亚。

乌戈利诺的陈述

那个野蛮罪人从
食物上抬起嘴巴，
用咬下来的头发，
把嘴巴擦了一擦。

然后他开口说：
"你希望我重叙
我那悲伤过去，
还没开口述说

心就感到压抑，
肝肠似要寸断。
假如我的回忆，
能成一粒种子，

结出来的果实，
能让我啃噬的
背叛者的耻辱
最后得以揭露，

那就让你看我
边哭泣边述说。
我不知道你是谁，
也不知道你怎么

下到这里来的，

但你口音出卖你，

你是佛罗伦萨人。

现在我告诉你：

我是伯爵乌戈利诺，[1]

他是大主教鲁杰里。

我还要向你述说，

为啥我们待在一起。

他使用阴谋诡计，

我对他真心不疑，

先被囚禁后致死，

这一点无须重提。

但你也许不知道

我死得多么凄惨。

这里我让你知道，

他怎么把我摧残。

---

1   乌戈利诺伯爵（Ugolino della Gherardesca，1220—1289年），皇帝党人。1275年和他女婿教皇党
    人乔万尼·维斯康蒂（Giovanni Visconti），密谋夺取皇帝党在比萨（Pisa）的统治权未遂，
    被放逐出比萨。次年在佛罗伦萨教皇党支持下，重返比萨，很快赢得多数人支持，1285年与
    其外孙尼诺一起当选比萨最高行政官。1288年，以鲁杰里（Ruggieri degli Ubaldini）大主教
    为首的皇帝党势力大增，乌戈利诺答应与其孙子尼诺和教皇党断绝关系，转而支持皇帝党。
    皇帝党取得胜利之后，鲁杰里借口调解皇帝党与乌戈利诺之间的嫌隙，邀请他回城议事。乌
    戈利诺信以为真，回城之后被鲁杰里逮捕，他和他的四个儿孙们被关进塔牢，活活饿死。

我被囚禁鸟塔²

（因我改称饿塔，

后来还有其他

犯人在那儿服刑），

常常幻梦吉凶。

那里有个窗孔，

我从那个洞孔

曾见月圆几度。

有次我在梦中

就梦到过这个人，³

他像师傅和主人

率领狩猎群众，

追赶一头公狼

及其小狼崽们。⁴

他们出猎的山峰，⁵

恰好挡住比萨人

2　原文注：指比萨的瓜兰迪塔（la torre dei Gualandi），比萨市政府养的鹰换毛的时候会被关在那里，所以又称为"鹰塔""鸟塔"；后来乌戈利诺及其儿孙们被囚禁在那里饿死，有人又称其为"饿塔"。

3　指大主教鲁杰里。

4　指乌戈利诺及其子孙们。

5　指位于比萨和卢卡之间的圣朱莉安诺（San Giuliano）山。"如果没有此山，两座城市近得都能相互看见。"（见布迪注）

投往卢卡的视线。

瓜兰迪、希斯蒙蒂、

还有兰弗兰奇，[6]

作为狩猎先遣队，

带着众多猎狗[7]

（猎狗虽然消瘦，

但都训练有素）。

追了没有多久，

我已仿佛看见，

狼群疲惫不堪，

它们肚子两边，

已被狗牙撕裂。

黎明醒来之时，

听见昏睡孩子

（和我囚禁一起），

哭求面包充饥。

你听罢我的心

预感的这些事情，

6　瓜兰迪（Gualandi）、希斯蒙蒂（Sismondi）和兰弗兰奇（Lanfranchi），是比萨皇帝党三大
　　著名家族，支持鲁杰里大主教反对乌戈利诺。

7　原著注：指比萨民众。因为是民众，所以消瘦，但训练有素。

倘若不觉痛心，
你真是残酷无情：

现在你不流涕，
啥时你才流涕？
他们已经睡醒，
开饭时间来临，

可是因那梦境，
大家无法平静；
只听塔楼下层，
有人钉死大门；

我默不作声
望着孩子们，
眼中没有泪水，
心已硬如磐石；

他们泣不成声；
小安塞尔莫[8]说道：
'你这样盯着我们
你这是怎么了？'

8　小安塞尔莫（Anselmuccio），乌戈利诺的孙子，和他关在一起。和乌戈利诺囚禁在一起的共
　　有他四个子孙（两个儿子，两个孙子）。小孙子安塞尔莫年纪最小，当时年仅十四五岁。

我没回答他问，
也没因此哭泣；
熬过一天一夜，
直到太阳升起。

这时一缕阳光，
射入凄惨牢房，
我从孩子脸上
猜到我的状况，

伤心咬住手指。
这让他们以为，
我已饥饿至极，
想要吃些东西。

他们立即起身，
纷纷表示决心：
'吃掉我们吧，父亲，
你若吃掉我们，

会减轻我们痛苦；
你赐给我们肌肤
现在愿归还给你。'
为避免他们悲泣，

我极力保持镇定；

那一天以及次日，

他们都一言不发。

啊，冷酷的大地，

为啥不裂道深沟，

好把我们都吞没？[9]

第四天的时候，

加多[10]突然倒在

我面前说：'父亲

为啥你不救救我？'

说罢就一命呜呼。

正如现在你看着我，

我眼看着三个孩子，

后来两天的时间里，

一个一个倒下死去。

那时我已失明双目，

他们被饿死以后，

我呼唤他们名字，

9　有注释家注称：但丁这句话是模仿维吉尔《埃涅阿斯纪》卷十中的一句话，图尔努斯在危难
　　中说："大地为什么不裂开一道把我吞没的深沟呢？"意思是：假如那时大地裂开一道缝把他
　　们都吞没了，他们就不会遭受更残酷的折磨了。

10　加多（Gaddo），乌戈利诺的第四个儿子，是和他关在一起的两个儿子之一。

抚摸他们尸首，

足有两天之久。

最终还是饥饿

胜过百般痛苦，

让我气尽命绝。"

说完这番话后，

他就斜眼歪头，

又用牙齿咬住

那个不幸头颅，

像狗啃硬骨头。

痛斥比萨

啊，比萨，你是

意大利人的羞耻，

既然你的邻居们，[11]

迟迟不来惩罚你，

就让卡普拉亚和

戈尔戈纳[12]二岛，

---

11 指当时比萨人的死对头佛罗伦萨人和卢卡人。

12 戈尔戈纳（Gorgona）和卡普拉亚（Capraia）是位于比萨附近的两个海岛。

移过来筑成堤坝，

堵住阿尔诺河道，

让河水把比萨的

每一个居民淹死！

即使乌戈利诺伯爵

遭到舆论的谴责，

贱卖了你的城堡，[13]

也不能这样对待

他那无辜子孙。

这真是新时代

出现的新忒拜，[14]

乌圭乔内、布里加塔，

还有前面的二人，[15]

他们都不该受罚。

13　指1285年乌戈利诺当权时，热那亚、卢卡和佛罗伦萨结成联盟反对比萨。乌戈利诺为了分化
　　该敌对联盟，把属于比萨的几座城堡分别割让给了卢卡和佛罗伦萨，有人因此指责他出卖比
　　萨人的利益。

14　古代忒拜人残酷对待卡德摩斯的后裔，是出了名的。卡德摩斯曾是忒拜城的奠基人，参见本
　　书第二十五曲注17。比萨人残酷对待乌戈利诺伯爵及其子孙，维拉尼在《编年史》第七卷中
　　也有记载，称"堪与忒拜人对待卡德摩斯后裔相比"。另外也有传说称，比萨是由忒拜王坦
　　塔罗斯（Tantalus）的儿子珀罗普斯（Pelops）创建的，所以这里又称呼它是新忒拜。

15　乌圭乔内（Uguiccione）是乌戈利诺的小儿子，当时也和他关押在一起；布里加塔（il
　　Brigata）是乌戈利诺的另一个孙子尼诺（Nino）的外号，也和乌戈利诺关押在一起；"前面
　　的二人"指他的儿子加多和孙子小安塞尔莫。

托勒密环：谋杀客人者

我们继续前行，
来到另一地带，[16]
这里坚硬寒冰，
冻住其他魂灵：

不是俯首向下，
而是仰面朝上；
痛苦不能表达，
泪水无法流淌，

只能回流心田，
徒增悲伤无限；
眼泪结成硬冰，
把那眼窝填满，

就像人的颜面
冻得失去知觉，
也像结了老茧
无法表达感觉。

16　指第九层地狱第三环，收纳杀害客人者，亦称托勒密环。公元前48年罗马大将庞培兵败，逃
　　亡埃及避难，算是埃及的"客人"吧。但埃及国王托勒密十三世命人杀害他，犯下谋杀客人
　　罪。所以这一环又以托勒密的名字命名。

这时我似乎觉得

有阵阵微风吹过。

于是我提问说：

"老师，风起为何？

这里一切蒸气

不是已经消失？"[17]

老师回答我说：

"现在不用着急；

不用太多时间，

你会亲眼看见，

产生风的原因，

自己找到答案。"

阿尔贝里戈修士与布兰卡·多里亚

有个冰冻的罪犯，

大声向我们呼喊：

"喂，残酷的魂灵们，

既然要下最后一环，

---

17 按照中世纪气象学，风是太阳照射大地，湿气蒸发而形成的。但丁觉得奇怪，地狱里面没有
阳光，怎么会有蒸气，会有风呢？

请顺便替我揭下

我眼前冰冷面纱，

在泪水重结冰前，

让我稍微发泄下。"

因此我对他说：

"若要我帮助你，

请把名字告诉我；

如我未帮你解脱，

就让我受惩罚：

沉入冰湖湖底。"

接着他又答话：

"我叫阿尔贝里戈，[18]

是个享乐修士，

曾经提供罪恶

果园里的水果，

谋害我的宾客。

因此我在这里

接受沉重惩罚。"

---

18 阿尔贝里戈修士（frate Alberigo），法恩扎市教皇党首领之一，享乐修士团（见本书第二十三曲注6）成员。因受同族人的侮辱，怀恨在心，伺机报复。一日，他在家中摆下酒席，邀请他们赴宴，谎称要和他们和解。吃到该上水果时，他喊道："端上水果来！"隐藏在挂毯后面的家丁们便跳出来把客人杀死。

于是我反问他：

"难道你已死啦？"[19]

他回答我说道：

"我肉体活得如何，

我一点都不知道。

托勒密环的罪人

享有这样的特权：

阿特罗波斯[20]剪断

他的生命线之前，

灵魂就坠落此环。

为让你心甘情愿

为我剥落眼前的冰，

我这就讲给你听，

人的灵魂一旦背叛，

就像我犯的罪过，

他的肉体会立即

被一恶鬼主宰着，

直至他死亡为止；

---

19 原著注：1300年春但丁开始地狱之旅时，阿尔贝里戈还活着，所以但丁感到惊讶而提问。

20 阿特罗波斯（Atropos），古希腊神话中掌握人命运的三女神之一。这三位女神是克洛托（Clotho）、拉克西斯（Lachesis）和阿特罗波斯。每当一个凡人出生时，克洛托就为他纺织生命线，拉克西斯则将一定长度的线绕在线杆上，最后由阿特罗波斯用剪刀把生命线剪断，那人的生命就结束了。

灵魂滞留冰湖底；

我身后这个魂灵，

和我冰冻在一起，

肉体却活在人世。

你应该听说过他，

倘若你刚来冰湖。

他是布兰卡先生，

属于多里亚家族，[21]

在这里封冻多年。"

我说道："我觉着

你这是在欺骗我，

布兰卡他还活着，

吃喝、睡觉、穿衣。"

他说："第五恶囊里

（那里黏稠沥青沸腾，

由马拉布兰卡管理），

当米凯尔·赞凯

尚未被罚那里时，

---

21 即布兰卡·多里亚（Branca Doria），热那亚著名皇帝党人士，约1233年出生，在撒丁岛担任
过几种官职，撒丁岛洛戈多罗省总督米凯尔·赞凯的女婿（赞凯因犯贪污罪，被下在第八层
地狱第五囊服刑，参见本书第二十二曲注8）。佛罗伦萨无名氏说："他阴谋夺取洛戈多罗省
总督职务，邀请他的岳父与他一起进餐……最后命人将岳父和他的随从统统杀死。"此事可
能发生在1290年，也有人说是在1275年。

布兰卡·多里亚
就已坠落到这里。

他让一个魔鬼
钻进他的肉体，
作为他的替身，
与他亲戚[22]一起

实施他那次背叛。
现在请伸出手来，
替我把眼睛打开。"
但我没替他打开：

违背上帝惩处，
替他打开双目，
那是不讲信义；
拒绝堪称仁义。

谴责热那亚

啊，热那亚人，
你们这些歹徒，

22　指他的侄子，生平不详，原注也未多交代。

抛弃优良习俗，

顺从各种陋俗，

为啥你们还没

在人世上绝迹？

对于这个问题

我已解除怀疑：

这里我已看见，

你们其中之一

和阿尔贝里戈修士

一起冻在这里。

他因自己罪孽

沉入科奇土斯湖底，

但是他的肉体

却还留在人世。

第三十四曲

犹如浓雾弥漫，
或者夜幕降临，
我恍惚忽看见
一个巨大家伙，
酷似一座风磨，
风车随风旋转⋯⋯

　　地狱第九层是个竖井，竖井的中心，亦即托勒密宇宙的中心，是魔王卢齐菲罗的所在地。卢齐菲罗三头六臂，还有三双长满茸毛的蝙蝠般的翅膀；魔王扇动翅膀，让科奇土斯湖的湖水冻得结结实实。卢齐菲罗原是上帝面前长相最美的天使，但是他傲慢无礼，反叛上帝，被上帝逐出天堂，打入地狱，变成了最丑陋的地狱之王和一切罪恶之源。

但丁来到地狱第九层第四环，即犹大环。犹大环收纳的罪犯是出卖恩人者的阴魂。他们与前面三个环的罪人不同，全身都冻在冰湖里，但透明可见："有人平躺着，/ 有人竖立着；/ 要么头朝上，/ 要么头朝下；/ 还有些人 / 背弓膝屈，/ 头朝向足 / 像张弓弩。"

但丁这里首先对魔王的模样（三头六臂）和他的巨大身躯进行了一番描述（巨人的身躯也就有魔王手臂那么长）；然后说他三张嘴里叼着三个罪犯：一个是犹大，因为他出卖耶稣，罪恶最大；另外两个是布鲁图和卡修斯，他们都是背叛恺撒的罪犯。耶稣代表精神世界的最高权力——神权，恺撒代表尘世的最高权力——皇权（恺撒虽然未做过罗马帝国的皇帝，但他的义子奥古斯都成了罗马帝国的第一任皇帝，皇权应该始于恺撒）。正是他们的罪恶导致了精神世界和尘世的一切混乱和罪恶。

之后，但丁介绍了他们穿越地心向南半球地面攀登的过程，并借维吉尔之口，介绍了他对地球南、北两个半球构造的解释：卢齐菲罗获罪坠落地球南半球时，漂在那里海洋上的陆地因害怕被卢齐菲罗砸着，便沉入海底，然后上浮到北半球，形成了北半球的陆地；地下形成的圆锥形空地，就是地狱的所在地；原来处于地心的陆地，为避免和卢齐菲罗接触，向上隆起，形成了南半球的炼狱山，地心留下一个洞穴。

最后，但丁和维吉尔穿过这个洞穴，爬上南半球地面，重新见到满天星辰。

犹大环：出卖恩人者

"地狱之王的旗帜

正向我们走过来,"[1]

老师他对我说道,

"你若能认出它来,

赶快举目前看。"

犹如浓雾弥漫,

或者夜幕降临,

我恍惚忽看见

一个巨大家伙,

酷似一座风磨,

风车随风旋转;

风劲无处遮拦,

我躲老师身后。

那时我已身处

冰湖犹大环[2]里;

现在写诗描述,

1　这句话原文是拉丁文："Vexilla regis prodeunt inferni." 前三个词来自一首拉丁文赞美诗, 意思是"国王的旗帜(即十字架)向我们走过来", 在耶稣受难日、十字架发现节等宗教节日时吟唱, 原作者是一位法国神父。但丁在这三个词后面加了个词inferni, 意思就变成了"地狱之王的旗帜向我们走过来"。

2　地狱第九层第四环收纳背叛恩人者的阴魂, 犹大因背叛其师父耶稣(即背叛恩人), 被囚禁其中, 所以此环亦称犹大环。

仍感心惊胆战。

那里阴魂身躯

全被寒冰盖住，

透过冰层可见：

有人平躺着，

有人竖立着；

要么头朝上，

要么头朝下；

还有些人

背弓膝屈，

头朝向足

像张弓弩。

卢齐菲罗

我们一直前行，

直到老师认定

可以给我指认，

那曾是最美的人；[3]

3　指魔王卢齐菲罗（Lucifero），他在背叛上帝之前是众天使中长得最漂亮的天使。

老师闪身站住，

并让我也站住，

说："他就是狄斯，[4]

你要拿出点勇气。"

读者啊，此时我

全身无力且冷冰；

你且莫问原因，

我也无法说清：

因为任何词汇

都将词不达意。

当时我虽未死，

好像也非活着；

你如有几分才智，

那你就自己想想，

那时我什么模样，

既非活着又非死亡。

悲哀国度国王，[5]

半个胸膛以上

4　即魔王卢齐菲罗。魔王亦称狄斯或撒旦，参见本书第八曲注8。

5　指地狱的主宰——魔王卢齐菲罗。

露在冰层之上，
身躯高大无比。

如果我的身躯
相当巨人手臂，
那么巨人身躯
相当魔王手臂；

按照这个比例
现在你可估计，
冥王整个身体
该有多高多大。

他曾那么漂亮，
为何现在丑陋？
因为他曾横眉
反抗造物之主，

变成众罪之源，
也是理所当然。
当我发现他的
头上有三张脸

（这使我惊奇无限）：
一张脸长在前面，

朱红颜色呈现；

另外那两张脸

与这张脸相连，

长在两边肩膀

正中间的地方，

都与枕骨相连。

右边脸的颜色

在黄与白之间；

左边脸的颜色，

像那些人的脸，

尼罗河的源头

是他们的故乡。[6]

每张脸的下方，

伸出俩大翅膀：

大小与比例相当

的飞鸟翅膀一样；

这样巨大的船帆

在海上见所未见。[7]

6　指居住在尼罗河上游的埃塞俄比亚人，他们皮肤（包括脸色）呈黑色。意思是：卢齐菲罗左
　　侧那张脸呈黑色。

7　意思是：如把这样大的翅膀比作船上的帆，恐怕海船也没有这么大的帆。

翅膀上没有羽毛，

和蝙蝠翅膀一样。

魔王扇动翅膀，

产生三股狂飙，

刮得科奇土斯

冻得结结实实。

六只眼睛的泪水，[8]

顺着下巴往下滴，

掺杂着血红唾液。

每张嘴巴都用牙

咀嚼着一个犯人，

就像轧麻机轧麻，[9]

让那三个罪犯

遭受沉痛酷刑。

对前边那个罪犯，[10]

咀嚼算不上酷刑；

抓挠才让他害怕，

因为抓挠会使他

8　指卢齐菲罗三张脸上的六只眼睛的泪水沿下巴往下滴；后文"掺杂着血红唾液"，指夹带着被他咀嚼的三个犯人的血液。

9　原著注：一种简易木制机械，用以轧制亚麻或大麻。

10　指中间那张嘴咀嚼的犯人，即犹大，见后文的诗句。

脊背上的好皮肤，

被抓得伤痕处处。

犹大、布鲁图和卡修斯

"上述那个罪犯，"

老师对我说道，

"头被咬在嘴里，

腿露在外晃摇；

他是加略人犹大，[11]

受到的惩罚最大。

另外两个罪犯，

他们头颅倒挂：

从黑面孔的嘴巴

垂下的是布鲁图，[12]

你看他扭着身躯，

但他却一言不发；

11　犹大（Judas），加略人，耶稣的十二门徒之一，后以30块钱出卖耶稣，成为叛徒。参见前注2。

12　布鲁图（Marcus Junius Brutus，公元前85—前42年），古罗马政治家。公元前49年庞培与恺撒发生内战，布鲁图支持庞培；庞培战败，布鲁图转而支持恺撒，并获恺撒宠信，获任多种要职。他虽受恩恺撒，但为了恢复共和政体，反对恺撒军事独裁，公元前44年3月15日联合卡修斯刺死恺撒，犯下出卖恩人罪，被但丁置于这里受刑。

另一个是卡修斯，[13]

他似乎有一副

很健壮的躯体。

夜幕又将升起，[14]

我们的时间用完，

看完了一切该看，

应该结束游览，

赶快离开这里。"

沿着卢齐菲罗身躯下行

我按照老师的意思，

紧紧抱住他的脖子；

他选好时间和部位，

等那翅膀都张开时，

爬上毛茸茸胁腰，

抓住一根根汗毛，

从汗毛与冰层间

的缝隙向下攀缘。

13　卡修斯（Caius Cassius Longinus，公元前85—前42年），古罗马将领，庞培支持者。庞培战
　　败后，恺撒宽恕了他，公元前44年还委任他做执政官。他虽受恩于恺撒，却暗中与他为敌，
　　组织反对派反对并阴谋杀害恺撒。布鲁图就是在他的劝说下参与杀害恺撒的阴谋的。

14　但丁的地狱之旅始于耶稣受难日黄昏，参见本书第二曲开头"日落天渐暗，/ 众生息劳作"，
　　到此时为止已过了24小时。此时大约是下午6点，黄昏已至，夜幕重启。原计划游览的时间
　　和内容都已完成，但丁他们应该离开地狱前往炼狱游览了。

当我们爬上他
大腿连接臀部
形成隆起之处，[15]
老师气喘吁吁，

疲倦掉转头与足，
抓住魔王的汗毛
转为向上方攀缘，
我以为重返地狱。

老师疲惫不已，
喘着大气说：
"你要抱紧我，
攀爬这段阶梯，

离开万恶地狱。"
接着他就穿越
一个岩石洞穴，
放我洞沿坐着；

然后小心翼翼
走到我的跟前。

---

15 按照但丁设想，卢齐菲罗在地狱中，上半身在北半球，下半身在南半球，魔王臀部隆起的地
    方恰好位于地心。但丁抱着维吉尔脖子爬到这里后，需要掉转身子，也就是把头与足的方向
    对调一下，再向上、向南半球攀爬。

此时我抬起双眼，

以为还能够看见

魔王原先模样，

然而我却看到

他是两腿向上，

出乎我的意料。[16]

愚昧无知的人

应该好好想想，

我穿越的地方

恰是地球中央。

于是老师看着我：

"你快跳下来哦！

前程还很遥远，

道路还很艰险。

此时太阳已至

第三课的一半。"[17]

16　但丁此时还没明白，他们已经越过地心，要向南半球攀爬了。所以，他抬起头，以为还会看到卢齐菲罗头朝上站在那里的模样。然而，他看到的魔王却是两条腿在他头顶上，因此感到惊奇。

17　但丁在地狱里一直是用月亮来计时，现在越过地心，改用太阳来计时。"第三课"是基督教教士的计时方法之一，他们因每日必须诵经七次，便把白天的时间分为"七课"：第一课早课（mattutino），黎明前；第二课晨祷（prima），太阳升起时，早晨6点；第三课三时经（terza），上午9点；第四课六时经（sesta），中午，所以亦称午经；第五课九时经（nona），下午3点；第六课晚祷（vespro），黄昏时；第七课晚课（compieta），晚9点。"第三课的一半"，即第二课晨祷至第三课三时经这段时间过了一半，大约在早晨7点半。

我们所在地点
并非宫廷大殿，

是个天然地窖：
地面凹凸不平，
光线暗淡不明。
我站起身说道：

维吉尔解释宇宙

"离开这地狱之前，
请老师给我释疑，
冰湖现在在哪里？
魔王咋能够倒立？

刚是夜幕重启，
咋又清晨已至？[18]
这么短暂时间
太阳如何转移？"

"你现在依旧认为
身处地心那一边，"

18　刚才维吉尔催促但丁离开地狱时说"夜幕又将升起"（见前注14）；现在又说"此时太阳已至 /
　　第三课的一半"（见前注17），太阳怎么走得这么快，不可思议。

老师回答我说道，

"当时我抓着撒旦

的汗毛向下攀缘

（卢齐菲罗的身躯

像果核中的虫蛆，

在地球中心盘踞）；

当我向下攀缘时，

你的确还在那边。

我把身躯掉转后，

你已越过中心点，

重力方向也变换。[19]

你已来到南半球，

处在北半球对面。

大陆覆盖北半球，

在它的顶峰下面，[20]

曾生长我主耶稣；

他一生未曾犯罪，

却遭到残忍杀戮。

---

19 按照亚里士多德的学说，地心也是（地球）引力的中心，越过地心以后，引力的方向也随之改变。

20 指耶路撒冷。

现在你的双足
踩着一个小圆球，[21]
小圆球的背面
就是地狱犹大环。

这里是早晨，
那里是傍晚。
以汗毛给我们
当阶梯的撒旦，

和原来一样
倒插在那里。
他从天堂坠落，
恰恰落在这里；

这里原来陆地
本来高出海水，
因为怕他砸着，
避而向上隆起；

这里原有陆地，
为不与他接触，

---

21 指以地心为中心形成的一个圆球，但丁所在的位置位于这个小圆球的一面，而另一面就是地
狱的最后一环——犹大环。

一直向上隆起，

留下这片空隙。"[22]

重新登上地面

在这洞穴尽头，

下面有个地方，

距离魔王坟墓

和洞穴一般长。

那里有条溪流

（我们没有看见，

只听流水*潺潺*），

从一岩洞发源，

沿着微倾水道，

蜿蜒曲折向前。

我和我的向导

沿着昏暗河道，

22　指但丁和维吉尔当时所在的洞穴。他们将顺着这个洞穴攀爬向上，直达南半球地面。上面
　　这一大段就是维吉尔对宇宙的解释：魔王卢齐菲罗背叛上帝之后，被上帝驱逐出天堂坠落地
　　狱；原来在南半球的陆地，为避免被卢齐菲罗砸着，就沉入海底并继续向上浮起，形成现在
　　覆盖北半球的陆地；而地心处的陆地，为避免和魔王接触，便向上隆起形成炼狱山，留下了
　　一个洞穴，即但丁他们现在攀爬向上的洞穴。

重返光明世界；

不愿休息片刻，

开始向上攀缘，

我在后、他在前；

直到透过圆洞，

看见美丽苍穹；

爬出那个圆洞，

重见满天繁星。[23]

---

23 《神曲》三部曲的每一部都以 "stelle"（繁星）一词结尾。

·《地狱篇》专有名词中外文对照表·

中文名称	外文名称及说明
阿布鲁佐	Abruzzo 意大利南部大区，濒临亚得里亚海，首府是拉奎拉。 《地》XXVIII，注5。
阿尔	Arli（意），Arles（英） 法国南部位于罗讷河左岸的城市，附近有许多古罗马时代的坟墓。 《地》IX，注17。
阿尔贝托·达·锡耶纳	Alberto da Siena 锡耶纳贵族，家里很有钱，但头脑简单。 《地》XXIX，注10。
阿格里真托	Agrigento 西西里岛南部古老的海滨城市。 《地》XXVII，注1。
阿喀琉斯	Achille（意），Achilles（英） 古希腊神话故事中的英雄人物，在特洛亚战争中杀死特洛亚主将赫克托尔，为希腊人战胜特洛亚人立下赫赫战功。但他爱上了特洛亚公主波利克塞娜，欲与其结婚；特洛亚人假装同意他们的婚事，将他们的婚礼设在神庙中，待阿喀琉斯进入神庙，帕里斯就将其杀死。 《地》V，注10；XII，注15。
阿卡	Acre（意），Akko（英） 巴勒斯坦的海滨城市，十字军东征时被基督教教徒占领，由耶路撒冷圣约翰骑士团管辖，长达百年之久。 《地》XXVII，注15。
阿拉喀涅	Aragne（意），Arachne（英） 古代神话传说中的吕底亚人，精于织布。 《地》XVII，注3。
阿雷佐	Arezzo 托斯卡纳城市，位于佛罗伦萨东南。 《地》VI，注9。

中文名称	外文名称及说明
阿里	Ali 约600—661年，伊斯兰教"什叶派"创始人。 《地》XXVIII，注8。
阿里阿德涅	Arianna（意），Ariadne（英） 克里特岛公主，弥诺斯之女。 《地》XII，注4。
阿列克托	Aletto（意），Alecto（英） 古希腊神话中的复仇女神之一，代表不安。 《地》IX，注6。
阿伦斯	Aronta、Arunte（意），Aruns（英） 意大利古埃特鲁斯地区的占卜家。 《地》XX，注6。
阿纳斯塔修斯二世	Anastasio II（意），Anastasius II（英） 教皇，496—498年在任。 《地》XI，注3。
阿塔玛斯	Atamante（意），Athamas（英） 忒拜国王卡德摩斯小女儿的丈夫。 《地》XXX，注1。
阿特罗波斯	Atropos 古希腊神话中掌握人命运的三女神之一，阿特罗波斯的任务是用剪刀把人的生命线剪断，人的生命就结束了。 《地》XXXIII，注20。
阿提拉	Attila 匈奴王，曾于452年入侵并洗劫意大利北方。 《地》XII，注27。
阿威罗伊	Averroís 1126—1198年，阿拉伯哲学家；他对亚里士多德哲学著作所做的评注，在中世纪欧洲思想与文化的发展史上影响很大。 《地》IV，注41。
阿维森纳	Avicenna 980—1037年，阿拉伯著名医生。 《地》IV，注42。
阿西西	Assisi 意大利中部翁布里亚大区重要历史名城，圣方济各和方济各会的诞生地。 《地》XXVII，注3。

中文名称	外文名称及说明
阿兹顿特	Asdente 意大利帕尔马鞋匠本维努托的绰号。 《地》XX，注21。
阿佐利诺·达· 罗马诺三世	Ezzelino III da Romano 曾长期统治帕多瓦市和意大利北方大部分地区的封建主。 《地》XII，注24。
埃涅阿斯	Enea（意），Eneas（英） 维吉尔的长篇史诗《埃涅阿斯纪》的主人公，又译埃涅阿，本书偶尔为押韵需要也采用此译名。 《地》I，注1、注13。
埃伊纳	Egina（意），Aegina（英） 位于雅典西南爱琴海海湾内的一小岛，因水仙埃伊纳居住在岛上而得名。 《地》XXIX，注8。
安德雷阿·德·莫奇	Andrea de' Mozzi 1287年任佛罗伦萨主教，1295年被教皇卜尼法斯八世调往维琴察任主教，当年或次年死于维琴察。 《地》XV，注20。
安菲阿拉俄斯	Anfiarao（意），Amphiaraus（英） 进攻忒拜的七将之一。 《地》XX，注4。
安喀塞斯	Anchise（意），Anchises（拉） 埃涅阿斯的父亲，又译安基塞斯。 《地》I，注13。
安那克萨哥拉	Anassagora（意），Anaxagoras（英） 公元前499—前428年，古希腊哲学家。 《地》IV，注31。
安泰俄斯	Anteo（意），Antaeus（英） 安泰俄斯也是古希腊神话故事中的巨人，但未参加攻打奥林匹斯山的战斗。 《地》XXXI，注13。
安特诺尔	Antenore（意），Antenor（英） 荷马史诗《伊利昂纪》中的人物，特洛亚人。在中世纪的传说中，他的形象是个叛徒，背叛特洛亚人，帮助希腊人攻克特洛亚城。 《地》XXXII，注15。

中文名称	外文名称及说明
奥彼佐二世	Obizzo II d'Este 1264—1293年任费拉拉和安科纳边区侯爵。 《地》XII，注25。
奥尔德拉菲	Ordelaffi 但丁时代统治弗利的家族。 《地》XXVII，注7。
奥尔甫斯	Orfeo（意），Orpheus（英） 古希腊传说中的音乐家和诗人。他的音乐能使顽石起舞，猛兽驯服。 《地》IV，注36。
奥古斯都	Augusto（意），Augustus（拉、英） 罗马帝国第一任皇帝。 《地》I，注11。
奥利斯	Aulide（意），Aulis（英） 希腊港口，传说希腊军队去攻打特洛亚时，是从这里登船出发的。 《地》XX，注18。
奥林匹斯山	Olimpo（意），Olympus（英） 希腊最高峰。古希腊神话中众神居住的地方。 《地》XIV，注11。
奥塔维亚诺·德利·乌巴尔迪尼	Ottaviano degli Ubaldini 1240—1244年任博洛尼亚主教，1245年起任枢机主教，1273年逝世。 《地》X，注20。
奥维德	Ovidio（意），Publius Ovidius Naso（拉） 公元前43—公元18年，古罗马诗人。他的作品《变形记》对但丁和西方文学影响很大。 《地》IV，注9。
邦杜罗	Bonturo Dati 14世纪初卢卡民众党的首领。 《地》XXI，注6。
贝阿特丽切	Beatrice 但丁童年时的偶像，《神曲》的主人公之一。 《地》I，注2。
贝尔特朗·德·鲍恩	Bertram dal Bornio（意），Bertran de Born（法） 曾任英国国王亨利二世的陪臣。传说贝尔特朗曾煽动亨利亲王背叛他父亲。 《地》XXVIII，注19。

中文名称	外文名称及说明
本笃会修士	frati benedettini 《地》XXIII，注4。
毕森齐奥河	Bisenzio 阿尔诺河支流，经同名河谷流过普拉托，在佛罗伦萨西边的锡尼亚流入阿尔诺。 《地》XXXII，注6。
波利多鲁斯	Polidoro（意），Polydorus（英） 特洛亚王子。 《地》XXX，注2。
波利塞娜	Polissena（意），Polyxena（英） 特洛亚公主。 《地》XXX，注2。
波吕尼刻斯	Polinice（意），Polynices（英） 忒拜国王俄狄浦斯之子。 《地》XXVI，注5。
柏拉图	Platone（意），Plato（英） 公元前427—前347年，古希腊哲学家。 《地》IV，注27。
博洛尼亚	Bologna 艾米利亚－罗马涅大区首府，意大利重要历史名城。 《地》XVIII，注6。
卜尼法斯八世	Bonifazio VIII（意），Boniface VIII（英） 教皇，1294—1303年在位。 《地》VI，注6；XIX，注6。
布里阿留斯	Briareo（意），Breareus（拉） 布里阿留斯也是古希腊神话故事中的巨人，参加了攻打奥林匹斯山的战斗。 《地》XXXI，注12。
布鲁内托·拉蒂尼	Brunetto Latini 1220—1294年，意大利文艺复兴前期重要政治活动家、学者、作家，但丁曾师从他学习修辞学。 《地》XV，注4。
布鲁图	Bruto（意），Marcus Junius Brutus（拉） 公元前85—前42年，古罗马政治家。公元前44年杀害恺撒的犯人之一。 《地》XXXIV，注12。

中文名称	外文名称及说明
布鲁图斯	Bruto（意），Brutus（拉） 古罗马历史传说中的人物，是他领导罗马人赶走暴君塔奎纽斯，废除了王政。 《地》IV，注20。
布伦塔河	Brenta 意大利北方波河的支流，发源于阿尔卑斯山，流经帕多瓦。 《地》XV，注3。
查理大帝	Carlo Magno（意），Charlemagne（英） 法兰克王国和加洛林王朝的国王。 《地》XXXI，注3。
达·波伦塔	da Polenta 但丁时代长期统治拉文纳的家族。圭多是该家族重要成员。 《地》XXVII，注6。
大卫	David 犹太部落的首领，古以色列统一王国的第一任国王。 《地》IV，注5。
代达罗斯	Dedalo（意），Daedalus（英） 雅典的能工巧匠，曾制造出人工翅膀。 《地》XXIX，注11。
德谟克利特	Democrito（意），Democritus（英） 公元前460—前370年，古希腊哲学家，原子论者。 《地》IV，注28。
狄奥墨得斯	Diomede（意），Diomedes（英） 荷马史诗《奥德修纪》中的另一人物，与尤利西斯一起设计了木马计。 《地》XXVI，注6。
狄奥斯科利德	Dioscoride（意），Pedanius Dioscorides（英） 希腊名医，1世纪人；他有关医药学的论著对14世纪前的欧洲影响很大。 《地》IV，注35。
狄多	Didone（意），Dido（英） 古希腊神话中迦太基城的奠基者。维吉尔在《埃涅阿斯纪》中，把她说成是埃涅阿斯的同时代人，并说埃涅阿斯在非洲登陆后，狄多爱上了他，并与其结婚。后来埃涅阿斯顺应神意前往意大利重建邦国，抛弃了她。她殉情自杀。 《地》V，注7。

中文名称	外文名称及说明
狄斯	Dite（意），Dis（拉） 古代神话中的冥王，但丁将他和《圣经》中的魔王卢齐菲罗（或撒旦）视为一人。 《地》VIII，注8。
第欧根尼	Diogenes 约公元前413—前323年，古希腊犬儒学派哲学家。 《地》IV，注30。
多尔奇诺·托尔尼埃利	Dolcino Tornielli 使徒兄弟会领导人，领导了1304—1307年间在诺瓦拉与韦尔切利山区爆发的农民起义，被俘后被教会处以火刑。 《地》XXVIII，注9。
俄狄浦斯	Oedipus 古希腊神话中忒拜国王。 《地》XXVI，注5。
厄菲阿尔特斯	Efialte、Fialte（意），Ephialtes（英） 古希腊神话故事中的巨人，力大无穷，参与了巨人攻打奥林匹斯山的战斗。 《地》XXXI，注11。
厄里克托	Eriton（意），Erichtho（拉） 古希腊北部色萨利亚的一名女巫，在法尔萨利亚战争之前，曾帮助庞培之子萨克斯图斯召唤一名阵亡战士的阴魂还阳，来预测那次战争的胜负。 《地》IX，注3。
厄里倪厄斯	Erinni（意），Erinyes（英） 对古希腊神话中三位复仇女神的统称。 《地》IX，注6。
厄列克特拉	Elettra（意），Electra（英） 传说中特洛亚城的奠基者达达努斯的母亲。 《地》IV，注12。
厄特俄克勒斯	Eteocle（意），Eteocles（英） 忒拜国王俄狄浦斯之子。 《地》XXVI，注5。
厄亚罗	Eurialo 埃涅阿斯的同伴。 《地》I，注15。

中文名称	外文名称及说明
恩波利	Empoli 佛罗伦萨附近偏西的小市镇。 《地》X，注16。
恩培多克勒	Empedocles 公元前490—前430年，古希腊哲学家。 《地》IV，注29。
法厄同	Feton、Fetonte（意），Phaethon（英） 太阳神阿波罗的儿子。 《地》XVII，注15。
法恩扎	Faenza 意大利艾米利亚－罗马涅大区中部偏东的小城市。 《地》XXVII，注9。
法里纳塔·德利· 乌贝尔蒂	Farinata degli Uberti 佛罗伦萨皇帝党著名首领，1248年曾率领佛罗伦萨皇帝党战胜教皇党，并把后者驱逐出佛罗伦萨。 《地》VI，注8；X，注6。
方济各会修士	frati francescani 《地》XXIII，注1。
菲埃索勒	Fiesole 佛罗伦萨城北偏东方向的一座山城。 《地》XV，注10。
菲利波·阿尔真蒂	Filippo Argenti 佛罗伦萨贵族，本名菲利波·德·卡维邱利。 《地》VIII，注7。
腓特烈二世	Federico II（意），Friedrich II（英） 1197年任西西里国王。 《地》X，注19。
佛罗伦萨	Firenze（意），Florence（英） 托斯卡纳地区的首府，文艺复兴发源地。 《地》VI，注2。
弗兰切斯科·达科尔索	Francesco d'Accorso 1225—1293年，著名的法学家，博洛尼亚大学教授。 《地》XV，注19。

中文名称	外文名称及说明
弗勒吉阿斯	Flegiàs 古希腊神话中的人物，因太阳神阿波罗诱奸了他的女儿，他愤而焚烧了位于德尔斐的阿波罗神庙。但丁把他作为愤怒的代表人物，安排在斯提克斯沼泽上当船夫，任务是把斯提克斯沼泽旁边的阴魂运送到沼泽中并抛入淤泥里受难。 《地》VIII，注2。
弗利	Forlí 意大利艾米利亚－罗马涅大区东边城市。 《地》XXVII，注3、注7。
弗罗林	fiorino（意），florin（英） 文艺复兴时期佛罗伦萨的金币。 《地》XXX，注11。
该亚法	Caifas（意），Caiaphas（英） 《圣经》人物，曾任犹太大祭司。 《地》XXIII，注9。
该隐	Caino（意），Cain（英） 人类始祖亚当的长子，务农。 《地》XXXII，注7。
戈尔贡	Gorgoni（意），Gorgons（英） 古希腊神话中两肋生翼、头上长有无数小蛇的三个女妖的总称。 《地》IX，注8。
格里昂	Gerione（意），Geryon（英） 古希腊神话人物，大西洋岛屿厄里提亚的国王，长有三个头，三个相连的身子，力大无比，没有人能和他搏斗。 《地》XVII，注1。
格里弗利诺	Griffolino 阿雷佐人，13世纪著名炼金术士。 《地》XXIX，注10。
葛米塔修士	fra Gomita 撒丁岛人，13世纪末曾任撒丁岛加鲁拉省总督尼诺·维斯康蒂的代理。 《地》XXII，注7。
圭多·博纳蒂	Guido Bonatti 意大利弗利人，曾做过西西里皇帝腓特烈二世的私人占卜师。 《地》XX，注20。

中文名称	外文名称及说明
圭多·达·蒙特菲尔特罗	Guido da Montefeltro 蒙特菲尔特罗家族的重要成员，著名的军事家，皇帝党军队的重要统帅，曾率领皇帝党军队多次战胜教皇党军队，战功显赫。 《地》XXVII，注3。
圭多·谷埃拉	Guido Guerra 约1220—1272年；托斯卡纳地区教皇党重要领导人之一，曾多次率领托斯卡纳地区教皇党军队与皇帝党军队作战。 《地》XVI，注3。
圭多·卡瓦尔坎蒂	Guido Cavalcanti 与但丁同时代的著名诗人。 《地》X，注10。
圭利埃尔莫·波尔西艾雷	Guiglielmo Borsiere 中世纪意大利行吟诗人。 《地》XVI，注9。
哈尔皮斯	arpíe（意），harpies（英） 古希腊神话中的怪鸟，鸟身女人首。 《地》XIII，注1。
海伦	Elena（意），Helena（英） 古希腊神话故事中的绝代佳人，斯巴达国王墨涅劳斯之妻。特洛亚王子帕里斯爱慕其姿色，将其掳往特洛亚，直接导致了特洛亚战争。 《地》V，注9。
荷马	Omero（意），Homer（英） 古希腊诗人。 《地》IV，注8。
贺拉斯	Orazio（意），Quintus Horatius Flaccus（拉） 古罗马诗人。 《地》IV，注9。
赫克托尔	Ettore（意），Hector（英） 厄列克特拉的后裔，特洛亚城保卫战的英雄。 《地》IV，注13。
赫库巴	Ecuba（意），Hecuba（英） 特洛亚王后。 《地》XXX，注2。
赫拉克勒斯	Ercole（意），Hercules（英） 古希腊神话中的大力神。 《地》IX，注16；XXV，注7。

中文名称	外文名称及说明
赫拉克利图斯	Eraclito（意），Heraclitus（英） 公元前540—前470年，古希腊哲学家。 《地》IV，注34。
皇帝党	ghibellini（意），ghibelline（英） 中世纪意大利政坛与教皇党相反，支持皇帝的派别。 《地》VI，注8。
加埃塔	Gaeta 那不勒斯西北约72公里处的一座港口城市，埃涅阿斯的乳母加埃塔死于该地，埃涅阿斯为纪念其乳母便以乳母的名字为它命名。 《地》XXVI，注14。
加勒奥托	Galeotto（意），Galehaut（法） 亚瑟王的管家。 《地》V，注24。
加伦	Galeno（意），Galen（英） 130—200年，古希腊医学家。 《地》IV，注42。
加内洛内	Ganellone（意），Guenelon（法） 法国查理大帝时代骑士文学中典型的叛徒。 《地》XXXII，注19。
教皇党	guelfi（意），guelf（英） 中世纪意大利政坛支持教皇的派别。 《地》VI，注8。
杰里·德尔·贝洛	Geri del Bello 但丁父亲的堂兄弟。 《地》XXIX，注3。
君士坦丁大帝	Costantino（意），Constantine（英） 皇帝，306—337年在位。 《地》XIX，注21。
喀耳刻	Circe 喀耳刻是古希腊神话故事太阳神赫利俄斯的女儿，能用巫术把人变成动物。 《地》XXVI，注13。
喀戎	Chirone（意），Chiron（英） 肯陶罗斯的首领，聪明稳重。许多古希腊神话故事中的英雄都受过它的抚育与教诲。 《地》XII，注13。

中文名称	外文名称及说明
卡奥尔	Caorsa（意），Cahors（英） 法国南部城市，中世纪那里是高利贷中心，故卡奥尔人表示高利贷者。 《地》XI，注11。
卡德摩斯	Cadmo（意），Cadmus（英） 忒拜城的奠基人，国王。 《地》XXV，注17；XXXIII，注14。
卡尔卡斯	Calcanta、Calcante（意），Calchas（英） 特洛亚战争时希腊军队的随军占卜家。 《地》XX，注18。
卡库斯	Caco（意），Cacus（英） 古罗马神话火神武尔坎的儿子，是个半人半妖的怪物，栖居罗马市内七座山丘之一的阿文迪诺山的山洞里。 《地》XXV，注7。
卡拉布里亚	Calabria 意大利南部大区，濒临第勒尼安海，首府是科森扎。 《地》XXVIII，注3。
卡隆	Caronte（意），Charon（英） 古希腊神话中的人物，冥神和夜的儿子，在冥界担负运载亡灵渡过冥河的职务。 《地》III，注8。
卡米拉	Cammilla 拉蒂努斯邻邦沃尔斯克国王的女儿。 《地》I，注15。
卡莫尼卡谷地	Val Camonica 位于加尔达湖西北，长约50公里。 《地》XX，注12。
卡帕纽斯	Capaneo（意），Capaneus（英） 古希腊"七将攻忒拜"故事中的七将之一，身材高大，性情傲慢。 《地》XIV，注9。
卡普罗纳	Caprona 比萨境内的一个城堡，1298年佛罗伦萨和卢卡的教皇党联军曾围攻这座城堡。但丁参与过那次战斗。 《地》XXI，注14。

中文名称	外文名称及说明
卡塔拉诺	Catalano de' Malavolti 1210—1285年，博洛尼亚人，享乐修士会成员。 《地》XXIII，注7。
卡泰罗·詹菲利阿齐	Catello Gianfigliazzi 13世纪，他和他的兄弟们都曾在法国放高利贷。 《地》XVII，注8。
卡提利纳	Catilina（意），Catiline（英） 公元前108—前62年，古罗马政治家，公元前62年战死在现今皮斯托亚附近。相传他的残部都是些罪犯和盗贼，由他们建立了皮斯托亚城。 《地》XXV，注3。
卡瓦尔坎特·卡瓦尔坎蒂	Cavalcante Cavalcanti 14世纪著名诗人圭多·卡瓦尔坎蒂的父亲，伊壁鸠鲁学说的信奉者。 《地》X，注10。
卡修斯	Cassio（意），Caius Cassius Longinus（拉） 公元前85—前42年，古罗马将领，庞培支持者。庞培战败后，恺撒宽恕了他。公元前44年却参与杀害恺撒。 《地》XXXIV，注13。
卡约·库里昂内	Caio Curione 恺撒的参军。 《地》XXVIII，注17。
恺撒	Gaio Giulio Cesare（意），Julius Caesar（英） 古罗马著名将领，古罗马前三头政治的主要成员。但丁视其为罗马帝国的奠基人，在《神曲》把他看作是古罗马皇帝。 《地》I，注15。
科隆纳	Colonna 这个家族拒不承认切莱斯廷五世退位有效，因而也不承认卜尼法斯当选合法。 《地》XXVII，注14。
科奈丽雅	Corniglia、Cornelia 古罗马将领西庇阿的女儿，改革家格拉古的母亲。 《地》IV，注24。
科奇土斯湖	Cocito（意），Cocytus（英） 但丁设计的地狱最低处，关押魔王卢齐菲罗的地方。 《地》XXXII，注4。

中文名称	外文名称及说明
克尔贝鲁斯	Cerbero（意），Cerberus（英） 古希腊神话中看守地狱之门的猛兽。 《地》VI，注1。
克莱奥帕特拉	Cleopatras（意），Cleopatra（英） 公元前69—前30年，埃及托勒密王朝女王，聪明颖慧，姿色非凡，深受罗马大将恺撒爱恋，并与其生有一子；恺撒被害后，又受到新任执政官安东尼宠幸。安东尼被屋大维击败后，她和安东尼一起逃到埃及亚历山大港，当罗马军队围困攻城时自杀。 《地》V，注8。
克雷芒五世	Clemente V（意），Clement V（英） 教皇，1305—1314年在位。 《地》XIX，注13。
克洛诺斯	Cronus 古希腊神话中的农神，相当于古罗马神话故事中的农神萨图恩。 《地》XIV，注15。
肯陶罗斯	Centauro（意），Centaurs（英） 古希腊神话中半人半马的怪物。 《地》XII，注12。
库克洛普斯	Ciclopi（意），Cyclops（英） 古希腊神话中的工匠。 《地》XIV，注10。
拉蒂努斯	Latinus 居住在拉齐奥地区的以拉丁人为主的部落及其国王。 《地》I，注15。
拉结	Rachele（意），Rachel（英） 《圣经》人物。 《地》II，注10。
拉维尼娅	Lavinia 拉蒂努斯国王的女儿。 《地》I，注15。
拉文纳	Ravenna 意大利艾米利亚－罗马涅大区城市，濒临亚得里亚海。 《地》V，注14；XXVII，注6。
朗斯洛	Lancillotto（意），Lancelot（英） 法国骑士传奇小说《湖上的朗斯洛》中的人物。 《地》V，注23。

中文名称	外文名称及说明
老桥	Ponte Vecchio 佛罗伦萨阿尔诺河段上的一座古老桥梁，重要旅游景点。 《地》XIII，注17。
勒特河	Lete（意），Lethe（英） 冥河，忘川河。 《地》XIV，注26。
李维	Livio（意），Livius（拉），Livy（英） 公元前59—公元17年，古罗马历史学家。 《地》XXVIII，注2。
里米尼	Rimini 意大利艾米利亚－罗马涅大区城市，濒临亚得里亚海。 《地》V，注14；XXVII，注8。
里努斯	Lino（意），Linus（英） 古希腊神话故事中的音乐家。 《地》IV，注37。
林勃	Limbo 但丁设计的地狱第一层的别称。 《地》IV，注1。
卢卡	Lucca 托斯卡纳一小城市，位于比萨北边。 《地》XXI，注5。
卢卡努斯	Lucano（意），Marcus Annaeus Lucanus（拉） 古罗马诗人。 《地》IV，注9。
卢克雷齐娅	Lucrezia 古罗马历史上著名烈女。 《地》IV，注21。
卢齐菲罗	Lucifero（意），Lucifer（英） 基督教传统中的魔鬼、魔王，相当于撒旦。但丁在《神曲》里把他视为背叛上帝的那部分天使的首领。 《地》XXXIV，注3。
鲁杰里·得利·乌巴尔迪尼	Ruggieri degli Ubaldini 但丁时代曾任比萨大主教，当地皇帝党首领。 《地》XXXIII，注1。

中文名称	外文名称及说明
伦巴第	Lombardia（意），Lombardy（英） 意大利北部大区。 《地》I，注10。
罗伯特·圭斯卡德	Roberto Guiscardo（意），Robert Guiscard（英） 诺曼底公国的骑士，11世纪来到意大利南部，击败了东罗马人，夺取了普利亚和卡拉布里亚，成为那不勒斯王国和诺曼王朝的开创者。 《地》XXVIII，注3。
罗德林戈	Loderingo degli Andalò 1210—1293年，博洛尼亚人，享乐修士会成员。 《地》XXIII，注7。
罗兰	Orlando（意），Roland（英） 查理大帝的十二武士之一。 《地》XXXI，注3。
洛科·奥布里亚奇	Loco Obriachi 1298年曾在西西里放高利贷。 《地》XVII，注9。
马尔齐娅	Marzia 古罗马政治家、演说家和作家卡托的妻子。 《地》IV，注23。
马拉特斯蒂诺·达·维鲁基奥	Malatestino da Verrucchio 但丁时代统治里米尼的家族成员。但丁称马拉特斯蒂诺·达·维鲁基奥为"小恶狗"。 《地》XXVII，注8。
马拉特斯塔·达·维鲁基奥	Malatesta da Verrucchio 但丁时代统治里米尼的家族成员。但丁称马拉特斯塔·达·维鲁基奥为"老恶狗"。 《地》XXVII，注8。
马雷马	Maremma 托斯卡纳地区西边的沿海地带。 《地》XXV，注6。
马略卡（岛）	Maiorca（意），Mallorca（西） 西班牙的海岛。 《地》XXVIII，注13。
迈克尔·斯科特	Michele Scotto（意），Michael Scot（英） 1175—1235年，苏格兰占卜家。 《地》XX，注19。

中文名称	外文名称及说明
曼托	Manto 提瑞西阿斯的女儿，著名占卜家。 《地》XX，注8。
曼托瓦	Mantova 意大利北部城市。 《地》I，注9。
梅纳利普斯	Menalippo（意），Menalippus（拉） 《忒拜战纪》中忒拜的将领。 《地》XXXII，注21。
蒙托内河	Montone 发源亚平宁山区，直接注入亚得里亚海。流经弗利市之前叫阿夸克塔。 《地》XVI，注13。
弥诺斯	Minosse（意），Minos（英） 古希腊神话中克里特岛国的国王，在世时公正严明，死后成为冥界判官。 《地》V，注2。
米迦勒	Michele（意），Michael（英） 大天使，曾讨平以撒旦为首的天使叛乱。 《地》VII，注4。
米诺陶洛斯	Minotauro（意），Minotaur（英） 古希腊神话中半人半牛的怪物。 《地》XII，注3。
密耳拉	Mirra（意），Mirrha（英） 塞浦路斯国王基尼拉斯的女儿。 《地》XXX，注8。
明乔河	Mencio 波河支流，起源加尔达湖，流经曼托瓦，至戈维尔诺洛注入波河。 《地》XX，注15。
缪斯	Musa（意），Muse（英） 古希腊神话故事中掌管文艺、音乐、天文等的女神，共九位。 《地》XXXII，注2。
摩西	Moise（意），Mosheh（英） 《圣经》人物，以色列人首领。 《地》IV，注4。
莫罗埃洛·马拉斯皮纳	Moroello Malaspina 卢卡教皇党人，曾在1288年率领佛罗伦萨教皇党军队与阿雷佐皇帝党军队作战。 《地》XXIV，注16。

中文名称	外文名称及说明
莫斯卡·德伊·兰贝尔蒂	Mosca de' Lamberti 参与制造13世纪佛罗伦萨混乱的人。 《地》VI，注12；XXVIII，注18。
墨杜萨	Medusa 古希腊神话中两肋生翼、头上长有无数小蛇的三个女妖之一，谁若看到她的眼睛，就会变成石头。 《地》IX，注8。
墨盖拉	Megera（意），Megaera（英） 古希腊神话故事中的复仇女神之一，代表嫉妒。 《地》IX，注6。
穆罕默德	Maometto（意），Mohammed（英） 约570—632年，伊斯兰教创始人。 《地》XXVIII，注7。
那不勒斯	Napoli（意），Naples（英） 意大利南方坎帕尼亚大区首府。 《地》XXVI，注14；XXVIII，注3。
那喀索斯	Narcisso（意），Narcissus（英） 古希腊神话故事中的美少年。 《地》XXX，注22。
纳瓦拉王国	regno di Navarra（意），Navarre（法） 纳瓦拉历史上是法国南部的一个区域，9—14世纪为一独立王国，位于比利牛斯山南。 《地》XXII，注4。
尼古拉三世	Niccolò III（意），Nicholas III（英） 教皇，1277—1280年在位。 《地》XIX，注4。
尼索	Niso 埃涅阿斯的同伴。 《地》I，注15。
涅普图努斯	Nettuno（意），Neptunus（拉），Neptune（英） 古罗马神话中的海神。 《地》XXVIII，注13。
宁录	Nembrot（意），Nimrod（英） 古代巨人神之一。 《地》XXXI，注9。

中文名称	外文名称及说明
挪亚	Noè（意），Noah（英） 《圣经》人物，亚当之孙。 《地》IV，注4。
诺瓦拉	Novara 皮埃蒙特大区重要城市，位于都灵东北边。 《地》XXVIII，注9。
欧几里得	Euclide（意），Euclid（英） 约公元前330—前275年，几何学家。 《地》IV，注40。
欧利皮鲁斯	Euripilo（意），Euripylus（英） 古希腊占卜家。 《地》XX，注18。
帕多瓦	Padova 意大利北方威尼托大区重要城市，距威尼斯很近。 《地》XV，注3。
帕里斯	Paride（意），Paris（英） 特洛亚王子，因爱慕海伦姿色，将其掳往特洛亚，待他骗到海伦后就抛弃了原配妻子。 《地》V，注11。
帕西淮	Pasife（意），Pasiphae（英） 古希腊神话故事中克里特岛国王弥诺斯之妻。 《地》XII，注3。
彭特希列阿	Pentesilea 传说中的小亚细亚女人国女王。 《地》IV，注17。
皮埃尔·达·马隆内	Pier da Marrone 1294年当选罗马教皇，封号切莱斯廷五世，在位仅四个月。 《地》III，注7。
皮埃尔·德拉·维尼亚	Pier della Vigna 约1190—1249年，出身贫贱，曾在博洛尼亚大学学习法律，做过诗人、律师。1221—1247年在腓特烈二世宫廷供职。官至首相。 《地》XIII，注6。
皮埃蒙特	Piemonte 意大利西北部大区，首府为都灵。 《地》XXVII，注3。

中文名称	外文名称及说明
皮鲁斯	Pirro（意），Pyrrhus（拉） 可能是指维吉尔在《埃涅阿斯纪》中提到的阿喀琉斯的儿子。 《地》XII，注28。
皮斯托亚	Pistoia 托斯卡纳城市，位于佛罗伦萨西北。 《地》XXIV，注12。
珀琉斯	Peleo（意），Peleus（英） 古希腊神话故事中的英雄阿喀琉斯之父。 《地》XXXI，注2。
普利珊诺·迪·切萨雷阿	Plisciano di Cesarea 5世纪、6世纪时的拉丁语教育家。 《地》XV，注18。
普利亚	Puglia 意大利南部大区，濒临亚得里亚海和伊奥尼亚海，首府是巴里。 《地》XXVIII，注1。
普鲁托	Pluto（意），Plutus（英） 古希腊神话故事中的财神。但丁将其变为第四层地狱的把门人。 《地》VI，注18。
恰科	Ciacco 佛罗伦萨人士。 《地》VI，注3。
切塞纳	Cesena 意大利艾米利亚－罗马涅大区东部城市，位于里米尼和弗利之间。 《地》XXVII，注10。
瑞亚	Rea（意），Rhea（英） 宙斯的母亲，克洛诺斯的妻子。 《地》XIV，注15。
萨拉丁	Saladino（意），Saladin（英） 中世纪埃及苏丹国的君主，1174—1194年在位，1187年战胜十字军主力，收复耶路撒冷。 《地》IV，注25。
萨图恩	Saturno（意），Saturnus（拉），Saturn（英） 古罗马神话故事中的农神。 《地》XIV，注15。
塞克斯图斯	Sesto（意），Sextus（拉） 庞培的儿子。 《地》XII，注29。

中文名称	外文名称及说明
塞米拉密斯	Semiramide（意），Semiramis（英） 公元前14—前13世纪，亚述王国国王尼诺斯之妻，杀夫篡位，做了亚述国的女王。 《地》V，注6。
塞墨勒	Semele 忒拜城主、国王卡德摩斯的女儿。 《地》XXX，注1。
塞内加	Seneca 公元前4—公元65年，古罗马悲剧作家、哲学家，斯多葛学派追随者。 《地》IV，注39。
塞浦路斯	Cipro（意），Cyprus（英） 即现在的塞浦路斯共和国。 《地》XXVIII，注13。
塞维利亚	Siviglia（意），Sevilla（英） 西班牙一地区。 《地》XXVI，注16。
圣彼得	San Pietro（意），Saint Peter（英） 耶稣基督的十二弟子之一，负责在罗马和意大利传教，后成为罗马教廷第一任教皇。 《地》I，注20。
圣卢齐亚	Santa Lucia 圣人。 《地》II，注1。
圣齐塔	Santa Zita 1218—1272年，一位虔诚的卢卡女仆，死后被卢卡城的市民尊为圣者。 《地》XXI，注5。
斯科洛文尼	Scrovegni 13世纪帕多瓦高利贷家族。 《地》XVII，注10。
斯提克斯	Stigia（意），Styx（英） 古希腊神话中环绕阴间的一条河流。维吉尔在《埃涅阿斯纪》中将其描写成一片沼泽。 《地》VII，注14。
苏格拉底	Socrate（意），Socrates（英） 公元前470—前399年，古希腊哲学家。 《地》IV，注27。

中文名称	外文名称及说明
所多玛	Sodoma、Soddoma（意），Sodom（英） 巴勒斯坦的一座古城，因其居民犯鸡奸罪被上帝用天火烧毁。故所多玛人表示鸡奸犯人。 《地》XI，注11。
塔奎纽斯	Tarquinio（意），Tarquinius Superbus（拉） 古罗马王政时期最后一任国王，性情暴戾，绰号暴君。 《地》IV，注19。
台伯河	Tevere（意），Tiber River（英） 意大利第二大河流，发源亚平宁山脉，流经翁布里亚、拉齐奥大区，穿过罗马城，注入第勒尼安海。 《地》III，注10。
台嘉佑·阿尔多布兰迪	Tegghiaio Aldobrandi 佛罗伦萨教皇党军队重要将领之一。1260年曾劝告佛罗伦萨教皇党军队不要出兵与锡耶纳人作战，但他的建议未被采纳，结果教皇党在蒙塔培尔蒂战役中惨败。 《地》VI，注9；XVI，注5。
泰勒斯	Talete（意），Thales（英） 公元前624—前545年，古希腊哲学家、物理学家，主张万物起源于水。 《地》IV，注32。
泰伦提乌斯	Terenzio（意），Publius Terentius（拉），Terence（英） 约公元前190—前158年，古罗马喜剧作家。 《地》XVIII，注16。
忒修斯	Teseo（意），Theseus（英） 古希腊神话故事中的雅典公爵。 《地》XII，注4。
特巴尔多	Tebaldo（意），Thibut（法） 1253年起为纳瓦拉王国国王，1270年逝世。 《地》XXII，注5。
特里斯丹	Tristano（意），Tristan（英） 法国骑士传奇故事《特里斯丹和绮瑟》（12世纪）中的人物。 《地》V，注12。
提德乌斯	Tideo（意），Tydeus（拉） 围攻忒拜城的七将之一。 《地》XXXII，注21。

中文名称	外文名称及说明
提弗乌斯	Tifo、Tifeo（意），Typhon（英） 古希腊神话故事中的巨人。 《地》XXXI，注17。
提瑞西阿斯	Tiresia（意），Tiresias（英） 忒拜城的著名占卜家。 《地》XX，注5。
提坦神	Giganti、Titani（意），Titans（英） 即巨人，人类文明史上早期的神，先于奥林匹斯山上的众神。 《地》XIV，注11。
提替俄斯	Tizio（意），Tityus（英） 古希腊神话故事中的巨人。 《地》XXXI，注16。
提希丰涅	Tesifone（意），Tisiphone（英） 古希腊神话中的复仇女神之一，代表复仇。 《地》IX，注6。
图尔诺	Turno 拉蒂努斯邻邦图鲁利斯王国的王子。 《地》I，注15。
托勒密	Tolomeo（意），Ptolemy（英） 约90—168年，天文学家。 《地》IV，注40。
托勒密十三世	Tolomeo XIII（意），Ptolemy XIII（英） 约公元前62—前48年，埃及国王。 《地》XXXIII，注16。
托斯卡纳	Toscana 意大利中部大区。 《地》X，注6。
瓦尔迪基亚纳	Val di Chiana 基亚纳河原在阿雷佐、科尔托纳和丘西之间，15世纪后该河已被疏浚，现已不复存在，但河谷尚存。 《地》XXIX，注6。
瓦洛瓦家族的查理	Carlo di Valois（意），Charles de Valois（法） 1270—1325年，法王腓力三世之子，伯爵，曾受教皇卜尼法斯八世委托，率领军队进入佛罗伦萨，并以武力帮助黑党战胜白党夺取政权。 《地》VI，注6。

中文名称	外文名称及说明
瓦尼·符齐	Vanni Fucci 皮斯托亚符齐家族的私生子，曾参与了皮斯托亚圣泽诺大教堂盗窃案。 《地》XXIV，注12、注14。
韦尔切利	Vercelli 皮埃蒙特大区重要城市，位于都灵东北边。 《地》XXVIII，注9。
维吉尔	Publio Virgilio Marone（意），Publius Vergilius Marone（拉），Virgil（英） 古罗马诗人。 《地》I，注1。
维内迪科·卡恰内米科	Venedico Caccianemico 1228—1302年；卡恰内米科家族在博洛尼亚很有权势，维内迪科曾是当地教皇党的首领，曾在意大利北方许多地方担任过重要职务。 《地》XVIII，注6。
维琴察	Vicenza 意大利北方城市，在帕多瓦与维罗纳之间。 《地》XV，注21。
维塔利安诺·德尔·邓特	Vitaliano del Dente 13、14世纪帕多瓦高利贷者。 《地》XVII，注11。
维塔利安诺·迪·雅科波·维塔利阿尼	Vitaliano di Jacopo Vitaliani 13、14世纪帕多瓦高利贷者。 《地》XVII，注11。
乌戈利诺·德拉·格拉尔德斯卡	Ugolino della Gherardesca 1220—1289年，伯爵，皇帝党人。1288年被鲁杰里大主教骗回比萨后逮捕，被关进塔牢，活活饿死。 《地》XXXIII，注1。
武尔坎	Vulcano（意），Vulcanus（拉） 古罗马神话中的火神，相当于古希腊神话中的火神赫菲斯托斯。 《地》XIV，注10。
西庇阿	Publius Cornelius Scipio 古罗马将领。 《地》XXXI，注14。
西农	Sinone（意），Sinon（英） 特洛亚战争中，希腊人的奸细。 《地》XXX，注16。

中文名称	外文名称及说明
西塞罗	Cicero 公元前106—前43年，古罗马政客、演说家、哲学家。 《地》IV，注38。
希波克拉底	Ipocrate（意），Hippocrates（英） 约公元前460—前377年，医学之父。 《地》IV，注40。
休达	Setta（意），Ceuta（英） 摩洛哥海岸临海城市，西班牙一飞地。 《地》XXVI，注16。
押沙龙	Absalone（意），Absalom（英） 《圣经》人物，大卫的儿子。 《地》XXVIII，注20。
雅各	Giacobbe（意），Jacob（英） 《圣经》人物，又名"以色列"，犹太人的第三代祖先。 《地》IV，注5。
雅科波·鲁斯蒂库奇	Iacopo Rusticucci 1254年曾作为佛罗伦萨政府特使，同其他托斯卡纳城市谈判结盟。 《地》VI，注10；XVI，注6。
亚伯	Abele（意），Abel（英） 亚当的第二个儿子，牧羊人。 《地》IV，注4。
亚伯拉罕	Abramo（意），Abraham（英） 以色列人的始祖。 《地》IV，注5。
亚里士多德	Aristotele（意），Aristotle（英） 公元前384—前322年，古希腊哲学家。 《地》IV，注26。
亚瑟王	Artú（意），Arthur（英） 中世纪传奇故事中的不列颠国王。 《地》V，注23；XXXII，注8。
亚希多弗	Achitofel（意），Ahithophel（英） 以色列王大卫的谋士，后来背叛了大卫。 《地》XXVIII，注20。
耶稣	Gesù（意），Jesus（英） 传说中的基督教创始人。 《地》I，注12。

中文名称	外文名称及说明
伊阿宋	Giasone（意），Jason（英） 古希腊神话中阿尔戈号大船的船长，骗取了多位女性的爱情。 《地》XVIII，注11。
伊阿宋	Giasone（意），Jason（英） 《圣经》人物。 《地》XIX，注14。
伊壁鸠鲁	Epicuro（意），Epicurus（英） 公元前341—前270年，古希腊唯物主义哲学家。 《地》X，注1。
伊卡洛斯	Icaro（意），Icarus（英） 据古希腊神话故事，雅典的能工巧匠代达罗斯的儿子。 《地》XVII，注16。
伊莫拉	Imola 意大利艾米利亚－罗马涅大区中部偏东的小城市。 《地》XXVII，注9。
伊索	Esopo、Isopo（意），Aesop（英） 古希腊寓言作家，活动时间约公元前6世纪。 《地》XXIII，注2。
以利沙	Eliseo（意），Elisha（英） 《圣经》人物，以色列人的先知。 《地》XXVI，注3。
以利亚	Elia（意），Elijah（英） 《圣经》人物，以色列人的先知，以利沙的老师。 《地》XXVI，注3。
尤利西斯	Ulisse（意），Ulysses（英） 荷马史诗《奥德修纪》中的奥德修斯的拉丁化名字。 《地》XXVI，注6。
犹大	Giuda（意），Judas（英） 耶稣的十二门徒之一，后来背叛了耶稣。 《地》XIX，注17；XXXIV，注11。
约瑟	Gioseppo、Giuseppe（意），Joseph（英） 《圣经》人物。 《地》XXX，注15。
约沙法谷	Giosafat（意），Jehoshaphat（英） 耶路撒冷附近的一个山谷，《圣经》说上帝将在那里进行最后审判。 《地》X，注2。

中文名称	外文名称及说明
詹尼·斯基奇	Gianni Schicchi 佛罗伦萨人，善于模仿别人的声音和动作，死于1280年。 《地》XXX，注7。
芝诺	Zenone（意），Zeno（英） 古希腊哲学家。 《地》IV，注33。
宙斯	Zeus 古希腊神话故事中的主神，相当于古罗马神话中的朱庇特。 《地》XIV，注12。
朱丽雅	Julia 恺撒的女儿、庞培的妻子。 《地》IV，注22。
朱诺	Iuno、Iunone（意），Juno（英） 古罗马神话中的众神之王朱庇特（即古希腊神话中的宙斯）之妻。 《地》XXX，注1。
最后审判	Giudizio Universale（意），Last Judgment（英） 亦称末日审判。基督教认为，世界末日到来之际，所有人的灵魂都要接受上帝的审判，得救者升入天堂，不得救者下地狱。《新约·启示录》和《新约·马太福音》中都有对最后审判的描述。 《地》VI，注16。